文春文庫

逃亡遊戯

歌舞伎町麻薬捜査

永瀬隼介

文藝春秋

目次

逃亡遊戯

歌舞伎町麻薬捜査

第一話　殺しの代償

「で、ママのオトコが狙ったわけよ」

「なにを？」

「あたしの身体さ。そんとき、まだ十二だよ」

そうかあ、とジョーは苦いものを嚙み締め、ショルダーバッグから焼きそばパンをつかみ出す。

「これも食べなよ」

こわばった顔になんとか笑みを浮かべ、ほら、と差し出す。

「栄養、しっかりとんなきゃ」

あんがと、と街路の縁石に座り込んだ少女は受け取り、ラップを乱暴に裂いてもそもそ食う。痩せた身体に、安っぽいピンクのワンピース、ほつれた金髪。整った顔立ちだが、生気のない濁った目と湿疹の浮いた肌が痛々しい。まーちゃん、と名乗るこの少女、自称十八歳だが、実年齢は十五だという。

「大変だよな」

しょうがないよね、とまーちゃんは缶コーヒーをぐびっと飲み、さばさばした口調で言う。

「あんなのでも、あたしの親だもん」

四月中旬。午後十時。新宿歌舞伎町、東宝ビル近くの路地。目の前の広場には、トー横キッズ、と呼ばれる連中が屯(たむろ)し、騒いでいる。薄いリュックを背中からだらんと垂らした中高生たち。コンクリートの広場に思い思いに座り、なにがおかしいのか笑い転げる集団も、街路樹の周りでスマホ片手に談笑するメイクばっちりの少女たちもいる。賑(にぎ)やかなのに、色の薄い殺伐とした風景だと、二十五歳のジョーは思う。

「ママ、オトコ漁(あさ)りがひどくてさ」

まーちゃんは目尻を下げ、喉をクックッ鳴らして笑い、

「ありゃあビョーキだね。娘としてはたまらんわ」

明るい口調で悲惨な境遇を披露する。

「夜遅く、ひっかけてきた若いオトコを団地に連れ込み、平気でやっちゃうんだよ。声がでっかくてね。窓を開けたまんまだから、近所のジジイやババアが玄関ドアをガンガン叩いて、うっせえ、外でやれ、おまえらケダモノか、クズどもがアヘアヘやってんじゃねえよ、と怒鳴ってたな。真夜中に、どっちもどっちだよな」

ふう、と疲れたため息をひとつ。

「セックスの後、ママはきまってオトコとケンカになるんだ。おまえ下手だからカネ寄

こせ、とか言っちゃってさ。殴り合い、取っ組み合いで部屋をメチャクチャにして、パト、呼ばれたこともあったよ。ママが引っ張り込むオトコ、脳みそが溶けたアホばっかだから、トラブルは日常的なんだ」

そのアホの一人、自称アーティストの長髪髭面の汚らしい野郎が、風俗で働く母親の留守中、襲ってきたのだという。

「あたしが泣いて喚いて、抵抗すると、そいつは台所の包丁をひっつかみ、てめえのかあちゃんぶっ殺すぞ、さっさとやらせろ、パンツ脱げ、股開け、おらっ、刺すぞ、と脅すんだよね」

表情が変わる。当時が甦ったのか、顔を憎悪と恐怖にゆがめる。

「包丁を振り上げ、ぶっとんだもの凄い面でさ。あれ、ぜってーシャブ、やってるよ。目なんかギラギラ光って、人間じゃねーよな」

胸が痛い。まーちゃんは切々と語る。

「あたしの親父もマジ、危なかったし、ママ、学習能力ゼロなんだ」

まーちゃんの父親は半端なヤクザ者で、家にカネはまったく入れず、夜遅く酔っ払って帰っては母親を叩き起こし、殴る蹴るの毎日。機嫌が悪いと幼い娘にも暴力を振るい、命からがら母子で逃げ出したのだという。

「でもさ」

まーちゃんは疲れた中年女のように目をしょぼつかせ、

「バカでケンカっ早いママだけど、さすがに自分のオトコに娘がレイプされたと知ったら悲しむよねえ。だったらあたしがいなくなったほうがいいじゃん。でしょ」

まあね、とジョーは曖昧に応じることしかできなかった。娘のこのピュアな愛情を、頭のいかれた母親は毛先ほども知らず男漁りの日々だろう。ジョーは今夜も確信する。この世界は絶望と怒り、そして諦めに満ちている、と。

あれっ、ジョーじゃん、と弾んだ声が飛ぶ。顔見知りの少年少女たちがぱらぱらやって来る。

「ジョー、まだ一人ボランティア、やってんの」

呆れた、とばかりに小太りの少女が言う。継母の虐待から逃げて家出中の十六歳だ。一人ボランティア。勝手に始めたお節介。言い得て妙だと思う。

「あたしらにも頂戴よ」

いち、にい——七人いる。

「まーちゃんばっか、ずるい」

ジョーのお気にだから、と遠慮のない少年の言葉が重なる。そんなことあるか、とジョーはショルダーバッグに両手を突っ込み、菓子パン、調理パン、サンドイッチを気前よくつかみ出す。

「おれ、カレーパンもらいっ」

ひったくるようにつかむワルメンの少年は、つい先日「ジョー、シャケおにぎりの礼だ、特別に拝ませてやる」と言うや、突然シャツを脱いでみせた。

得意げに、「こういうの、見たことないだろ」とも。ジョーはのけぞり、絶句した。そのほっそりした身体には無数のピンク色の縞模様があった。それは肉が醜く盛り上がったケロイドで、少年は「おふくろの優しい躾の跡だ、決してバーナーでこんがり炙った虐待の跡じゃねえぞ」と笑い飛ばし、シャツを着ると、何事もなかったかのようにシャケおにぎりをほおばり、缶コーラをグビグビ飲んだ。

ジョーが茫然としていると、ねえねえ、これ見て、と丸顔の少女がシャツの袖をくるくるまくり、無数の赤い傷跡を披露した。リストカットの跡だ。ジョーは混乱する頭で少女の来歴を反芻し、絶望の淵に沈んだ。その丸顔のコは十三歳のとき、シャブ中の母親がつくった借金のカタに茨城のソープに売り飛ばされ、一カ月後、同情した従業員の手引きで命からがら逃げ出したという、壮絶な過去の持ち主だった。ジョーの、冷たい鉛のような胸中をよそに、彼女は屈託なく語った。

「むしゃくしゃしたとき、自分の真っ赤な血を見ると胸がすっとするんだ」

そうそう、と数人が間髪容れず同意し、競うように自傷行為の悲惨なエピソードを明かした。血が流れ過ぎて失神した、とか、彼氏がパニックになって逃げた、とか。

「ジョー、おれにもなんか食わせろ」

我に返る。目の前に突っ立つ白のヨットパーカーの男。長身の筋肉質。坊主頭に凛とした眼差し。常に飄々として、性格も口調も穏やかで、一見すると坊さんの見習いのようなヤツだ。ジョーは渋い面をつくり、ラップで包んだホットドッグを差し出す。あんがと、男は笑顔で受け取る。

「おまえ、そろそろやる気、見せなよ」

ジョーは小声で諭す。

「もういいトシだろ。子供と一緒にホットドッグ食ってる場合じゃないだろ」

名前はタダシ。年齢は恐らく二十歳前後。ここらでは年長の部類で、キッズと呼ぶにはいささか抵抗がある。本人曰く、定職のないアルバイターで、いまはゲーセンで働いているという。

「説教は耳タコだよ」

タダシはホットドッグのラップを剝がし、餓えた野良犬みたいに食いつき、咀嚼する。唇の端に付いたケチャップを親指で拭い、ぺろっと舐める。

「おれ、ここが居心地いいの」

にっと笑い、意味深な目を向けてくる。

「ほかに行く場所、ねえんだもん。ジョーと違って」

どきり、とした。こいつ、もしかして。タダシはこっちの困惑を見透かしたように語る。

「あんた、育ちいいじゃん。ほら」

目配せする。ジョーが手に持つ、きれいに畳んだパンの袋。そこらに投げ捨ててあったやつだ。

「キッズが食い散らかした後、せっせと片付けていくもんね」

ジョーは赤面し、蚊の鳴くような声で返す。

「大したことじゃない」

そうさ、と我が意を得たとばかりにタダシは言い募る。

「あんたにとってはフツーだよ。習慣化してるもん」

見なよ、とあごをしゃくる。縁石に座り、スマホを操作しながらサンドイッチをぱくつき、缶コーヒーを飲み、タバコを喫い、ケラケラ笑うキッズ。足元に散ったタバコの吸い殻と空き缶、包装袋。だれも気にしない。

「やつら、あれが普通だからね。きっと親もダチも同じなんだよ」

タダシはしたり顔で言う。

「でもジョー、あんたは違う」

顔を斜めにして問う。

「いったい何者なのかなぁ？」

ジョーは目を伏せ、ゴミクズを拾いながら、胸の内で問い返す。タダシ、おまえこそ何者だ？

洲本栄はビル陰からさりげなく観察する。

「間違いないんだな」

「もちろん」

高木誠之助は、撮影を終えたスマホを懐にしまい、即答する。

「ここで下手打ったら、自分の刑事人生、終わりです」

だよな、と重々しくうなずきながら、腹で怒りが煮える。よりによってこんな厄介な事案を持ち込みやがって。高木はしれっと付言。

「わたしの手にはさすがに余ります」

洲本は拳を握り締める。身体の芯から不快な熱が湧いてくる。

新宿署組対課二係主任、三十六歳。広い額に鋭い一重の目。がっちりしたしゃくれあご。警察官の採用規定ギリギリの短軀ながら、その、一度食いついたら離れない、しつこい捜査でスッポンの異名をとるマルボウ刑事、洲本。その胸で複雑なものが逆巻く。己の辞書に臆する、怯む、という言葉はないと信じているが、この事案は難しい。大げさでなく、刑事人生を左右するほどに。

上司の千々に乱れる胸中をよそに、高木はしゃあしゃあと語る。

「主任でも無理なら、我が日本警察に未来はありません。期待してます、がんばって」

この野郎。思わず睨みをくれる。おっとお、と高木は両手を挙げ、笑顔でホールドアップのポーズ。

「マジもマジ。お世辞抜きの本音ですって。肝の据わった凄腕刑事じゃなきゃ無理です。

主任が上司でよかった」

　三十二歳の若手。中肉中背の地味な容貌ながら、いまは亡き伝説の刑事、桜井文雄の後継者を自任する、筋金入りのマルボウ刑事である。一転、笑みを消し、主任、ご安心ください、と囁く。

「死なばもろとも、ですよ」

　瞬間、血が頭に昇る。叶うなら怒鳴りつけたいところだ。独身のお気楽なおまえと一緒にするな、こっちは家族持ちだぞ、女房ガキがいるんだぞ。

　噛み締めた奥歯がギリッと軋る。仕方ありません、と高木は指を振る。

「我々は天下の新宿署でマルボウ刑事、やってるんだから」

　誇りと覚悟に満ちた言葉だ。洲本は嫌でも気後れを感じてしまう。高木が捜査に賭ける情熱は尋常ではない。新宿署の組対刑事として多忙を極めるなか、睡眠時間を削って歌舞伎町とその周辺を歩き、人脈の形成と情報収集に努めている。必要とあらば真夜中でも、明け方でも、もちろん非番の日でもだ。

　足で稼いだ数多の情報は、自らが分析した上でチャート図にまとめ、解説・分析を添付。闇社会の複雑な人間模様と利害関係、トラブル、事件等がひとめで判るようになっている。噂では警視庁幹部が「百万円出しても欲しい」と言ったそうだが、たとえ現ナマ一千万積まれても断るだろう。高木は師匠筋の桜井に負けず劣らず、極めつきの変人である。

今回の事案も日々の刻苦勉励の賜物だ。家族持ちの身ではこうはいかない。が、自分は上司だ。虚勢という名の鎧をまとい、胸を張る。

「明日、上に掛け合う」

高木は目を細め、感に堪えぬ、という風にかぶりを振り、

「やっぱ主任は漢だな。わたしの見込んだとおりだ。安心しました」

なんだ、その偉そうな物言いは、と胸倉をつかみ上げたいところをぐっと我慢。内輪揉めをしている場合じゃない。焦燥と苛立ちが短軀をギリギリ絞り上げる。高木は舌打ちをくれ、顔をしかめ、

「しかし、歌舞伎町に吸い寄せられるガキどもを見てると、自信がなくなりますね」

自信と野心に溢れた若手刑事は臆面もなく言い募る。

「結婚して子供ができたら、心配で夜も眠れませんよ。大事な子供がこいつらの仲間になったら大変だ。とんでもない悪事をしでかして警察の厄介になれば父親も刑事として終わり。哀れ、家族共倒れだ。世界屈指のメガシティ、東京で子育てをするリスクは地方とは比較に――」

余計なお世話だ、と一喝。さすがに黙っていられない。洲本は街角に屯する能天気なガキどもを眺めながら、凄むように言う。

「うちはそういう教育はしてねえよ」

そんなあ、一般論ですよ、主任のお宅じゃありません、と高木は困り顔で弁解。洲本

は三秒ほど睨みをくれ、視線を外す。蛙の面に小便。高木は舌を出し、やっべー、怒られちゃった、と頭をかく。

洲本は深く息を吸い、昂りを鎮める。脳裡に浮かぶ幼い顔。三鷹市立第五小学校のピカピカの三年生、洲本栄作。温和で引っ込み思案の、これといって秀でたところのない、しかし優しさと愛嬌は満点の息子だ。我が掌中の珠だ。

妻の明子とは、中学受験をさせるべきか否か、話し合いの最中である。

明子が言うには、教育環境を考えるなら断然私立で、受験準備の学習塾通いは四年生からが常識とか。決断のタイムリミットは刻一刻と迫っている。もとより、和歌山の田舎育ちの自分には私立中学など別世界の話だが、ここ東京では四人に一人が私立らしい。都心の文京区、港区など半数近くとか。

くっと苦い笑みが湧く。三鷹市下連雀のノンキャリ官舎で暮らす己の立場を弁えろ。ひと山いくらの兵隊の子供が私立中学だと？　官舎には三人の中学生がいるが、全員公立だ。キャリアの子供ならともかく――。

いや、可愛い栄作のためなら、分不相応でもかまわない。官舎の連中に笑われようが、後ろ指をさされようが知ったことか。悪い仲間に誘われ、歓楽街をほっつき歩くようになってからでは遅い。洲本はビル陰を離れる。高木が肩を並べてくる。

「でも主任、現実は怖いですよ」

諭すように言う。

「バカ高い教育費をつぎ込もうが、ねえ」

なんだ？　高木は意味ありげな視線を向けてくる。

「わたしたち、いま悲惨なケースを見たばかりじゃありませんか」

そうか。シビアな現実がのしかかる。足が鎖を巻き付けたように重くなる。いくら教育環境がよくても、親が社会的エリートでも、外れるやつは外れる。現に――。背後で夜の歌舞伎町を徘徊するガキどもの歓声が轟く。

「中学受験の学習塾代は一年で約百万。成績が芳しくなければ個別指導や特別講座、合宿特訓といったオプションをバンバン突きつけられ、焦った親は頭に血が昇り、毒を食らわば皿まで、と想定外のカネを払い続け、気がつけば家計は火の車です」

どこで仕入れたのか、高木はカネがモノを言う私立受験の内情を、まるで先輩刑事の分不相応を嘲笑うかのように披露する。

「系列の私立高校卒業まで、授業料から課外活動費から、ぜんぶひっくるめると一千万が相場。学習塾のオプションや寄付金が加わると、二千万を突破することも珍しくないようです。庶民の家庭じゃとても無理だな。へたしたら自己破産ですよ」

洲本は足を止める。頭の隅に妙な違和感がある。さっき見た光景を反芻する。宿無しのキッズに調理パンやサンドイッチを配り、笑顔で受け応えする若い男。躾のなっていないキッズが食い散らかした跡の掃除までして、見た目は善意溢れる立派なボランティアだ。

洲本はそっと振り返る。若い男、当該のターゲットを視界に収める。呑気にホットドッグを食っていたヨットパーカーの若僧も加わり、黙々と掃除中だ。妙な、頭の隅にひっかかった違和感の元はどこにある？　刑事の目で観察する。

「どうしました？」

高木が微笑む。心の奥底を探る刑事の笑みだ。ちょっとな、と洲本は踵を返す。

「ひとは判らんもんだ、と思ってな」

なにをいまさら、と高木が笑う。洲本は無言で足を運ぶ。違和感、違和感。見えそうで見えない。結局、甚だ据わりの悪い曖昧模糊としたものを抱え、歌舞伎町を後にした。


「おまえ、実家はどこよ」

「知らねえよ」

タダシはぶっきらぼうに返しながら、ポリ袋片手に吸い殻やパン屑、食いものの包装紙をせっせと拾っていく。

「親はいるのか」

ひょいと肩をすくめ、

「プライベートはノーコメント。お互い様だろ」

たしかに。

こいつと初めて会ったのは二カ月前。底冷えのする夜。一人ボランティアを始めて間もなく。ママチャリのカゴにぱんぱんに膨らんだショルダーバッグを積み込み、白い息を吐き、東宝ビルに向かって走っていると、雑居ビルの間の薄暗い路地でなにやら不穏な音がする。耳を澄ます。くぐもった怒号と殴打。

　ママチャリを停め、そっと歩み寄り、目を凝らす。三人の男によってたかって蹴られる黒い人影があった。蹲り、両腕で頭を抱え、無抵抗の男。瞬間、己の惨めな過去がフラッシュバックした。熱いものに背中を引っぱたかれ、やめろっ、と怒鳴った。

「いま警察、呼んだからな」

　男三人は脱兎のごとく路地奥に走り去った。

「余計なことすんなよ」

　そいつはゆらっと立ち上がり、切れた唇の血を掌で拭い、不敵な笑みを浮かべ、

「これから反撃するとこだった」

　うそつけ、と声に出さずに返し、トラブルの原因を問うと、チンピラ三人にカネをたかられ、断ったところ、フクロにされた、と。

「おれ、いま金欠でさ。〝おまえらクズ連中にやるカネはねえ、目障りだからとっとと消えな〟と優しく言っただけなんだけどね」

　怖いもの知らずの愚か者はタダシと名乗り、膨らんだショルダーバッグを見て、ママチャリでどこへ行くの、と興味津々の様子で問い返してきたから、トー横キッズに食料を配りに、と答えると、急に眉を八の字にゆがめた情けない面になり、腹減ったあ、と

泣きそうな声で訴えた。

「もう三日、なんも食ってねえんだよお」

仕方ないからクリームパンをやると、ガツガツと喉に押し込み、「この恩は必ず返す」とぽろぽろ泣いた。

以来、ジョーが週三、四回の割合で続けている一人ボランティアにふらりと現れ、掃除を手伝うようになった。本人は恩を返しているつもりかもしれないが、毎回トー横キッズと一緒になって腹を満たしているから、そんな大層なものでもないと思う。

「しかし、おかしな野郎だよな」

タダシは吸い殻を拾いながらぶつぶつ呟(つぶや)く。ジョーは問う。

「だれがだよ」

顔を上げ、にっと笑う。

「ジョー、あんたに決まってるじゃん」

広場に目配せし、いくらでも稼げるのに、と口惜しそうに言う。

視線の先、宿無しの少女たちがスマホを使い、商談の真っ最中だ。ギャラ飲みにパパ活、一夜の宿の確保。いずれも鼻の下を伸ばしたおっさんどもが客だ。大胆にも女の子と直接、値段交渉するスーツ姿のリーマン風もいる。

「ジョーはガキどもに信頼されてるからね。見栄えのいい女を束ねたらけっこうなカネになると思うけど」

いらっとした。

「おれはヤクザでも半グレでもないぞ」

無性に腹が立つ。つまらない軽口を叩くタダシではなく、食料を配る以外、なにもできない自分に。

「たまにはつまみ食いしてもいいんじゃないの？　頑張ってんだし」

タダシは呆れ顔でかぶりを振り、

バカじゃないの、とばかりに続ける。

「自腹切っての無償のボランティアって、どんだけ聖人なんだよ。理解不能だね。そのうちバチカン宮殿に祀られるかもよ」

「ほっとけ。おれの勝手だろ」

吐き捨てながら、空しくなる。振り返れば、食料を配り始めた当時はガキどもに警戒心を抱かれ、散々だった。

「おっさん、あたしと一発やりたいの」「てめえ、ロリコンの変態か？」「メシでおれらを手懐けて、ヤバイ商売をやらせんのか？」

なかには額を寄せ、恐ろしい形相で、とっとと消えねえと殺すぞ、とヤクザ紛いの脅し文句を吐く輩もいた。が、聖人ガンジーのごとく、常に無抵抗を貫き、「腹が減った子供たちにメシを食わせたいだけだ」と愚直に説明するジョーに、他意はないと判った のか、一カ月もすると食いもの目当てに宿無しのトー横キッズが集まるようになった。

ジョーはそれぞれ複雑な背景を持つキッズに笑顔で接しながら、内心、驚愕と絶望の連続だった。

彼ら彼女らのほとんどは常にカネがなく、すきっ腹を抱え、栄養失調寸前だ。親元を離れ、宿無しになった原因は家庭内の虐待がもっとも多く、次いで学校のイジメ、貧困、不登校、ワル仲間の誘い――。虐待には陰惨な暴力の他、性的なものも多数あり、実の親やきょうだいから日常的に性的暴行を受けていたケースも珍しくない。

カネを稼ぐ手段は、少女たちは売り（売春）かギャラ飲み、パパ活、年齢を偽っての性風俗やキャバクラ勤め。少年たちは恐喝に窃盗、風俗店の使いっぱしり、半グレが手掛ける特殊詐欺や強盗の手伝い、ＡＶ女優のスカウト、ぼったくりバーの客引き。新宿二丁目まで遠征して金持ちのおっさん相手に売りをやるさばけた連中もいる。

ねぐらは漫画喫茶やカプセルホテル、サウナの他、知り合いのアパートを転々とする等、様々だ。少女たちのなかには一夜の宿と引き換えにセックスを提供するコも多い。最近は場末のビジネスホテルに一人分の料金で長期滞在し、複数人で利用する、大胆なグループもあるとか。噂では売春の温床になっているとも。

ジョーは言葉を交わすうちに私的な相談事にも乗るようになり、時には手助けもしてやった。日頃のつっぱりが嘘のように、家族の許へ帰りたい、と弱音を吐く家出少女からは家庭内の事情を聞き出し、実家に連絡して和解の仲立ちをした。そろそろ真面目に働き自立したい、という地方出身のホスト崩れの少年には公的機関を紹介し、相談に同行した。

風俗店やヤクザ、半グレに搾取され、逃げたい、と泣きついてきたコらに当座の生活費と逃亡の交通費を融通したこともある。

もっとも、大半のキッズはパンやおにぎりを食い終わると、手を振り、去っていく。歌舞伎町で逞しく生きるキッズは、その鋭い嗅覚で、一人ボランティア野郎はしょせん別世界の人間、と勘付いているのだろう。

掃除を終え、ママチャリを引き、タダシと帰路につく。自宅は大久保のボロアパート。タダシのねぐらは知らない。知る気もない。

「ジョー、これマジなんだけどさ」

雑談の後、タダシは珍しく真剣な面持ちで訊いてきた。

「厄介なトラブルに巻き込まれていない？」

えっ、と声が出た。チャリを停め、向き合う。タダシはじっと見つめてくる。漆黒の瞳に吸い込まれそうだ。嬌声に怒号、高級車のけたたましいクラクション。歌舞伎町のノイズが鼓膜を震わす。ジョーは乾いた喉を引き剝がし、タダシ、と声を潜める。

「おれのこと、どこまで知ってるんだ？」

タダシは眉根を寄せ、それはさ、と唇が動く。ジョーは息を詰める。心臓の鼓動が太く、高くなる。ん？　タダシの目が揺れる。すっと横を向き、さりげなくフードをかぶる。どうした？　背後に気配を感じ、ジョーは振り返る。

やあ、と片手を上げる優男。黄色のスウェットにジーパン。オレンジのバッシュー。軽くウェーブした髪に、目尻の下がった愛嬌のある面。ぱっと見、気のいい若手お笑い芸人のような男だ。

「ジョー、帰りかい？」

ええ、まあ、とタダシにそっと目をやる。いない。背を向け、速足で遠ざかる。ジョーが啞然としていると、優男は素早く前に回り、逃げ道をふさぐ。背後に屈強なブラックスーツの男二人が控える。スキンヘッドとパンチパーマ。いずれも眉間に筋を刻んだ、ケンカ上等の面構えだ。

「ちょいと重要な話があるんだけどさ」

優男が穏やかな口調で言う。

「例のビジネスだ。善は急げだ。いまから打ち合わせをやろうぜ」

ビジネス——全身から血の気が引いていく。

「いまからって、そんな」

午前零時過ぎ。優男はヘラヘラ笑う。

「この街じゃあ宵の口だぜ」

「先日も言ったようにおれは単なる」

ばかやろう、と一転、優男は別人のような険しい面で凄む。強烈な巻き舌が炸裂する。

「おまえを見込んででかいビジネスを任せようってんだ。断ったらてめえ、殺されたほうがマシってリンチかまして、生きたまま埋めちまうぞ」

背筋が音をたてて凍る。優男は羊を前にした餓狼のように舌舐めずりをして、

「極道を甘くみるなよ」

ジョーはチャリのハンドルを握ったまま、木偶のように立ち尽くした。


翌日、午前十時過ぎ。新宿警察署五階の北奥、五〇五号取調室。洲本と高木は待った。コンクリートに囲まれた陰気な小部屋。薄暗い蛍光灯の下、マルボウ二人が肩を並べて座る事務デスク。ギッ、と鋼が鳴る。スチールのドアが開き、二人の男が現れる。洲本と高木、揃って起立する。

銀縁メガネに七三分けの髪、濃紺スーツ。一見すると銀行マン風の男は組対課長の東聡史、四十五歳。階級・警部。洲本と高木の直の上司である。

痩身に禿頭、ぱりっとした制服が続く。副署長の君島治、五十二歳。階級・警視。署長はお飾りの若手キャリアゆえ、実質的な新宿署のナンバーワンである。

「おうおう、洲本」

東がメガネのフレームをつまみ、上から目線で言う。

「幹部二人を呼びつけて、おまえも偉くなったもんだな」

恐縮です、と洲本は慇懃に一礼。高木も倣う。

「外ではとてもできない、重要な話です」

不敵な笑みを浮かべて付言する。

「こっちも尻（けつ）に火がついているもので」

東の顔がこわばる。うほん、とわざとらしい咳払いが響く。

「一介の兵隊が特別待遇かい」

副署長の君島だ。ニヤつきながら取調室を見回す。

「この部屋を専用で使ってるくらいだから凄腕なんだろう」

パイプ椅子にどっかと腰を下ろす。東も続く。

君島は両腕を組み、椅子にそっくり返ってあごをしゃくる。

「始めろ」

傲岸不遜（ごうがんふそん）を絵に描いたような男だが、東大卒のキャリアである署長（三十二歳）の前では常に笑みを絶やさず、どんな無理難題にもノーを言わず、頭を低くして仕えるヒラメ野郎だ。その反動か、下への当たりはキツイ。こんな風に。

「おれは忙しいんだ。三分だけ時間をやる。つまらん話なら途中で打ち切るからな」

そうですな、と東が如才ない笑みを浮かべて追従する。

「日本一の所轄、新宿署の副署長は分刻みのスケジュールですから」

洲本は腰を下ろし、高木も同じように座る。幹部二人と向き合うや、洲本は懐から手帳を抜き出して開く。無言のまま目を這（は）わす。部屋に硬質の空気が満ちていく。静寂。

二十秒、三十秒。

君島のこめかみがピクつく。短気な副署長がぶちきれる寸前、洲本は口を開く。

「ジョー、という男がいます」

幹部二人、顔を見合わせる。なんのことか判らないようだ。洲本は淡々と語る。

「本名、安川(やすかわ)じょう。謙譲語の譲で、二十五歳。現在、歌舞伎町に屯するトー横キッズにパン、おにぎりなどの食料を配るボランティアを週三、四回、単独で行っております。空腹が常態化している宿無しの少年少女に、大変感謝され、慕われているようです」

東が首をかしげ、

「善行を表彰しろ、とでも言うのか？」

洲本は手帳に目を据えたまま、穏やかな口調で答える。

「なんの後ろ盾もない、個人のボランティアです。しかも無職の身。なかなかできることではありませんな」

ガタン、とパイプ椅子が鳴る。君島が仁王立ちになり、洲本を見下ろす。

「そんな、どこの馬の骨とも知れんプーのつまらん話、おれが聞くまでもないだろう」

「これから面白くなります」

洲本は目も合わさず、ぱらっとページをめくり、

「安川譲の父親は安川慎太郎(しんたろう)。ご存知ありませんか？」

五秒の沈黙の後、もしかして、と東が囁く。

「サッチョウか？」

なにぃ、と君島がうめく。顔から血の気が引いていく。次いで腰を屈め、かすれ声を絞り出す。

「刑事局長の安川さん、か？」

洲本は手帳をぱたんと閉じ、笑みを送る。

「さすがは副署長、キャリアには滅法強いですな」

言外に、ヒラメ野郎への揶揄がある。君島の表情に険が浮かぶ。洲本は無視して続ける。

「将来の警視総監、警察庁長官もあり得るスーパーキャリアです」

君島はそっと、音もなく座り直し、背を丸め、地下に潜ったパルチザンのように囁く。

「ノンキャリの兵隊が、おいそれと名前を出せる存在じゃないぞ」

「必要だから出したまでです」

なんだあ、と君島は下から睨みをくれる。洲本は平然と受け止める。ヒリついた沈黙が満ちていく。なあ洲本、と東が割って入る。

「たしかなんだろうな」

もちろん、と洲本は隣の部下に目配せする。

「お見せしろ」

高木は懐からスマホを抜き出し、操作。デスクに置く。幹部二人がのぞき込む。昨夜、記録した映像だ。少年少女に食料を配る、中肉中背の若い男。ジーパンに水色のジャケット、清潔な短髪。知り合いなのか、白のヨットパーカーの若僧と話し込む。

「ズームします」

高木はさらにスマホを操作。画面が拡大。シャープな細面に涼しげな目元。イケメンの部類に入るだろう。

凝視する二人に向けて、洲本が言う。

「目とあごのラインなんか、そっくりでしょう」

ごくり、と喉を鳴らし、東が顔を上げる。

「洲本、おまえ、さっき」

困惑の表情で問う。

「無職、と言ったよな。二十五なら大学院生かなにかか？」

いいえ、と首を振る。

「大学を二年で中退後はバイトで食っていたようですが、ここ半年、仕事についた形跡はありません。そうだったな、高木」

はい、と言葉を引き取る。

「単独のボランティアを始めて三カ月になりますが、まともな収入はありません」

東はレンズの奥の目を瞬き、高木に向けて問う。

「なら、実家住まいの親がかりか？」

「大久保の安アパート住まいです。大学中退後、世田谷区経堂の実家とは絶縁状態でして。安川刑事局長のご意向です」

東は絶句し、驚きの表情で問う。

「おまえ、全部、調べ上げたのか」

もちろん、と高木はうなずく。

「こんな危ない事案、しっかりウラをとらなきゃお偉いさんに報告できませんよ」

幹部二人の表情が岩のように固まる。洲本は手帳を懐に戻し、ただ次の展開を待つ。

ふっと空気が揺れる。副署長の君島が動いた。前のめりになり、すがるように問う。

「洲本、この話の肝はなんだ？」

無言。洲本は焦らすように沈黙を貫く。おまえら、と組対課長の東が部下二人に尖った目を当て、凄味を利かせて言う。

「この狭苦しい部屋におれと副署長を呼んだ狙いを言え。いまさら出し惜しみするなよ」

洲本は指でほおをかき、実は、と二呼吸おき、

「逮捕の許可をいただきたく」

たいほぉ、と君島が目を剝き、素っ頓狂な声を上げる。洲本はそっけなく付言。

「そうです。安川譲の逮捕です」

重い静寂が流れ、まじか、と東が囁く。「ただのボランティアじゃないのか」と喘ぐように問う。

「売人、ですよ」

洲本はさらりと返す。

「覚醒剤の」

新宿署を統べる副署長、君島が瀕死のゴリラのようにうなる。かさついた唇が戦慄く。

「安川刑事局長の御子息がシャブの売人だとお」

言った後、己の台詞の重さに怯んだのか真っ青になり、口を噤む。

「大幹部の息子が――」

レンズの奥、東の目が泳ぐ。証拠があるのか、とか細い声で問う。

「高木、お見せしろ」

高木は懐から茶封筒を取り出し、写真数枚と資料を置く。泡食った幹部二人は恥も外聞もなく身を乗り出し、若いビジネスマン風の男にブツを渡す決定的瞬間をとらえた写真、それに内偵の詳細を記した資料をひっつかみ、共に破裂しそうな目を這わす。

高木は手短に要点を述べ、狼狽と困惑に押し潰されそうな幹部二人に、事務的に語りかける。

「アパートにガサをかければ一発です。ヤツはビギナーの売人。叩けばいくらでもホコリが出る身だ。覚醒剤所持の現行犯でパクれます」

洲本が引き取る。

「非常にナーバスなヤマです。ここはひとつ、お二人で」

君島と東を交互に見据え、言葉を継ぐ。

「事前に安川刑事局長に断ってください」

仁義を切っておけ、とばかりに強い口調で言う。

「サッチョウと本庁上層部の根回しもお願いします。後々、揉めたくないもので」

ちょっと待て、と蠟人形のような面の君島が腰を上げる。

「おれがいいと言うまでここにいろ」

東も立ち上がる。

「洲本、高木、判ったな」

念押しし、幹部二人、逃げるように部屋を出て行く。スチールドアが重い音をたてて閉まる。洲本は苦笑する。

「おれたち、まるで被疑者扱いだな」

「叶うなら抹殺したいとこでしょ」

高木は面白がるように嗤う。

「うろたえやがって、ざまあみやがれ」

洲本は平静を装い、小刻みに震える両手をそっと組み合わせて思う。この野郎、後悔も怯えも、ゼロだ。上司はこんなに動揺しているのに。

十五分後、戻ってきたのは東一人。さっきの狼狽がウソのような峻厳な態度で、「この件はおれの預かりとする。おまえら、理解したな」と一方的に告げ、幕を引いた。洲本は無言を貫き、高木はあたふたと出て行く東の背中を見送るや、不敵な面で囁く。

「主任、ここからがホントの勝負ですね」

そうだな、と応じながらも、洲本は湧き上がる震えを抑えられず、両手でデスクの縁をつかむ。ちきしょう、なんてことだ。ほくそ笑む後輩の横顔に向け、この疫病神が、おれは家族持ちだぞ、と声に出さず吐き捨てる。

午前十一時。歌舞伎町の古マンションの一室。大理石のテーブルを据えた応接セットで、ジョーこと安川譲は優男と向き合っていた。この若手お笑い芸人のような男は極道組織『紅蓮会』の現場を仕切る若頭、柳清次である。背後、縦長の大型ソファにはブラックスーツの舎弟二人が控え、両脚を大きく開いてタバコを喫い、スマホに見入っている。

「どうだ、受けてくれよ」

粘着質の声で柳が言う。すみません、とジョーはかすれ声を絞り、小さく首を振る。

「できません。かんべんしてください」

頭を深く下げる。真夜中から、こんなやりとりを延々とやっている。もう十時間近く。眠い。頭も朦朧としている。全身を濡らす脂汗が気持ち悪い。疲労困憊、ダウン寸前だ。が、柳は疲れを知らない。血走った目を据え、さらにヒートアップ。

「ジョー、よく考えろよ。おまえは上客を確保し、安定した収入を得ている。だが、新しい市場を開拓しなきゃ、どんなビジネスも先細りだ」

シャブの元締めは、やり手の経営コンサルタントのように雄弁だ。

「肥沃な市場が目の前にあるんだぞ。おまえのためだけにある、いわゆるブルーオーシャンだ。さっさとカネに変えて、もっとでっかいビジネスにつなげようや、なあ」

だめです、と萎えそうな意思を必死に立て直し、首を振る。

「それだけは断ります」

静寂。甘ったるい臭いが漂う。シャブ中特有の体臭だ。

若頭、と舎弟のスキンヘッドがタバコを灰皿にねじ込む。

「こいつ、自分が扱う商売品、本気で愛してないから、タコみてえにノラクラ逃げるんじゃありませんかね」

だな、と舎弟の片割れ、パンチパーマが、自信にあふれた営業マンの口調で言う。

「商品の魅力を熟知してこそのビジネスだ。じゃなきゃ、自信を持ってユーザーに売り込めねえもん」

知らない人間が聞いたら、新進企業の戦略会議と信じて疑わないはず。

「いいこと言うねえ」

柳は満足気にうなずく。

「ジョー、おまえ、シャブ食わねえからダメなんだよ」

血走った目を据えてくる。

「身体に入れてみろ。背筋がシャンとして、おれたちみたいに疲れ知らずの、超ポジテイブシンキングになるからよ。人生、バラ色だぜ」

ぎゃあっはっはあ、と地金を晒した舎弟二人、膝を叩き、大口を開けて下品に笑う。

鼓膜がジンジンする。

「セックスもすげえぞ」

柳が顔を上気させて言う。

「三時間、四時間、マラおっ勃ってっからな」

「女とシャブきめるの、最高ですもんね」

スキンヘッドが涎を垂らしそうな面で言う。そうそう、とパンチパーマも同調する。

「シャブ漬けにして、やりまくって、飽きたら風俗に叩き売ればいい。結構なカネになるもんなあ。いい商売だぜ」

てなわけでジョー、と柳がテーブルのクラッチバッグを引き寄せ、ジッパーを開ける。

マズイ。立ち上がろうとしたときはもう、スキンヘッドが傍らに立ち、肩を押さえ、首根っこをぐいとつかんできた。凄まじい腕力に、ぴくりとも動けない。

「おれが特別に極上のユキネタ、食わせてやるよ」

柳がバッグからポンプと白い粉のパケを抜き出す。

「おまえ、売人にしちゃあお行儀が良すぎるんだよ。男ならとことんいってみろ」

パンチパーマがミネラルウォーターのボトルと小皿をテーブルに置く。柳が蕩けそうな面で言う。

「シャブを食った瞬間、全身がひやっとして、毛穴がぶわーっと開いて、脳みそがキーッて悲鳴を上げるくらい気持ちよくなるぞ。てめえで体験しなきゃ判んねえだろ。これでセールストークもばっちりだな」

パンチパーマが小皿に水を垂らす。次いでパケの覚醒剤を溶き、ポンプで吸い上げ、針を——

「了解しましたあ」

ジョーは裏返った声を張り上げる。

「シャブ、売り込みます。市場を開拓してみせます。だからポンプだけは勘弁してください」

泣きながら懇願する。

「おれ、一人前の売人になってみせます。だから、だから」

柳が首をかしげ、凝視する。ホントだな、と甘ったるい息を吐いて囁く。ジョーは大きくうなずく。五秒後、よし、と朗(ほが)らかな声。

「しっかり市場開拓してこいや」

スキンヘッドが両手を外す。

「とりあえず女三人だな。どーせボンビーなんだから、タダで渡してシャブ中にしちまえ。後はしゃぶり放題よ。売りをやらせて、最後はソープに沈める。ローリスクのハイリターンだな」

ぎゃははっ、と舎弟どもが下卑（げび）た笑いを轟かす。ジョーは米つきバッタのように頭を下げ、逃げるように部屋を出た。

午後三時。歌舞伎町奥のゲーセン。アルバイトのタダシはタバコ休憩をとるべく、裏口から出た途端、声をかけられた。ビルに囲まれた、陽のささない陰気な路地。

「よう、お疲れ」

ジャンパー姿の中背の男。年齢は三十前後か。三度目の接触になる。名前は知らない。目深にかぶった黒のキャップに、油断のならない視線。全身から漂うやさぐれた雰囲気からして、アンダーグラウンドの人間だろう。男は周囲を慎重にチェックし、ジョーだけどさ、と声を潜める。

「そろそろヤバいよ」

えっ、とタダシは絶句する。男はさらに言う。

「手遅れにならないうちに、なんとかしなきゃ」

なんとかできるのか？

「できるさ」

男はこっちの胸の内を読んだかのように、力強い言葉を重ねる。

「あんたが腹をくくればできる」

腋（わき）に冷たい汗が滲（にじ）む。腹をくくれば——。この男、すべてを承知しているのか？　だとしたら何者だ？

その夜、十時過ぎ。三鷹の官舎に帰宅した洲本は、明子が用意した茶漬けを食い、寝室の襖（ふすま）をそっと開け、栄作の寝顔を暫（しば）し眺めた。胸を複雑なものが焦がす。よし、と小さく呟き、襖を閉める。キッチンのテーブルに戻り、明子を呼ぶ。

はいはい、と洗い物を手早く済ませた妻は前に座り、改まってどうしたのよ、と笑顔で問う。洲本は五秒ほど逡巡（しゅんじゅん）して口を開く。

「栄作はおれたちの宝だ」

明子の顔から笑みが消える。まさか、と凛とした瞳を据えてくる。

「進学の相談じゃないわよね。わたしは私立中学、絶対賛成だけど、そんな家庭内の話、いまのあなたの頭からは吹っ飛んでるみたいね」

さばさばした口調で語る。

「さて、どんな重大な相談事かしら」

すまん、と頭を下げ、

「とても厄介な事案を抱えちまった」

沈黙。そっと上目遣いに様子をうかがう。明子は微笑み、

「成り行きによっては警察を辞める、とか？」

一気に斬り込んできた。洲本はうつむく。明子は指先で、とん、とテーブルを叩き、

「あなた、こっちを見てよ。夫婦でしょ」

洲本は観念し、顔を上げる。一転、厳しい表情の明子が前屈みになって迫る。

「なにがあった？」

有無を言わさぬ口調だ。もともと、交通課とはいえ元警察官である。肝の据わりは並ではない。一度など、栄作共々、クルマで拉致(らち)されながら、犯人を説得して、無事解放されたことも。

「刑事のあなたが言える範囲でいい」

洲本は腹をくくり、明かした。警察庁刑事局長の息子がシャブの売人をやっていること。逮捕を上に進言したが、ストップがかかったこと。つまり、と明子は冷静に返す。

「警察内で揉み消すの？」

洲本は砂を嚙む思いで答える。

「上はそうしたいんだろうな」

あなたは、と問い質(ただ)す。

「どうしたいの？」

おれは——。言葉を慎重に選んで返す。

「刑事だ。知った以上、見逃すことはできん、と思っている」

言外に、妻のおまえの気持ちはどうだ？　との含みがある。いや、本音を言えば、明子に反対してほしい。こんな台詞をぶつけてほしい。〈警察組織の一員として上の決定に従うのは当然、あなたに責任はない、青い正義を貫いて家族三人が路頭に迷うよりは遙かにいい、不本意かもしれないけれど栄作のためにもそうして〉。そう言われたら、渋々ながらも従おう、大義名分が立つ――。甘かった。

「当然よね」

明子はさらりと言う。

「刑事だもの。罪を犯した人間を捕まえ、司法の場へ送り込むことがあなたの仕事でしょ」

口元には笑みさえ浮かんでいる。

「刑事が正義を蔑ろにしたら、日本はホントに終わりよ」

いや、それは正論だが、上層部の逆鱗に触れ、警察を放り出されたらどうする？　警察組織が本気になれば、兵隊の一人や二人、どうとでも始末できる。〝警察内のゲシュタポ〟監察が動き、公金横領、不適切な人物との付き合い、等の罪を被せ、懲戒免職でジ・エンド。その日から路頭に迷い、懲戒免職という大きなハンディを抱えたままハローワークに通うことになる。しかもマルボウ捜査以外、これといったスキルのない中年男。日雇いの力仕事があれば御の字か。

夫の動揺を察したのか、明子の言葉が力を帯びる。

「一介のおばさんが言うのもなんだけど、いま、日本は忖度とか無責任がはびこっているよね。政治家、高級官僚といった国のお偉い方々が悪いこと、セコイことばかりやって、息をするようにウソを吐いて、隠蔽して、メチャクチャな詭弁暴論で正当化して平気の平左。政治家、官僚である前に、人間としておかしいと思う。市民の治安を預かる警察官まで同じなら、日本の未来は真っ暗よ」

一片の反論の余地もない正論だ。しかし、おれたちの現実は——。洲本は意を決して告げる。

「警察を放り出されたら、栄作の私立中学もなくなっちまうんだぞ」

なに言ってんの、と明子は呆れ顔で返す。

「大人になった栄作が知ったらどうすんのよ。大好きな、尊敬する刑事のお父ちゃんが、保身のために悪人を見逃していた、と知ったらあの子、悲しむわよ。心にふかーい傷を負うでしょうね」

マジか？　いや、繊細で気弱な子だから、最悪のことも考えられる。どうしたらいい？

「私立中学なんかどうでもいい。あなたは刑事の正義を貫いて」

荒野で迷う子羊を導くがごとく、明子は発破をかける。

「栄作と、日本中の子供たちと、この国の未来のためにも」

そんな大げさな。明子が右手を上げる。なに？　ぶん、と振り回す。夫の肩を思いっきり張り飛ばす。いってー。明子は叱咤する。

「悩むことなんてないでしょうが。しっかりしなさいっ」

気合の入った言葉が飛ぶ。

「いざとなったらわたしがフルタイムで働くから」

いまも警察OB経営の警備会社で週四日のパート事務をこなす、頑張り屋の妻だ。この女、やると言ったら必ずやる。

明子は一転、朗らかな表情で、これが結論、とばかりに言う。

「後顧の憂いなく刑事の仕事を全うしなさい。ちゃんと骨は拾うから。判った？」

はい、と洲本はうなずく。頭の隅で声がする。おい、スッポン、いいのか？　おまえは女房の半分も覚悟はあるのか？


夜十一時。歌舞伎町。ジョーは東宝ビル近くのビル陰で、十五歳の少女、母親が連れ込んだ男にレイプされた過去を持つまーちゃんに、メロンパンを手渡す。

あんがと、とぱくつくまーちゃんは、死んだ魚のような目を向け、

「二日連続でボランティアかよ。熱心だね」

まあね、とジョーは頭をかいて返す。

「まーちゃんさ、元気になる栄養剤、興味ない？」

なにそれ、と細い眉がぴくりと動く。ジョーは警戒心を希釈すべく、軽い調子で言う。

「疲れがきれいにとれるし、肌もツヤツヤになる、魔法みたいな栄養剤だよ」

まーちゃんが目を剝く。脈あり？　ジョーは勢い込む。

「商品モニターだから無料で——」

まーちゃんの視線が背後へ？　なに？　迫る強い圧を感じ、身を翻そうとしたときはもう、襟首をつかまれていた。

「なにやってんだ」

ドスの利いた声。極道？　トーシロの商売に怒った――ヤバイ。リンチを食らって半殺しだ。下手したら生きたまま山に埋められるか、東京湾に沈められる。すみません、と両腕で頭をガードし、首をすくめ、おずおずと目を向ける。ん？　坊主頭の男。澄んだ眼差し。タダシ――。

「あんた、マジか？」

あの温厚な男が、人が変わったような険しい面で迫る。

「宿無しのガキ相手に、シャブ流そうってのか」

きゅっと喉が鳴る。声が出ない。

「見損なったぞ」

右拳を引く。一分の隙もない構え。こいつ、何者？　まーちゃんが茫然と立ち尽くす。

タダシが鋭い視線を飛ばす。鼻にシワを刻み、

「ガキが、とっとと失せろっ」

モノホンのワルにしか出せない恐ろしい剣幕に、まーちゃんは血相を変え、脱兎のごとく逃げる。タダシはジョーを見据える。

「おい、安川譲」

絶句。なぜ、本名を知ってる？　タダシは畳みかける。

「いいとこのおぼっちゃまに」

　唇に冷笑が滲む。

「モノホンの暴力を教えてやろう」

　言うなり、拳を振る。シュッ、と空気がうなり、こめかみで爆発したような衝撃があった。頭の芯が痺れ、意識が白くなる。足腰がガクガクする。恐ろしい威力に戦慄した。もう一発食らえば完全ＫＯだ。が、タダシは拳の代わりに平手を繰り出す。おら、しっかりせんか、とほおをバシバシ張り、胸倉を引き寄せて囁く。

「あんたが散々食らってきたパンチなんざ、子供騙しだろ」

　こいつ、そこまで。屈辱の過去が甦る。鼻の奥が熱くなる。

「泣くな、ジョー」

　一転、白い歯を見せて笑う。

「おれたち、ともだちだろ」

　逞しい両腕を回し、臆病者の崩れ落ちそうな身体をがっちり抱える。強烈なハグだ。

　血の温もりが伝わる。

「おれに任せとけ」

　タダシは優しく言う。

「あんたを自由にしてやるから」

　バカな。そんなこと、できるわけがない。相手は『紅蓮会』の若頭、柳清次だぞ。いくらケンカが強くても。

「できるんだよ。おれは――」

　タダシは己の正体を明かす。安川譲は絶句し、鉄球を叩きつけるような強烈なパンチに納得した。

　その代わり、とタダシはこれが結論とばかりに告げる。

「ジョー、あんたもただじゃすまない」

　低く重い、鋼の声音が、臆病者の心身を縛ってきた戒めを解いていく。

「安全地帯で人生の勝ち組、と調子に乗っているあいつらも、な」

　あいつら――堪えていたものが堰を切って溢れ出す。安川譲は声を殺して泣いた。

　眠れぬ夜を過ごした洲本に、もう迷いはなかった。明子にいつものように笑顔で送り出され、午前九時、新宿署組対課に出仕するや、課長の東聡史をつかまえ、緊急の話し合いを申し入れた。もちろん、副署長の君島治も同席の上である。

　己の分が判ってるのか、と声を荒らげた東も、洲本の揺るぎない覚悟を知るや、すぐさま席を離れ、君島の許へ飛んでいった。

　デスクでパソコンを操作中の高木がそっと腰を上げ、音もなく歩み寄ってくる。

「主任、腹をくくりましたか」

ニヤつきながら言う。

「おくさんに泣きつかれ、ひと晩経って気が変わってたらどうしよう、と心配してましたが」

「おまえこそ土壇場で泣きを入れるなよ」

高木は肩をすくめ、

「わたしは大丈夫ですよ。このヤマの肝は主任だ」

なにぃ？

「主任が踏ん張り切れなかったら、どっちみち終わりですから」

それだけ言うと、デスクに戻っていく。その背中が妙に弾んで見えたのは気のせいか。

二日前の夜、歌舞伎町を後にして以来、燻（くすぶ）るあの違和感と関係あるのか？

十分後、洲本と高木は五〇五号取調室へ。やって来た幹部二人は共に仏頂面で腰を下ろす。

「昨日の今日でなんだ？」

副署長の君島が憮然（ぶぜん）として言う。

「おれは忙しいんだ」

「判ってます。ただ、我々も蚊帳（かや）の外は納得できないもので」

ごく、と喉が鳴る。東だ。身を乗り出し、

「洲本、おまえ、おれの指示を理解したのか?」

表情と声音に懇願がある。

「この件はおれが預かると言ったよな」

「理解はしましたが、納得はしていません」

東は、信じられない、とばかりに口を半開きにして啞然。

「兵隊が偉そうに」

君島が食い殺しそうな形相で睨む。いったいおまえは、と東の悲痛な声が這う。

「なにが望みなんだ?」

「簡単ですよ」

洲本は即答する。

「一刻も早い安川譲の逮捕です」

きさまあっ、と怒声が爆発する。狭いコンクリートの部屋に反響し、耳がワンワン鳴る。下の者には滅法強いヒラメ副署長が顔に朱を注いで吠える。

「そんなことできるか。仮にも安川刑事局長の息子だぞ。ここは穏便に、ソフトランディングさせるべく、現在各所責任者と——」

洲本は渋い面で指を振る。

「副署長、事態は緊急を要します。シャブの売人に堕した以上、シャブ中になるのは時間の問題かと。いや、すでに常習者かもしれない」

君島の顔がドライアイスを浴びたようにこわばる。洲本はここぞとばかりに追い込む。

「息子がシャブ中になったら目も当てられない。そのうちトー横キッズ相手に商売を始めますよ。くだらん会議などすっとばして、一刻も早く身柄拘束に動いた方がよくはありませんか」

なあ、と高木に向けて目配せする。高木は粛々と語る。

「父親が警察組織の大幹部と知れば、息子の背後にいる暴力団が警察に取引を持ちかけてくる可能性もあります。シャブの瀬取りを見逃せ、取り締まりを緩くしろ――」

「おい、高木っ」

東が唾を飛ばして問う。

「ご子息にシャブを流している組織はどこだ？」

高木は組対課長を正面から見据え、問い返す。

「組織名が判ればどうします？　一気に叩き潰しますか？　その覚悟がありますか？

安川譲は混乱のなか、殺されるかもしれません」

東はぐっと息を呑む。レンズの奥の目が揺れる。

「それともシャブ極道を懐柔しますか？　犯罪行為を見逃す、とか」

きさまら、ふざけんなっ、と君島が青筋を立てて吠える。

「おまえら現場の兵隊は黙って従えばいいんだ。捜査方針はおれたちが決めるんだよっ」

「すいません」

高木が殊勝に頭を下げる。

「調査不足で、組織名まではつかんでおりません」

ウソだ。極道組織『紅蓮会』。安川譲は現場を仕切る若頭、柳清次の管理下にある。さらに、高木は柳の前歴と『紅蓮会』の内情まで把握済みだ。が、高木本人の意向で組織名は伏せることになった。密かな企み(たくら)があるのだろう。が、新宿署を仕切る副署長は、がっかりだな、と侮蔑の色も露(あらわ)に、

「おまえら、その程度か」

隣の東を見る。

「組対課も大したことねえな」

東の表情が変わる。君島はさらに挑発。

「東、兵隊に舐められてんじゃないのか？」

「それは言い過ぎとちがいますか」

東は真っ向から反論する。

「捜査現場を預かる人間として、いまの言葉は聞き捨てなりません」

新宿署で最も危険なセクションである組対課の、誇りと意地を込めた台詞だった。傲慢で鳴る君島も、さすがに顔がこわばる。幹部二人、共に沈黙の膠着状態に陥る。

副署長、と洲本が割って入る。

「おれは引きませんから」

明子の朗らかな、覚悟を秘めた表情を思い浮かべ、断言する。

「刑事が正義を捨てたら終わりです」

ほう、と君島が微笑む。

「洲本よ、腐った泥沼で生きるスッポンにしちゃあずいぶんと青臭いんだな。しかし、副署長のおれが絶対に許さん、と言ったらどうするんだ?」

「徹底してやりますよ」

徹底って、と東が探るように問う。

「どこまでだ?」

「そりゃあもう」

焦らすようにひと呼吸おき、

「警察を放り出されようが、ですよ」

東と君島が顔を見合わせる。困惑と疑念。所詮は兵隊のブラフ、と踏んでいるのか?

洲本は怒りにまかせて宣言する。

「いざとなりゃあ、イケイケの週刊誌に安川父子のことを売り込んでやります」

むっ、と息を切る音。高木だ。やった、とばかりにデスクの下で拳を握り、ガッツポーズ。隆起するほおとゆがむ唇。歓喜の笑みを必死に堪えている。てめえ、おちょくってんのか。こっちは人生かかってんだぞ。

すもとおっ、と東が立ち上がる。顔をひんまげ、鬼の形相で吠える。

「きさま、警察辞めて家族はどうすん――」

電子音が響く。携帯だ。東は舌打ちをくれ、懐からスマホを抜き出す。耳に当て、なんだ、と不機嫌に問う。が、三秒後、唇をゆがめ、ひび割れた声を絞り出す。

「了解、すぐ行く」

スマホを懐にしまい、君島に報告。

「歌舞伎町で殺しです」

「ガイシャは？」

副署長の顔に戻って問う。組対課長は答える。

「極道です。ヤナギセイジ」

ヤナギ――

「『紅蓮会』の若頭です」

視界がぐらっと揺れる。柳清次。襲い来る衝撃に、洲本は奥歯を嚙んで耐える。

幹部二人は風のように出て行く。組対課長は捜査の指示と帳場の編成。副署長はマスコミ向けの公式発表がある。大仰でなく一秒が惜しい。

主任、と高木が呼ぶ。しらっとした表情だ。

「想定外の出来事ですね」

組織名を伏せた理由はこれか？　おまえの狙いはなんだ？　結果的に安川譲を取り込んだ元凶は排除されたが――排除。いったいどこのだれが極道幹部を？　頭が痺れ、次の瞬間、高木につかみかかっていた。

「きさま、なんかやったな」

「落ち着いてください」

洲本の両手首を握り、押し戻す。

「なにもやってないとは言いませんが」

硬質の笑みを浮かべ、

「柳をぶっ殺すとは、思い切ったもんです」

脳裡に朧（おぼろ）な人影が浮かぶ。頭でしこる違和感の肝。そうだ、あの野郎の顔は——。全身を嫌な悪寒が貫く。

うなり声と共にダッシュした。五〇五号取調室を飛び出し、組対課の大部屋へ駆け込む。むっと熱気が押し寄せる。殺し発生の直後とあって騒然としていた。

洲本は上気した面の捜査員たちをかき分け、自席へ。パソコンに取り付き、操作する。

「さーて、なにが出るのかなあ」

いつの間にか高木が覗き込んでいる。場違いなニヤケ面を無視して操作を続ける。画面に一カ月前、警視庁組対部第三課（暴力団に関わる総合対策を担当）より送信された各暴力団の内部情報を呼び出す。組対の捜査員全員に要注意を促す、いわば闇社会の最新のトピックスである。

組織名をクリックし、当該の顔写真をセレクト。

「おお、出ましたねえ。こりゃびっくりだ」

高木が笑い半分で言う。洲本は背を丸め、写真を凝視する。坊主頭に、凛とした眼差し。脳裡に浮かぶ男。ホットドッグを食い、掃除を手伝っていた白いヨットパーカーの若僧だ。

主任、と緊張した声がかかる。痩身にストライプスーツ、アイロンパーマの、売れない演歌歌手のような男、二係刑事の矢島忠(やじまただし)。同僚の高木とは犬猿の仲で、いまも険しい目で牽制し合っている。いらつく。まったく、我が二係にはチームワークのチの字もないのか。洲本は腹立ちまぎれに言い放つ。

「忙しいんだ。用件があるならさっさと言え」

はい、と矢島は不承不承、手帳をめくり、

「柳の殺しの犯人が判明しました」

思わず息を呑み、続けろ、とひと言。

「浅草に本部を置く暴力団『任俠花守組(にんきようはなもり)』の――」

そうだ、『任俠花守組』。パソコン画面の顔を睨む。こいつは年齢二十一歳の。

「――四十六歳です」

一瞬、頭が真っ白に。四十六歳？　チェアを回して矢島と向き合う。

「主任、どうしました？」

よっぽど怖い顔をしたのだろう。矢島が若干引き気味に問う。いや、なに、と努めて冷静なトーンで問い返す。

「犯人の名前をもう一度、言ってくれないか」

はあ、と困惑の体で手帳に目をやり、

「『任侠花守組』の若頭補佐、掘勇一、四十六歳です」

矢島の報告によれば、掘は歌舞伎町の喫茶店で舎弟二人と談笑中の柳に向けて短銃を発射。柳は頭蓋骨を吹っ飛ばされて即死。舎弟二人はその場から悲鳴を上げて逃げ出し、掘は警察官が駆け付けるまで、撃ち殺した柳の横で短銃片手に悠然とタバコをくゆらせていたという。

「モノホンの極道なら兄貴分を目の前でぶっ殺され、尻尾巻いて逃げる舎弟なんていませんよ。柳も含めて全員、チンピラに毛の生えたようなワル連中ですから、捨て身の極道のド迫力に手も足も出なかったってことでしょう」

浅草と歌舞伎町。両組織に接点はなく、抗争の可能性は皆無。現時点で判明している掘の自供によれば、個人的な怨恨だという。

ご苦労、と矢島をねぎらい、下がらせ、パソコンと向き合う。しばらく動けなかった。

元々は、と高木が耳元で解説する。

「『紅蓮会』は歌舞伎町では武闘派で知られた暴力団でしたけどね」

立て板に水で語る。

「ご多分に漏れず、暴対法、暴排条例で追い込まれ、組員は逃げ出し、深刻な人材不足と資金不足に陥り、弱体化は加速の一途。止むにやまれず鼻っ柱の強いやり手の半グレをスカウトし、若頭に据えたはいいが、いざケンカになれば極道の敵じゃない、ということでしょうか」

ふっ、と鼻で笑い、

「その点、老舗の『任俠花守組』は気合が入ってますね。白昼、喫茶店で堂々とチャカを弾くなんて、まるっきり昭和だもんな」

ぶち切れた。てめえっ、立ち上がるなり、右拳をぶん回す。顔面を狙ったフック。が、あっさり上体を反らすスウェーで避けられ、空振り。そうだ。こいつは羊みてえな人畜無害の面をしているが、大学ボクシング部出身のアマボクサーだった。が、ケンカは路上で百戦練磨のこっちが上だ。短軀を屈め、頭突きを見舞う。ボディを直撃する寸前、右肩に衝撃があった。高木が両手で抱える。カウンターの膝蹴りだ。激痛にうめく。バランスが崩れ、足がよろける。

「主任、興奮しないで」

笑顔で言う。

「みな、何事か、と見てますよ」

注視する冷たい視線の数々。我に返る。強くなった。以前、揉めた際は赤子の手をひねるように制圧してやったが、まるで別人だ。

洲本はその場を繕う、固い苦笑いを浮かべ、もう大丈夫だ、とそれらしき台詞を吐き、高木を押しやり、座り直す。鉛の塊のような自己嫌悪に押し潰されそうだ。

「主任、お楽しみはこれからですよ」

高木は片目をつむる。ちくしょう、こいつの描いた絵がまったく見えない。

翌日、予想外のコトが出来(しゅったい)した。驚天動地、と言うべき事態である。午後三時。安川譲、二十五歳が父親の安川慎太郎・警察庁刑事局長、五十六歳に付き添われ、新宿署に出頭。罪状は覚醒剤所持。事前に新宿署上層部と調整がなされたらしく、取り調べ担当は洲本率いる組対二係ではなく、一係となった。

安川刑事局長は息子を新宿署に引き渡すや、すぐに署内で記者会見に臨み、淡々と説明した。曰く、覚醒剤所持だけではなく、売人として固定客を抱えていた模様。息子を説得し、共に出頭できて良かった。新宿署には徹底して捜査していただきたい。息子の教育を間違った親の責任は重大。警察庁刑事局長の重責を担う者としてお恥ずかしい限り。

高級スーツに身を包んだ安川は端整な顔に朱を注ぎ、真摯(しんし)に語った。最後、記者の質問に丁寧に答え、今後の身の振り方を問われると、毅然とこう述べた。

「警察を辞め、息子と共に生きていきます」

警察官僚の衝撃の記者会見にマスコミは沸き立ち「覚醒剤所持の息子を説得、父親の鑑(かがみ)」「将来の警察庁長官候補、勇気ある決断」「社会正義を優先、警察庁重鎮の毅然とした姿に称賛の声々」と好意的に報じたが、当の安川慎太郎は記者会見を終えると、警察車両で新宿署を出発、消息を絶った。

二日後、警察内の人脈を使い、安川の個人携帯の番号を得た洲本が連絡を入れると、ワンコールでヒット。安川は洲本の名を聞くなり、「きみが噂のスッポンか。待ってたよ」と朗らかに返した。

キツネにつままれた気分で潜伏先の大手町の高級ホテルへ赴くと、警察官とおぼしきスーツ姿の屈強な男二人に迎えられ、スイートルームへ。

安川慎太郎はレモンイエローのシャツにスラックス、素足にデッキシューズという、高級別荘地で休暇を愉しむ富裕層の紳士のような格好で出迎えた。

男二人を下がらせ、ソファで向き合うなり、開口一番、感嘆の面持ちで「きみら、凄いなあ」とうなる。きみら。つまり相棒も含めて。ならば安川がスッポンの名を口にしたことも腑に落ちる。

「わたしは全然凄くありません。凄いのは——」

安川の表情を観察して告げる。

「高木誠之助でして」

笑みが消える。氷のような表情が浮かび上がる。

「おれを舐めるなよ」

一転、安川は伝法（でんぽう）な物言いで凄む。

「たかが所轄の兵隊ごときの説得で、おれがキャリアの恵まれた人生を棒に振ると思うか？　ええっ」

顔が紫色に染まる。憤怒と恥辱。

「バカ息子共々、生き恥を晒したんだぞ」

洲本は黙って次の展開を待つ。五秒後、安川は顔に浮いた激情を拭い取るように両手で擦り、ちょいと興奮したな、と苦笑いを浮かべ、遠くに目をやる。

「高木がおれに接触してきたのは半月前だ。譲の現状を呆れるくらい詳細に調べ上げていたよ。父親としてやつとの面会を拒否する選択肢はなかった」

信じられん、とばかりにかぶりを振り、

「シャブの売人に堕した息子を助けられるのは父親のあなたしかいない、一緒に出頭すべきだ、と熱心に口説いてね。現役の警察キャリアがそんなことできるわけないだろ。なあ」

ええ、まあ、と曖昧に返す。話の先が見えない。

「すると、高木はこう続けたよ。息子が逮捕されてからでは遅い。どっちみち辞職は免れないのだから、潔く腹をくくったらどうか、とね。おれは人生を破滅させかねない申し出に震えたよ。しかし、一方では、警察組織がおれを守ってくれるはず、との思いもあった」

「いわゆる上級国民だから、ですか」

そうだ、と悪びれることなく即答。

「おれは逆に、あんまりおかしな真似をすると火傷するぞ、とあいつに逆ネジを食らわせたが──」

忌々しげに舌を鳴らし、毒でも飲んだような渋い面になる。洲本は言葉を引き取る。

「逆効果だった、と」

安川は不承不承うなずき、テーブルのスマホを取り上げて操作。

「三日前、あの野郎、電話で、うちのスッポンこと洲本栄主任もやる気満々です、と断った上でこんなものをメールしてきてね」

いやな予感がした。安川はスマホをテーブルに戻す。会話が流れる。音声データだ。

〈おれは引きませんから〉

グワン、と頭をハンマーでぶん殴られたような衝撃があった。これは──。

〈刑事が正義を捨てたら終わりです〉

五〇五号室の会話だ。君島、東と対峙し、啖呵を切った際の隠し録り。ケンカ腰のやり取りが続き、決意を滲ませた己の太い声が炸裂する。

〈警察を放り出されようが、ですよ〉

〆に開き直りの宣言。

〈イケイケの週刊誌に安川父子のことを売り込んでやります〉

脳裡に浮かぶ高木。宣言直後、あいつはデスクの下で拳を握り、ガッツポーズをきめた。堪えた歓喜の笑みの元はこれか。

　安川はスマホを止め、硬い目を据えてくる。洲本は受け止め、問いかける。

「この音声データで観念したということですか」

　そうだよ、とてらい無く応じる。

「家族持ちの兵隊が人生賭けてるんだ。おれは負けたよ。完敗だ」

　一転、晴れ晴れとした表情で兜を脱ぐ。洲本はさらに問う。

「これからどうします？」

「弁護士の資格があるんでね」

　警察庁長官も射程に収めたスーパーキャリア、秀才中の秀才である。学生時代、もしくは奉職後早い時期に弁護士資格を取得したのだろう。今後は消滅した天下り代わりの大手企業顧問弁護士就任か、それとも知名度と人脈を生かして弁護士事務所を開設するのか、と思ったが、違った。

「幸い息子は初犯で自首、シャブも身体に入れていない。執行猶予で収まるらしいから、一緒にＮＰＯを運営するよ」

　ＮＰＯ？　非営利団体の？　安川は胸を張って語る。

「宿無しのトー横キッズ支援は社会的に意味のあることだ。おれが顧問弁護士として応援することにした」

　なるほど。洲本は言う。

「なかなかできることではありません」

安川は肩をすくめ、仏頂面で返す。

「これまでの罪滅ぼし、と思えばどうってことない。おれは父親として最低だったからな」

中学校から有名私立大学の付属に通わせ、勉強勉強で尻を叩き、社会の勝ち組にならなきゃ人生惨め、とエリートを自任する父親は厳しく教え込んだが、息子はエスカレーターで進んだ名門大学をあっさり中退、明日をも知れぬバイト生活へ。自信家で傲慢な父親は激怒し、息子を問答無用で自宅から叩き出した、と。

「出来が悪いとは思っていたが、まさかシャブの売人とはね」

「でも気持ちの優しい青年じゃありませんか」

そうかあ、と安川はイマイチ納得できない表情だ。洲本は言葉を選んで告げる。

「わたしはトー横キッズに食料を配る息子さんを見ております。少年少女に慕われ、笑顔で応じる姿は誠実なボランティアそのものでした。それだけに――」

ひと呼吸おき、憐憫(れんびん)を込めて言う。

「歌舞伎町のワルどもに丸めこまれ、シャブの売人となった息子さんが哀れです」

安川譲は警察の取り調べに対し、『紅蓮会』も、柳清次も、一切口にしていない。シャブの卸元は路上で落ち合う正体不明の外国人、で通している。

ん？　安川が下を向く。肩が震える。感極まったか？　ちがった。きみは、と笑い半分の声が漏れる。

「譲のことを根っからの善人、と思っているようだね」

なにを言っている？　安川は上目遣いで、探るように問う。

「シャブの客について、高木から聞いていないのか？」

「まったく」

安川はひょいと肩をすくめ、

「かわいそうに。上司の面目丸潰れだな」

返す言葉がない。

「太い客が三人いるんだ」

宙の一点を睨むように凝視し、

「やつら、心配で夜も眠れんだろう。ざまあみろ」

洲本は息を呑む。父子の背後に広がる暗黒の荒野が、ほんの一瞬だが、見えた気がした。洲本は問い返す。

「では殺しのこともご存知ですか」

なにぃ、と安川は目をすがめる。

「あなたが息子に付き添い、出頭する前日にチャカで撃ち殺された極道ですよ。歌舞伎町がシマの『紅蓮会』若頭、柳清次ってやつ」

眉がぴくりと動く。

「それがどうかしたのか？」

うわずった声音に戸惑いと怯えがある。洲本はほくそ笑み、告げる。

「息子が父親の愛情あふれる捨て身の説得で出頭に応じたなど、大間違いってことですよ。あなたこそ息子のことがまったく判っていない。つまり、本人が思っているほど上等の脳みその持ち主じゃないってことだ」

安川は口を半開きにした、締まりのない面で見つめる。洲本はここらが潮時と判断。腰を上げ、お邪魔しました、と一礼し、背を向ける。待て、どういうことだっ、と追いすがる大声を無視し、外へ。廊下で待機していた護衛役の男二人が血相を変え、歩み寄ってくる。

「終わったんだよ」

小柄な洲本は立ち塞がる屈強な男二人を、どけ、邪魔だ、と両手で邪険に押しやり、速足で歩く。

翌日、安川譲の客三人（いずれも男性）が覚醒剤取締法違反の容疑で逮捕された。安川譲とは名門私立の中学から大学まで一緒で、各々勤務先も大手広告代理店、民放テレビ局、旧財閥系総合商社、と超一流企業である。

警察の発表では、逮捕された三人は小学校から私立付属組の富裕層。中学入学組の安川譲は、性悪の三人組に目をつけられ、日常的に暴力を振るわれ、カネを巻き上げられたという。

執拗なからかいと暴力、恐喝は高校、大学と続き、蓄積する恐怖とストレスで精神に変調をきたした譲は大学を二年時に中退。明日をも知れぬ不安定なバイト生活へ。が、以後も三人組に付きまとわれ、覚醒剤を要求されるようになり、売人に。譲は取り調べの場で、自分の人生を台無しにした三人を決して許さない、と明言しているとも。

一方、三人組は尿検査で覚醒剤の使用が明らかになったが、弁護士を通して「覚醒剤使用は安川から持ちかけてきた」「自分の父親は警察の幹部だから摘発はない、と安心させ、大量に売りつけてきた」と主張。

どちらの言い分が正しいかは司法の場に委ねられることになるが、いずれにせよ三人組が安川譲に酷いイジメを加え、金品を奪い、彼の融通する覚醒剤を使用したことは事実であり、さらに各人が複数の知人に覚醒剤を横流ししていた疑惑もあり、今後の人生に深刻な影が射すことは避けられない。

結果的に、安川譲は積年の恨みを晴らしたことになる。


五月。GWが明けてすぐの平日、午後九時。洲本は浅草の雷門に近い居酒屋にいた。賑やかなフロアの奥、ボックス席でひとり、ビールを飲みながら待つこと十五分。男はふらりと、まるで近所の知り合いを訪ねるように現れた。

坊主頭に涼しげなパナマ帽、ネイビーブルーのジャケットにジーンズ。飴色のブーツ。

顔には笑みまで浮かべて、威圧感の欠片(かけら)もない。が、交換した名刺には秀麗な筆文字で〈『任侠花守組』若頭補佐〉の肩書きが。弱冠二十一歳で老舗組織の幹部を務めるこの男、花守正(はなもりただし)、現組長の長男である。

同時に入店しながら、カウンターに陣取り、警戒の視線を巡らす二人組は用心棒役の組員だろう。

花守は、これプライベートですよね、と念押しした上で、木製のテーブルを挟んで座る。店員に生ジョッキを注文。

「どこでおれのこと、知りました?」

洲本は答える。

「素性を知ったのはパソコンだ。本庁より業界の最新トピックスが送られてきてね。そこにきみの顔があった」

「トピックスの内容は?」

「『任侠花守組』組長の長男、突如失踪、とね」

極道を嫌っていた、との添付情報があったが、通常なら新宿署組対課にとっては取るに足らないゴミ情報である。

花守は憎々しげに唇をゆがめる。

「警察も暇なんですねえ。まるっきり税金泥棒じゃねえの」

「きみが歌舞伎町で安川譲と一緒のところを見かけて、もやっとしたものを感じたんだけどね。どっかで見た顔だな、と」

「クリアになったのはパソコンで確認してからかい」

「『紅蓮会』若頭の柳清次銃殺事件を知った直後――」

己のこめかみを指で示す。

「このガタのきた脳みそがやっと動き始めたんだ」

生ジョッキが届く。花守は軽く掲げ、喉を鳴らして飲む。一気に半分をカラに。手の甲で唇の泡を拭い、煮えた目を向けてくる。洲本はセカンドバッグからスマホを取り出し、顔写真を呼び出して差し出す。人畜無害の平凡な面。

「この男、知ってるよね」

花守は一瞥（いちべつ）。刑事の目は、ほんの一瞬だが、表情に浮かんだ驚きの色を見逃さない。

「おれの部下なんだ。新宿署組対課の刑事。名前は高木」

「知ってる、と言ったらどうなの？」

「利用されたんじゃないかと思ってね」

パナマ帽の下から鋭い視線が飛んでくる。洲本は受け止め、続ける。

「極道を嫌って出奔したきみが、ヒットマンの掘勇一に代わり、若頭補佐になったんだ。うちの高木が関係しているんだろ」

花守は目をそらし、ジョッキをひと口。ふうと息を吐く。

「おれはジョーに恩返しをしたかっただけだ」

追慕するように遠くを眺める。

「あんな素晴らしい男はいない。あいつに較べたらおれたち極道なんかクズのクズだ」

花守は縷々告白し始めた。『任俠花守組』の四代目として父親に厳しく躾けられたこと。中学からグレ始め、高校では暴走族で暴れ回り、ケンカ上等の毎日。父親は喜んだが、極道業界は衰退するばかり。シノギは減り、組員の尻割りも続出した。

「追い詰められた親父はおれに、後継ぎとしての心構えがなってねえ、組の再生はおまえにかかっている、と説教と愚痴の毎日だ。おれもいいかげん、嫌になって新宿へ逃げたわけよ。無一文同然だからメシも食えねえし、野宿だし、散々だ。手っとり早くカツアゲで稼ごうにも、地回りと揉めて警察沙汰になれば親父に知れちまう。進退窮まっちまった」

「そこで出逢ったのが安川譲か」

「チンピラどもに無抵抗でボコられるおれを助け、クリームパンも食わせてくれた。情がすきっ腹に沁みたなあ。恩返ししなきゃ漢じゃねえだろ」

「義理固いんだな。まるでカビ臭い骨董品、いや昭和の極道みたいだな」

花守の視線に青白い殺気が宿る。が、すぐにパナマ帽を目深にかぶり直し、しかもだ、と言葉に力を込める。

「宿無しのガキどもに自腹でメシを食わすんだぜ。普通やれるかい。ボランティアを装って女に悪さしたり、カネをふんだくるバカどもが珍しくないってのによ」

突如、フラッシュが如く甦る眩い記憶に、刑事の胸は熱くなる。膨らむ昂揚をなんとか封じ込め、若き極道幹部に語りかける。

「昔、大久保に『光の家』ってのがあったけどね。不幸な子供たちのために革命家とその恋人の女性医師が築いた城だ。奮闘空しくぽしゃったけど」

「なんだそれ。テレビドラマか映画の話か？」

いや、と洲本は手を振る。

「とても哀しいラブストーリーだよ」

ふーん、と花守は首をかしげ、

「ジョーの博愛精神も負けちゃいねえ」

まるで自分のことのように自慢げに語る。

「悪党どもの奴隷になっちまった連中にカネ渡して、逃がしたこともあった」

「すべてシャブで稼いだカネだろ」

ふん、と鼻で笑い、「おれは極道だ。シャブは黄金の米櫃だ」と嘯く。洲本は確認する。

「きみに安川譲の素性を吹き込んだのも高木だろ」

ジョッキを干し、お代わりっ、と叫ぶ。用心棒共がぎょっとする。

「ジョー、とことん優しいからな」

一転、穏やかな顔で語る。

「警察エリートの親父から、出来が悪い、覇気がない、将来どうすんだ、と小馬鹿にされ続けながら、アホバカ三人組の酷いイジメのことは一切口にしなかった。誇り高い親父を、愛する家族を悲しませたくない、その一心だ」

なるほど、と洲本は応じ、

「かわいそうな安川譲を助けてやれ、性悪ヤクザの柳清次をなんとかしろ、と高木が焚きつけたんだろ」

沈黙。二杯目の生ジョッキが届く。花守はひっつかむや、喉に放り込むようにして飲む。途中で息を継ぎ、一気に干してしまった。カラのジョッキをテーブルに叩きつける。目が血走り、ほおが朱に染まる。

「おれは恥を忍び、親父に頭を下げた」

うなるように言う。

「なんとかしてくれないか、と。もちろんロハじゃない。おれの帰参とバーターだ」

自嘲の笑みを浮かべる。

「浅草で三代続く老舗の組織だ。親父の人脈を使えば、衰退一途の『紅蓮会』の半グレ上がりなど、どうとでもなると思った」

深刻な資金難と人材難に陥った『紅蓮会』は、組長が病弱なこともあり、なりふり構わぬ幹部級のスカウトに動き、白羽の矢を立てたのが口八丁手八丁の半グレ、柳清次である。

「おれは極道の家に生まれていながら、極道の本当の怖さを知らなかった」

　声が震える。

「まさか殺すとは――」

　後は言葉にならなかった。

「実行犯の若頭補佐、掘勇二だが」

　洲本は確信をもって語る。

「暴対法の使用者責任で親分がパクられないよう、私怨で通したようだな。忠誠心が旺盛というか、愚かというか、これも昭和の、時代遅れの極道だな」

　舌打ちをくれ、

「おれはマルボウ刑事を何年やろうが理解できんよ」

　花守は目を伏せ、おれは、とひび割れた声を絞り出す。

「この先、掘がシャバに戻るまで、家族の面倒をみなきゃならない。いや」

　ほおに乾いた笑みを浮かべる。諦観と覚悟。

「極道に厳しいこの御時世だ。無期懲役もあり得るな。先は長いぜ」

　衰退する一方の極道業界。二十一歳の四代目が傷だらけで歩く修羅の路が、遥かに霞んで見える。

「不摂生の塊の親父が糖尿か肝硬変でくたばるまで一年、長くて二年逃げ切れば、と目論んでいたが、当てが外れたよ。ま、相応の代償かもね」

己に言い聞かすような言葉だった。

「洲本さん、おれのプライベートの話は以上だ。じゃあ」

腰を上げようとする。待て、と手首をつかむ。なんだあ、と極道の地金を出して凄む。カウンターの用心棒二人も腰を浮かし、険しい視線を飛ばしてくる。洲本は無視して言う。

「おれの用件はまだ終わっていない」

懐から白い封筒を抜き出し、テーブルに置く。

「安川譲の弁護士から預かった。君への私信だ」

花守は座り直し、封を切る。便箋を抜き出して開く。三秒後、顔が笑い、目が潤む。洲本さん、ほら、と便箋を振る。中央に大きな、はみ出しそうなペン文字でこう記してあった。

タダシへ　ありがとう　ともだちのジョーより
花守は便箋を丁寧に畳んで封筒にしまい、

「どこまでも気のいいやつだろ。天然記念物級だ」

呆れたように言い、目尻を指で拭う。よし、とすべてをふっ切るように気合を入れ、立ち上がる。用心棒二人を従え、颯爽と出て行くその後ろ姿は、もう本物の極道だった。

「けっきょくおれは——」

五月雨（さみだれ）が降り続く暗い午後、五〇五号取調室。

「威勢がいいだけのピエロで終わった」

洲本はデスクの向こうに目をやり、

「おかしいだろ」

とっても、と高木は笑う。微（かす）かな雨音がコンクリートの部屋に陰々滅々とした通奏低音となって響く。

洲本は組み合わせた両手を見つめ、暫し沈黙の後、口を開く。

「録音、してないよな」

高木は笑みを消し、スマホを差し出す。洲本はチェックして戻す。

「おまえの真のターゲットは花守正だろう」

返事無し。

「出奔した大物極道の息子が歌舞伎町に潜伏中、との情報を得たおまえは自分のネタ元にする気だった。しかし、本命は監視の途中で思わぬ人物とくっついてしまう。警察幹部の息子、安川譲だ」

「面白い組み合わせですよね」

高木は屈託なく言う。

「利用しない手はない。桜井文雄の後継者ならなおのこと」

「人生、狂ったんだぞ」

膨らむ怒りをなんとか抑え込んで言う。

「掘勇一は殺人罪で三十年、いや、無期を打たれ死ぬまでムショ暮らしもあり得る。花守正も一生、極道だ」

いいじゃありませんか、と高木は即答。

「冴えない中年極道の掘は病弱な女房と小学生の子供二人を抱え、若頭補佐という幹部でありながら、シノギの激減で上納金も払えず、一家心中寸前だった」

顔をしかめ、吐き捨てるように言う。

「子分どもにもバカにされて、情けない野郎ですよ。でも、親分の命を受けたヒットマンとしてムショへ入れば、残された家族の面倒は組が見てくれる。次代を担う花守正は頑張らざるを得ません。生き延びるためなら警察とも手を組むでしょう」

背筋がすうっと寒くなる。もしかして、と洲本は声を潜める。

「おまえ、もう花守正を取り込んだのか？」

ありがとうございます、と慇懃に頭を下げる。

「事前に地均しをしていただいて。おかげでわたしの正体を明かす手間が省けました」

笑い半分で言う。

「あいつもいずれは組織の頭だ。このご時世、背に腹は代えられません」

淀みなく語る。

「一方、期待のホープ、柳清次を喪った『紅蓮会』は崩壊寸前だし、我が新宿署組対課としてはなんの文句もないな。お釣りがくる。副署長も課長も満足してますよ」

　君島と東。二人の下卑た笑みが見えるようだ。

「安川前刑事局長も上手く収まったのでは」

　洲本は苦いものを呑みこんで、そりゃそうだ、と返す。

「シャブ売人に堕した息子を救い出したんだからな。警察キャリアの人生は断たれたが、弁護士として再出発でプラスマイナスゼロってとこか」

「いやいや、じゅうぶんプラスでしょうが」

「息子の恨みを晴らしたからか？」

　安川譲の人生を台無しにした有名企業の悪党三人組。全員、シャブ中だ。懲戒解雇は免れないだろう。が、高木は、それもありますけど、と意味深な視線を投げてくる。じゃあ、あれか。

「ＮＰＯか？　トー横キッズをはじめ、不幸な子供たちを援助する」

　ぷっと噴く。なんだこのやろう。

「あんなもん、前刑事局長にとってはお飾りですよ」

　お飾り、だと？　高木はとんでもないことを語り始めた。

「安川さん、野心の塊ですからね。息子の更生のための警察辞職、弁護士としてＮＰＯ支援。全部ひっくるめて極上の美談に仕立て上げ、近い将来、赤絨毯（あかじゅうたん）を踏む気ですよ」

　国会議員に――。

「実力も実績もある上級国民だから、支える面々は多いのと違いますか。雨降って地固まる、転んでもタダじゃ起きないってやつだ」

つまり、と洲本は声を低める。

「おまえもその支える面々の一人か？」

さあどうでしょうね、と高木は含み笑いを漏らす。

「おれは相棒だぞ」

相棒？　と桜井文雄の後継を自任する刑事は首をかしげる。表情に嫌悪の色。

「二人きりの密談の席で、録音を疑いながらよく言えますね」

沈黙。雨音が激しくなる。コンクリートの小部屋で反響する。カタッ、とパイプ椅子が動く。

「主任も大事な正義とやらが守れたんだから、いいのと違いますか」

高木は立ち上がり、見下ろす。

「家族持ちは節目節目に悩んで大変ですね。ジュクのマルボウ刑事、見切り時じゃありません？」

返事も待たず出て行く。閉まるスチールドアの重い音が、新たな闘いを告げるゴングのようだった。

午前八時。初夏の青空の下、洲本は息子、栄作の手を引いて小学校への道を歩く。久しぶりの付き添いだ。

「私立中学、行きたくないのか？」

うん、と栄作は暗い顔で答える。

「ぼく、寂しがり屋だからお友達と離れたくないし、塾、通うのイヤだし、頭のいいコたちと仲良くなれないし。頭悪いから」

そんなに自分を卑下するなよ、と言いたくなるのを我慢。謙虚で慎重。これが息子の持ち味、大事な個性だ。洲本は言葉を励ます。

「おれの知り合いの息子も私立中学に入学して、散々だったな」

どんなふうに、と上目遣いでうかがう。

「イジメっ子の三人組に目をつけられ、殴られたり、お小遣いを巻き上げられたり、それはもう大変だったようだ。やっぱり頭がいいから、うまく、目立たないように苛めたんだな。しかも三人がかりで、毎日毎日」

でしょう、と我が意を得たとばかりにうなずくと、で、どうなったの、と目をキラキラさせて先をうながす。

「そのコのお父ちゃんが頑張って、イジメっ子三人組をこらしめたみたいだ」

やったあ、と父親の手を振りほどき、パチパチと拍手。満面の笑みだ。洲本は慌てた。

「でも、殴ったりしたんじゃないぞ。あくまでも合法的に」

ごうほうてき、と小首をかしげる。つまり、それは――

「悪いことは悪い、とちゃんとイジメっ子を叱れるひとにお願いしたんだ」

「刑事みたいなひと?」

うんまあ。空咳をひとつ。

「そうだな。近いかもな」

へえ、と尊敬のまなざしを向けてくる。心が痛い。ともかくだ、と言葉に力を込める。

「公立中学でいいな。三鷹市立下連雀中学校」

ありがとう、と丸顔が綻ぶ。が、すぐにしょぼんと下を向く。どうした?

「お母ちゃん、納得してくれるかな」

そうか。教育熱心な母親を慮る息子が、たまらなく愛おしい。

「大丈夫だ。お母ちゃんも、おまえが公立でみんなと楽しく過ごすことを応援してるから」

ほんと? と丸顔が輝く。

「ほんともほんと。だから安心しろ」

うん、と大きくうなずく。洲本は横を向いてため息をひとつ。実際は、厄介な事案が大過なく終わったと知るや、明子は俄然張り切り、再び中学受験に大きく舵を切った。が、洲本は粘り強く説得。栄作本人の意思に任せよう、と。明子は、ダメよ、まだ子供なんだから親が励まし、誘導してやらなきゃ、と私立中学のメリットを縷々並べ立てたが、洲本も譲らず、なんとか栄作の意思を尊重することに。

明子は不満タラタラだが、安川譲と花守正の来し方を知った以上、譲れない。

えいさくーっ、と明るい声が呼ぶ。校門の前でワンパクたちが手を振っている。おーい、と駆けて行こうとする栄作を引き留め、片膝をアスファルトにつき、目線を同じにして、

「栄作よ、人生はなにがあるか判らん」

きょとんとしている息子に切々と語りかける。

「辛いこと、苦しいことがあったら、隠さず、我慢せず、いつでもお父ちゃんに言うんだぞ」

息子を抱える両手にぐっと力を込める。

「なにがあっても、絶対に守ってやるからな」

栄作は、あったりまえじゃん、と笑い、

「ぼくのお父ちゃん、とっても強い刑事だもん」

身を翻し駆け出して行く。ランドセルが揺れる。眩い朝陽のなか、洲本は栄作が友達とじゃれあい、校門に消えるまで見送る。

どっこらせ、と腰を上げ、膝の砂を払ってぼやく。

強い刑事になりてえなあ。

第二話　お山の大将

雑居ビルの陰に身を寄せ、兵頭大輝（ひょうどうだいき）はじっと待つ。五月下旬、午後八時過ぎ。押し寄せる徒労感と焦り。チッ、と舌打ちが出てしまう。歩道を行き交う人々だ。時折、矢のように飛んでくる好奇の目にイラつく。身の丈百九十センチ、体重は優に百キロを超えているはず。無駄に大柄な己の身体が恨めしくなる。一般社会では目立つことこの上ない。

すりきれた紺のジャケットに、ボロの革靴、汗臭いワイシャツ。髪はぼさぼさで、顔はむさ苦しい髭面。兵頭は腕時計に目をやり、居もしない知人との待ち合わせを装う。情けない。もう三十八歳。分別盛りの中年男。なのに、この様（ざま）はなんだ。あまりの不甲斐なさに目頭が熱くなる。

ＪＲ中央線の高円寺駅南口から歩いて五分程度。商店街に建つ小ぎれいなオフィスビルの三階。明るい大きなガラス窓で躍る〝栄進学院　生徒募集中　難関中学・高校への合格多数！〟の文字。兵頭はそっと見上げ、ため息をひとつ。この窓の向こうに――。

「なにしてんのよ」

首をねじ切るようにして振り返る。女。すらりとした身体に、象牙色のパンツスーツと水色のブラウス。兵頭は両の拳を固く握り、虎に睨まれた飼い猫のようにその場に立ち尽くす。なぜ、ここに？

「驚いた？」

女は意味深に微笑む。

「あなた、普通じゃないもの。わたしは常に、可能な限りの警戒を心がけているのよ」

そうか。いや、だがあまりに――。

「それよりあなた、自分の立場、理解しているの？」

栗色のショートカットにパールのネックレス。黒のショルダーバッグ。元妻、矢野彩花。三十七歳の女盛り。端整な顔が朱に染まる。

「二人でちゃんと決めたよね。約束がちがうじゃない」

ごめん、と兵頭は巨軀を折って頭を下げ、

「もちろん自宅には近づかないし、声もかけない。が、ここならいいだろう。天下の公道だし、おれはとても疲れてしまい、少し休んでいただけなんだから」

弁解しながら、空しくなった。案の定、彩花は口角を上げ、軽侮の色を浮かべる。兵頭は恥も外聞もなく懇願する。

「なあ、偶然だということにして、見逃してくれないか」

彩花の眉間に険しい筋が刻まれる。

「さっさと消えてよ」

野良犬を追い払うように右の手を振る。

「もう関係ないんだから」

兵頭は肩を落とし、背を向けようとした。が、惨めな未練が勝り、両手を擦り合わせんばかりにして懇願する。

「ひと目だけ、会わせてくれないか」

遠くからでいい。見るだけだ。それだけで明日からもう少し、頑張れる気がする。が、彩花はあっさり首を振り、

「これ以上、つきまとうと警察を呼ぶわよ」

警察。それはまずい。兵頭はうろたえた。自分でもこっけいなくらい我を失ってしまう。全身から冷や汗が吹き出す。顔が火照る。目が泳ぐ。彩花は、ここぞとばかりに嵩にかかって言う。

「わたしたちの生活に干渉しないで。桐子はちゃんと責任を持って育てるから」

桐子、我が娘、掌中の珠。来春の私立中学入試に向けて懸命な日々を送る小学六年生。邪魔はしない。決してしないが――。お願い、と彩花は一転、悲痛な表情で言い募る。

「あなたの人生から桐子は外して」

意味を理解するまで三秒かかった。頭がハレーションを起こしたように真っ白になる。

「桐子に恥ずかしくない生き方をしてよ」

彩花はそれだけ言うと背を向け、学習塾が入るオフィスビルに向かい、元夫の存在など無いかのように颯爽と歩み去る。

兵頭は茫然と見送り、次いで重い巨体をぐるりと回し、肩をすぼめ、周囲に警戒の視線を送りながら、高円寺駅へと向かう。無性に警察が怖い。この先、どうなる？　いやでも頭に浮かんでしまう悲惨な末路に強引に蓋をし、固く締める。

ああ、楽しいこと、愉快なことばかり考えたい。耳の奥で華やかな歓声が聞こえる。女の子たちの黄色い声援も、おっさんのダミ声と酔っ払い連中の野次も。

三十八歳の兵頭は、輝かしい想い出と、真っ暗な現実の落差に引き裂かれそうになりながら、警戒心の塊となって先を急ぐ。


警察ならここにいるよ、と洲本は声に出さずにほくそ笑む。しおたれた大男の跡を、さりげなく、だが確実に尾行する。

短軀で俊敏な洲本は尾行が得意だ。スッポンの異名通り、食いついたら離れない。小柄な身体を密かに雑踏に潜ませ、背後霊と称される臨機応変の尾行術でターゲットを追う。

兵頭は高円寺からJR中央線で新宿駅へ。無数の人が行き交う改札を抜け、東口の、地を揺るがすような雑踏を縫い、歌舞伎町へと向かう。靖国通りを渡り、ネオンが煌めく歓楽街へ。赤ら顔の酔漢が怒鳴り、若い女たちが笑い、坊主頭に法被の路上ミュージシャンがギターをかき鳴らして絶叫する中、洲本はごく自然に横に並び、大男を見上げ、兵頭さん、と声をかける。

瞬間、兵頭は立ち止まり、首をねじ切るようにして回す。小男を見下ろす。目に驚きと怯え。それに少しばかりの自意識過剰。洲本は微笑み、優しく言う。

「大丈夫だよ、あんたのファンじゃない」

兵頭は一瞬、心臓を射抜かれたように髭面をしかめる。洲本は弛(たる)んだ風体を眺めながら言い募る。

「たとえ熱心なファンでも判らないだろう。ふくよかな腹回りに、膨らんだ髭面。消えたオーラ。多くのファンを魅了した昔とはまったくの別人だ」

兵頭は目に恥辱の色を浮かべて問う。

「おたく、何者だ？」

「警察だ」

ぐうっ、と押し殺した声が漏れ、巨体が高圧電流に打たれたように震える。丸く剝いた目と、戦慄(わなな)く唇、隆起するほお。熊のような髭面が、恐怖と驚愕で、いまにも破裂しそうだ。

洲本は伸び上がるようにして、その逞しい背中に右腕を回し、掌で押す。背筋を覆う分厚い脂肪、長年の不摂生の証(あかし)。この大男の、ジェットコースターのごとき半生を思い、少し感傷的になる。甘いな、と己を叱咤し、事務的に告げる。

「兵頭さん、話が聞きたいんだ」

ビル陰に誘い、懐から抜き出した警察手帳を見せる。

「新宿署の組対だ。悪いようにはしない」

兵頭は、そたい、と呟き、彫像のように固まる。

「あんたのまずい状況は承知している」

むっ、と息を呑む音がした。

「おれを信じてくれ」

兵頭は血走った目を油断なく左右にやり、どういうことだ、と警戒心も露にしゃがれ声を絞り出す。

「なぜ、見ず知らずのマルボウ刑事を信じなきゃならない」

当然の疑問だな、と洲本はうなずき、答える。

「初対面じゃないからだよ」

はあ、と太い首をかしげる。

「おれも和歌山の出身でね」

同郷と知った兵頭はあごを引き、押し黙る。

「県立紀ノ国高校の野球部だ」

告げながら、胸が熱くなる。あの遥かな夏が甦る。湿った黒土の匂いとむせかえる熱気。天空を焦がす白銀の太陽と、揺れる陽炎(かげろう)。そしてスタンドでうねり、湧き立つ観客の、怒濤（どとう）のごとき喚声。

「紀ノ国、だと？」

一転、兵頭は上から目線で言う。

「野球部なんてあったか？」

声音に露骨な蔑（さげす）みがある。当然だ。紀ノ国は県立の普通高校。進学に重きを置き、運動部はそれなり。野球部も例外ではなく、甲子園の予選はせいぜい二回戦止まり。が、あの夏は違う。洲本の脳裡に鮮やかに浮かぶ光景がある。

二十年前、紀ノ国は技巧派の好投手三人を揃え、準決勝まで進出。僥倖（ぎょうこう）の連続で勝ち上がった県立普通高校の前に立ち塞がったのが、兵頭大輝率いる強豪私立の新宮（しんぐう）工業である。

兵頭はエースで主将。両腕を高々と上げたワインドアップから投げ込む〝ショットガン〟と称される、コントロール抜群の剛速球と、打者の顔付近から斜めに落ち、外角低めにきまる〝悪魔のカーブ〟。この二つの球種だけで三振の山を築く紀州のドクターKは――。

「で、野球部がどうした？」

我に返る。兵頭がニヤついている。洲本は息を深く吸い、場違いな高揚を冷まして言う。

「おれは高校一年の夏、三年のあんたと対決している」

まじか、と目を細め、小柄な身体を無遠慮に眺める。口元に嘲笑。洲本は砂を噛む思いで続ける。

「準決勝の九回、七対〇の一方的スコアながら、あんたは決勝に向けての調整でマウンドに上がった」

「地区大会のゴミのような相手だろ。調整で十分だ。お釣りがくる」

「県立高校の一年坊主のおれに、遠慮会釈のない球を投げてくれたよ」

兵頭は首をかしげ、おれがおたくとか？　とせせら笑う。

「まったく憶えてねえな」

洲本は舌に浮いた苦いものを嚙み締め、

「おれの人生は――」

言葉を呑み込む。ばからしい。単なる愚痴じゃないか。元々、この男とは生きる世界が違う。唇を引き結び、正面から見上げる。聳（そび）え立つ巨体を刑事の目で見つめる。五秒、十秒。不穏な空気を察知した兵頭が背を向けようとする。待てよ、ジャケットをつかむ。はなせ、と兵頭は手を振り払い、赤く濁った目を据えてくる。

「暴行で訴えるぞ」

なにぃ。ブチッ、と耳の奥でキレる音がした。

「あんた、自分の立場が判ってんのか」

声を低めて凄む。

「問答無用で引っ張ってもいいんだぞ」

髭面に怯えが浮かぶ。潮時だろう。来いよ、とあごをしゃくる。

「じっくり話そうや」

待てよ、と気弱な声ですがる。

「おれを助けてくれるのか？」

洲本はほおを緩め、

「まかせなよ。少なくとも、地獄に落ちることはない」

じごく、とひび割れた唇が動く。

「そうだよ、地獄だよ。あんたが歩く一本道の先には地獄しかない。おれがその寸前で踏み止まらせてやるから」

兵頭は力なく下を向く。落胆？　それとも混乱？

「躊躇している暇があるのか？」

洲本は容赦なく畳みかける。

「このままだと女房娘も地獄を見るぞ。離婚したとはいえ、世間は許しちゃくれない」

兵頭が顔を上げる。毒を含んだような苦悶の表情で言う。

「判った。話だけは聞いてやる」

洲本はほくそ笑み、周囲をさりげなくチェック。刑事の大事なルーティン。雑踏を視界に収める。問題なし。靴を踏み出す。

「行こうか」

　凸凹の二人、近くのカラオケボックスに入る。雑居ビルの三階。街中で極秘の話し合いを持つ際はカラオケボックスと決めている。各所に無数にあるし、個室の防音設備も完璧。密談にこれほど適した場所はない。

「新宿署はおれにロックオンしたんだな」

　個室のドアを閉め、テーブルを挟んで座るなり、兵頭は捜査の程度を探ってくる。洲本は答える。

「単独行動だよ」

　表情に怪訝(けげん)の色。

「おれは独自に動いていてね。他の連中は一切、関係ない」

　なにぃ、と髭面がゆがむ。

「そんなバカなことが――」

「あるんだよ」

　洲本はさらりと言う。

「手前味噌ながら、おれは新宿署でも一目置かれたマルボウ刑事でな。付いた二つ名がスッポンだ。洲本でスッポン」

　反応なし。ため息を吞み込み、続ける。

「ともかく、あんたはおれを信じることだな」

断っておくが、と兵頭は唇を震わせ、決死の形相で返す。

「おれはデコスケの下につく気はねえ」

ギリッと奥歯が軋る。この期に及んでまだ煮え切らないのか。

「だからあんたはダメなんだ」

洲本は膨らむ怒りに背を押されて言う。

「そのしおたれた格好はなんだ。元女房に忌み嫌われ、愛しい娘にも会わせてもらえないんだろう。自業自得、身から出た錆とはいえ、愚かにもほどがある。過去の栄光がズタズタじゃないか。情けない」

髭面が紫色に染まる。きさまあ、とうなり、右手を伸ばす。胸倉をつかみ、ぬっと立ち上がる。小柄な洲本はテーブル越しに巨軀を見上げる格好になる。

「減らず口を叩けなくしてやる」

兵頭は凄み、鬼の形相で胸倉をねじあげてくる。現役の刑事を相手にこの暴挙。頭の大事なネジが吹っ飛んでいる。ならば遠慮は無用。洲本はテーブルに右足をかけ、伸び上がるや、手首を両手でつかんでねじり、腋に挟んで肘を固める。いってえ、と兵頭は悲鳴を上げ、胸倉の手を放す。が、許さない。腰を落とし、体重をかけ、さらにねじる。逮捕術の要領だ。肘が、肩が軋む。部屋の防音は完璧だ。存分に悲鳴を上げさせ、解放する。

兵頭は屈み込み、右腕を抱えてうめく。

「その右腕になあ」

刑事はテーブルから降り、ゆがんだネクタイを整えて言う。

「おれの夢を託したこともあったんだ」

声がかすれてしまう。

「今度、おかしな真似をしたらへし折ってやる」

本気だ。次は容赦しない。もとより、まっとうな野球人生を歩めば数々の記録と伝説、巨万の富を築いたかもしれない黄金の右腕は消え去って久しい。いまさら折ろうが脱臼させようが、なんの罪悪感もない。すもとお、と兵頭が一転、すがるように言う。

「思い出したよ」

なにを？

「ちっこい、ダイナマイトみてえな野郎だ」

兵頭は濁った目を遠くにやる。

「おれのショットガンを恐れることなく、バットを思いっ切りぶん回しやがった。生意気にも目をかっと見開いてよお」

そうだ。同じ高校生だ、怯むな、逃げるな、真っ向から勝負してやる、の心意気だけでバッターボックスに立った。

梅雨明けの強烈な太陽がぎらつく炎天下、マウンドでゆったりと両腕を振りかぶる兵頭。キャップの下の浅黒いハンサムな面は力みも闘志もない、無表情。つまり眼中にあらず。負けじ魂に火がついた。

身の丈百九十センチの兵頭がマウンド上でテイクバックを充分にとり、豪快に右腕をしならせると、ボールはまるで二階からぶっとんでくるようなド迫力があった。

おれはうなりを上げて迫る白球めがけ、半歩踏み込みフルスイング。が、バットを出したときはもう、ショットガンを食らったキャッチャーミットが悲鳴に似た甲高い音を上げていた。完全な振り遅れ。ど真ん中のストライク。信じられなかった。

二球目。兵頭は唇を少しへしまげ、不機嫌な面で投げた。今度は指先からボールが離れた瞬間、金属バットを振った。腰を入れたフルスイング。カチン、とチップし、浮き上がったショットガンはキャッチャーマスクを直撃。心胆を寒からしむる激突音と共に、プロレスラーのように大柄なキャッチャーは後方へひっくり返り、KO。脳震盪で暫く動けなかった。おおー、と満員の球場がどよめく。

かすった、チップでもショットガンをとらえた。おれは全身の細胞が戦慄くような興奮のなか、昏倒したキャッチャーの意識が戻り、ミットをかまえ直す間、深呼吸をして気持ちを落ち着かせ、バッターボックスに立った。

三球目。兵頭の顔色が一変した。眉間に筋を刻んだ憤怒の表情で両腕を大きく振りかぶり、左足を、右膝が接地するくらい踏み出し、右腕を豪快に振る。それまでの二球を凌駕する、本気モードのウィニングショット。怒り心頭の兵頭に、遊び球のボールはない。ど真ん中のストライクのみ。兵頭が頭に血を昇らせるほど、おれは冷静になった。灼けた太陽の下、熱気を切り裂いて迫る白球めがけ、金属バットを叩きつける。ギャン、と獣の断末魔のような激突音がした。バットの芯でジャストミート、両手首が砕けそうな衝撃。が、渾身のショットガンは鉛の球のように重く、日本刀のように切れ味抜群だった。バットを振り切れず、逆に差し込まれ、芯がずれた。強烈なスピンがかかったボールはもの凄い勢いで後方へふっ飛び、バックネットに激突、金網にめりこんで落ちてこなかった。

瞬間、鼻腔をツンと刺激する焦げくさい匂いがした。金属バットとボールの激しい摩擦故、だと思う。高圧電流を浴びたように痺れる両手をバットから引き剥がし、左右の手を交互に振りながら、おれはショットガンの凄まじい威力に震え、感動した。次の瞬間、観客席から怒濤のような拍手が湧き立ち、ちっこいの、ようファウルにしたのお、誉めたる、とおっさんの野太い声が飛び、拍手は割れんばかりに大きくなった。

おれは怒りと屈辱で顔が炙られたように熱くなった。が、それは兵頭も同じで、マウンドで仁王立ちになり、朱を注いだ恐ろしい形相で睨んできたっけ。

あれから二十年が経ち、髭面の太ったおっさんになった兵頭は唇に笑みを浮かべて言う。

「ちょいと頭にきたんだ。紀ノ国のドチビなら普通、腰を屈め、ホームベースに覆い被さるようにして短く持ったバットを寝かせ、一か八かのセーフティバント狙いだろう。

もしくはバスターだ。的がちいせえ分、ラッキーなフォアボールもある。なのに、胸を張り、グリップエンドぎりぎりまで持った長いバットを高々と立て、まるで落合みてえな神主打法でおれのショットガンに向かってきやがった」

当たり前だ。臆する必要がどこにある。グラウンドに立てば全員、平等だ。無名の県立だろうが、強豪の私立だろうが関係ない。勝つか負けるか、だ。チビでも心意気では負けない。三冠王三回の日本プロ野球史上最高のバットマンにして、唯我独尊の偏屈、温いチームワークなど屁とも思わぬ孤高のアンチヒーロー、落合博満の真似をしてなにが悪い。

憧れの落合と同じく、バット一本で世の常識、絶対的強者に挑み、渾身のフルスイングで粉砕してやる、その一心で立ち向かった。落合が引退してはや四年、気持ちだけは〝和歌山の落合〟のつもりだった。が、プロも大注目のドクターKは凄かった。想像を絶する、とはあのことだ。

「おれはおまえのここを」

兵頭は己のこめかみを指さす。

「狙って投げた」

そうだ。四球目。兵頭は両腕を振りかぶるや、左足を大きく踏み出し、右足を高く、中天でギラつく太陽めがけて蹴り上げた。ピシッと指がボールを切る音が聞こえた。うなりを上げた剛速球が、こめかみめがけ、一直線にふっ飛んでくる。怒りにまかせたビーンボール？

　ここぞとばかりに放ったウィニングショットを、生意気にもファウルにした小兵一年坊主。しかも弱小の県立高校。あり得ない出来事が、誇り高きドクターKの逆鱗に触れた？

　瞬間、おれの脳裡に、ヘルメットが割れて昏倒し、死んだように動かない己の姿が浮かび、意識とは無関係に――。ちくしょう。真っ赤な屈辱が燃え上がる。目の奥が熱くなる。忘れていた怒りが膨れ上がり、頭蓋が軋む。爆発しそうだ。

「本題に入ろう」

　わずかに残った自制心をかき集めて平静を装い、刑事は事務的口調で縷々語る。兵頭の現状と、その対策を。聞き終わった兵頭は両手で頭を抱えて動かない。

「悩もうが絶望しようが勝手だが、おれはそれほど気が長くない」

　洲本はスマホを取り出し、傲然と言い放つ。

「承諾なら今夜十時までに連絡しろ。互いの連絡先を共有しよう。おれの番号を言うから送信してくれ」

　兵頭は動かない。最後通告。

「ならば上にあげるまでだ。こんな重要な案件、いつまでもおれひとりで抱え込むわけにはいかないんでな。明日中には新宿署の正式なミッションになるだろう。マスコミも大騒ぎだな」

待てよ、とか細い声がした。

「そう短気を起こすな。おれも人生がかかっている」

兵頭はジャケットのポケットからスマホを取り出し、刑事が言う番号を打ち込みながら愚痴る。

「この世は神も仏もないのかね」

バカな、と洲本は一笑に付す。

「おれは地獄で仏のつもりだよ」

兵頭は送信し、ワンコールで切る。洲本は番号を確認してスマホをしまい、冷たく告げる。

「別世界で蝶よ花よと持ち上げられ、生きてきたあんたは現実の厳しさが判っていない」

兵頭は眉間に筋を刻み、睨んでくる。洲本は受け止め、返す。

「あんたの元女房も言ってただろ」

喉仏がごくりと動く。髭面が紫色に染まる。狼狽と恥辱。

「恥ずかしくない生き方をして、と」

ぐう、と言葉にならない声が漏れる。洲本の脳裡に浮かぶ彩花の悲痛な表情。元妻の覚悟。洲本はとっておきの切り札を放つ。

「夢に向かって頑張る娘に、最後の意地を見せてみろ」

ゆめ？　と兵頭は口を半開きにして見つめる。

「そう、夢だよ。難関私立中学合格を目指して塾に通う、娘の秘めたる夢だ」

洲本は語った。兵頭が知らない娘、桐子のことを。不甲斐ない父親は途中から顔を両手で覆い、肩を震わせて大泣きした。

洲本はドアを開け、カラオケボックスを後にした。外に出る。街のノイズが洲本を包む。瞬間、肌がビリッとした。微かな棘。注視するプロの視線を感じる。

歩道を行き交う人の波。足を止め、息を殺し、神経を研ぎ澄ます。思い違いか？　三秒後、目の端で確認。屈辱を胸に、小走りに駆ける。背を向け、足早に雑踏にまぎれようとする男の前に回る。

「てめえ、どういうつもりだ？」

観念した高木は肩をすくめ、

「先輩、すっかりお見通しでしたか」

当然だろ、と低く凄む。

「その程度の尾行、見破れなくて新宿のマルボウ刑事がつとまるか」

高木は顔をしかめ、まいったな、と横を向く。

「思い上がるなよ」

詰りながら、内心、背筋が凍る思いだった。状況から推し量るに、今日一日、尾行していたのだろう。まったく判らなかった。背後を取られたまま、重要人物と密談に入った大間抜け。高木の尾行術は格段の進歩を遂げている。約一年前、新宿署への異動時、素人同然の高木に尾行術のイロハを叩き込んだのがウソのようだ。

「来いよ」

あごをしゃくる。高木は動かない。未練がましく、カラオケボックスの入る雑居ビルを見上げている、いらっとした。

「あいつの正体、知りたいのか？」

「あたりまえじゃありませんか」

仏頂面を向けてくる。

「ここ二日、主任に張り付いてきたんだ。その苦労がここで水の泡とは、泣くに泣けませんよ」

二日、だと？　全身に冷や汗が滲む。高木はしゃあしゃあと語る。

「主任が単独の隠密行動となれば、超大物に決まってます」

表向き、昨日今日は本庁の組織犯罪対策会議に出席、ということになっている。実際はこの一カ月近く、睡眠を削り、非番も返上で密かに探ってきた兵頭大輝への詰めの行動確認と接触、そして交渉のためだ。極めてナイーブな事案故、単独捜査で押し通すつもりだったが——。

「あの髭面のばかでかいおっさん、どこかで見た顔なんですけどね。だれだっけなあ」

高木は虚空を見つめて思案する。

「零落した有名な極道幹部だったりして。いや、芸能人かな。まさか我々の同業ってことはありませんよね」

「教えてやるよ」

洲本はさらりと言う。

「おまえは野郎の面を拝み、立ち寄り先も承知しているんだ。素性の割り出しなど造作もないだろう」

高木は面映(おもは)ゆげに指でほおをかき、

「おっさんが情けない面で見上げた学習塾も、わけありの女の顔もばっちり拝んでますからね」

洲本は自嘲を滲ませて返す。

「つくづく自分が嫌になったよ。おまえという相棒がいながら、不覚にもほどがあるな」

ほお、と満更でもない表情で高木は言う。

「主任、わたしの実力を認めてくれますか」

「なにをいまさら」

苦い笑みが湧いてしまう。こいつには散々やられている。革命家・清家文次郎(せいけぶんじろう)と伝説の凄腕刑事・桜井文雄が共に悲劇の死を遂げた、あの警察組織を揺るがす大事件では蚊帳の外におかれ、つい先日、キャリア警察官の子息逮捕の事案でも巧く利用されて終わった。腹の底を見せない厄介な野郎だが、実力はピカイチだ。使わない手はない。高木の肩に手をやる。

「今後ともお手柔らかに頼むぜ」

恐縮です、と頭を下げながらも、警戒心を解いていない。掌から伝わる熱と筋肉の強張りで判る。洲本は拳を口に当てて笑みを噛み殺し、高木の肩を押す。

「おれたちのアジトでじっくり打ち合わせをしようや」

新宿署に向かって歩く。


「なるほどねえ」

ソファで向き合う男。黒のシルクシャツに白のスラックス。ゴールドのネックチェーン。胸元からのぞく龍の入れ墨が鮮やかだ。タバコを喫い、目をすがめ、

「新宿署のスッポンかい」

ふう、と紫煙を吐く目付きの鋭い色男。筋肉質のスリムな身体に、ジェルで固めた短髪。『北斗組』の本部長、新井徹、四十二歳である。

兵頭は両手を固く組み合わせ、湧き上がる震えを抑える。

新宿区大久保のマンションの一室。『北斗組』は関東きっての武闘派組織『新宿連合』の二次団体で、新井は組のカネの管理を一手に任された経済ヤクザである。

新井の背後に控える、ブラックスーツの屈強、凶顔の男二人。スキンヘッドの木元とオールバックの西は舎弟兼用心棒で、新井の命令ひとつで鉄砲玉として吹っ飛んでいく、気合の入った連中だ。

暴対法と暴排条例で追いまくられ、シノギも満足にできず、金欠に悩む組織が多い中、『北斗組』は資金、人材、ともに豊富。いまや、一次団体の『新宿連合』を凌駕する勢い、と囁かれるイケイケの組織である。

「しかし、兵頭よ」

新井は粘った視線を向ける。

「スッポンの野郎、なんでおまえに目をつけたのかね」

表情に半信半疑の色。兵頭は言葉を選んで説明する。

「同郷だからだと思います」

同郷？　と首をひねる。

「同じ和歌山で、あいつも県立高校で野球をやっていたようですから」

ほう、と短くなったタバコを真鍮の灰皿にねじ込む。

「ライバル、とか？」

ばかな。思わず吹いてしまう。瞬間、空気が放電したようにヒリつく。なんだこるあ、と怒声が飛ぶ。目を吊り上げ、スキンヘッドを朱に染めた木元。兄貴を舐めとんのか、と西も食い殺しそうな睨みを飛ばす。兵頭は慌てた。

「いや、あっちは弱小の県立で、しかも二学年下。こっちは――」

新井が片手を挙げ、いきり立つ舎弟二人を制止し、だよな、と言葉を継ぐ。

「高校時代のおまえ、凄かったもんな。公式戦の記録は完全試合二回、ノーヒットノーランが五回だっけ？」

「六回です。高三春の選抜決勝も含めて」

そうそう、とうなずく。

「で、集大成の夏の甲子園決勝は延長十五回ながら、二安打完封だよな」

ええ、まあ、と答えながら振り返る。ひどい夏だった。準決勝も延長十四回で、結局一人で投げ切った夏の甲子園の総投球数は九百六十球。大会史上最多らしい。普通じゃない、おれも監督も。二番手、三番手のピッチャーに任せて楽勝の連続だった県予選とは雲泥の差だ。

新宿署の組対刑事を思う。地区大会の準決勝でやりあったスッポンこと洲本栄。バットを高々とかまえ、フルスイングしたクソ生意気な一年坊主。おれのショットガンに怯（ひる）みもせず、逆に踏み込んできたごんた野郎。あの鼻っ柱のつよいチビが新宿でマルボウ刑事か。苦い笑みが湧いてしまう。

「おかしいのか」

新井が顔を斜めにして見つめてくる。冷えたガラス玉のような目。兵頭は笑みを消し、

「高校時代、おれは無敵だと思っていました。つくづく、愚かなガキでしたよ」

仕方ねえよ、と新井は返す。

「掛け値なしの超高校級だ。ショットガンはホップするように見えたし、悪魔のカーブは打者の目が追いつかず、視界からふっと消えて外角低めいっぱいにきまるんだろ。そ

の軌跡を無理して追うとフォームが崩れ、バッティングそのものがおかしくなっちまう、まさに悪魔の、えげつない変化球だ。当時、おれは野球賭博でザクザク稼いでいたが、おまえの試合はハンディ付けるの、往生したぜ。並のハンディじゃあ賭けになんねえもん。世間知らずのド田舎のガキが天狗になって当然だわな」

新井は半笑いで、しかしまあ、と続ける。

「春夏連覇投手の勲章を引っ提げ、プロ入り後も周囲のおっさんどもから百年に一人の大天才、サイ・ヤング賞も夢じゃない、と散々持ち上げられ、調子に乗りまくり、アクセルべた踏みの大迷走のあげく、たどり着いた先がここだもんな。たしかにおかしいわな」

兵頭は屈辱を呑み込む。二年前、知り合った当初、この極道は、兵頭さん、大ファンです、と揉み手ですり寄り、こぼれんばかりの笑顔でおべっかを連発してきた。関係が深まると、客分として下にもおかぬ丁寧な扱いだ。ところがいまはおまえ呼ばわりの手下扱い。舎弟の木元と西も同様だ。身から出た錆とはいえ、情けないにもほどがある。だが、これが現実。世間の荒波に溺死寸前のウドの大木は、分相応の迎合した台詞で応える。

「ホント、笑い話ですよ」

ふん、と新井は鼻を鳴らし、

「で、どん底のおまえに接近してきたのが洲本か」

「やつはおれを信用しています」

言葉に力を込める。

「あの野郎、おれを『北斗組』準構成員と見て、S（エス）にならないか、と言葉巧みに誘ってきました」

「おまえは応じたふりをした、と」

兵頭はうなずく。

「少しでも新井さんのお役に立ちたくて」

ふむ、とあごをしごき、思案する新井。険しい視線を飛ばす舎弟二人。兵頭は肩の力を抜き、自然体で待つ。十秒、二十秒。新井があごから手を外す。

「判った、兵頭」

抑えた重厚な声が這う。

「酷な言い方だが、おまえは表の世界には二度と戻れねえ身だ。話してみろ」

ありがとうございます、と頭を深く下げ、核心に迫る。

「洲本の野郎、次のブツの取引を狙っています」

ほう、と目を細める。非情な極道の視線が兵頭を射抜く。

「ただ、日時と場所は曖昧で、情報が錯綜（さくそう）しているようです」

「その、たしかな日時と場所をおまえに探って来いってことか」

そうです、と兵頭は返す。感情が過剰に漏れないよう、事務的に、手短に。

「洲本の手持ちの情報では二日後、つまり明後日、北新宿二丁目のパチンコホール『パラダイス』。閉店後の午後十一時ごろ、五キロのブツを授受ということです」

沈黙が降りる。空気が緊迫する。新井の顔色が昏い。舎弟二人も同様。兵頭は次の展開を待つ。

「まずいな」

新井がぼそりと言う。

「『パラダイス』、割ってんのかよ」

木元が顔をしかめ、

「兄貴、場所、変えた方がよさそうですね」

返事なし。

「ヤバすぎます」

西が重々しく言う。

「日時とか外れですが、場所がピンポイントで特定できているとなると、非常に危険です。洲本は一騎当千の猛者が揃う新宿署でも頭ひとつ抜けた凄腕のマルボウ刑事だ。なにを仕掛けてくるか判ったもんじゃない。避けたほうが賢明です」

二呼吸分の沈黙の後、だな、と新井はうなずく。

「場所、変更するか」

両膝を平手で勢いよく叩き、立ち上がる。ここが正念場だ。兵頭も腰を上げる。新井が剣呑な面で見上げてくる。

「新井さん、おれも噛ませてくださいよ」

なんだぁ、と木元が肩を怒らせ、革靴を踏み出す。西も怖い顔で続く。新井は首をかしげ、どういうことだ、と静かに問う。兵頭は言葉を選んで告げる。

「いつまでもお客さん扱いはウンザリですわ。おれがゲットした情報、お宝なんでしょ」

新井は答えず、真意を窺うようにただ凝視してくる。兵頭はここぞとばかりに言い募る。

「取引に噛ませてください」

「アホか」木元が鬼の形相で凄む。

「冗談もほどほどにしろよ」と、西がドスの利いた声で諭す。

「極道好きは結構だが、分をわきまえなきゃな」

それはちがうだろう、と兵頭は舎弟二人を見据えて言い放つ。

「おれも勝負の世界で生きてきた男だ。度胸と覚悟はあんたらに負けねえぞ」

はったりでもなんでもない。本気だ。春夏の甲子園で頂点に立ち、満員の東京ドームで億単位の年収を稼ぐ化け物のようなスラッガー連中と真っ向から渡り合い、ショットガンと悪魔のカーブ、たった二つの球種で三振に切って取ってきた男を見損なってもらっては困る。度胸はおまえら極道の専売特許じゃない。

発情期のマントヒヒのようにいきりたつ舎弟二人を見据え、正面から対峙する。一歩も引かない、との決意を込め、前傾姿勢をとる。いいじゃないか、と新井が割って入る。

「兵頭は過去の栄光を捨て、腹をくくったってことだろ。なあ」

「もちろんです」

「兄貴、それはよくない」

木元が必死の形相で説く。

「こいつは極道のごの字も知らねえトーシロだ」

そうですよ、兄貴、と西も加勢する。

「あしでまといになるだけです」

ばかやろう、と新井は一喝。巻き舌を炸裂させる。

「兵頭は現役の刑事から極上のネタを引っ張ってきたんだ。おれたち、下手すりゃお縄だったんだぞ。おまえらにできんのか、ああっ？」

それは、と二人、肩をすぼめる。

「兵頭よ」

一転、新井は穏やかな面を向けてくる。

「極道としてやっていく覚悟ができたのか？」

はい、と大きくうなずく。

「おれはもう、ここでしか生きていけませんから」

真摯な口調で言う。新井は満足気に微笑み、両腕を大きく広げた芝居がかった仕草で、

「ようこそ、悪党の天国へ」

傍らのセカンドバッグをつかみ、抜き出した紙幣数枚を二つ折りにして差し出す。兵頭は受け取る。万札五枚。が、それにしては厚みがある。そっと開くと、シャブのパケ一個。極上のユキネタ。喉がごくりと鳴った。

「今夜は女としっぽりキメて、存分に愉しんでこいや。明日は忙しいぞ」

はい、と頭を下げ、ポケットにつっこむ。指先でパケを探る。シャブの底無しの快楽が甦る。全身の細胞が歓喜する。脳みそが溶けそうだ。

「主任、すごい経験してますね」

高木が珍しく興奮の面持ちで言う。

「羨ましいですよ」

新宿署五階の北奥、五〇五号取調室。コンクリートに囲まれた陰気な小部屋で洲本は事務机を挟んで向き合う。

「羨ましい？　とんでもない。地方の無名県立の一年坊主が、プロも大注目のモンスターとやりあったんだぞ。結果は無残だ」

こめかみ目がけてふっ飛んできた剛速球。激突する、と思った瞬間、意識とは関係なく腰が引け、のけぞり、両膝が笑い、バットを両手に握ったまま、無様な尻もちをついた。その瞬間の、0・1秒にも満たない驚愕のボールの軌跡は、いまも脳裡にへばりついて離れない。

　剛速球はバッターボックス手前で急激に変化、まるで意思があるが如く斜めに落ち、革を引き裂くような破裂音と共に、外角低めにかまえたキャッチャーミットに収まった。落差は五十センチはあったと思う。判定はストライク。哀れ、見逃し三振。外角低めギリギリのストライクゾーンを狙った伝家の宝刀、悪魔のカーブ。お化けのような変化球ながら、球にスピンが利いているため球速はまったく落ちない、いまで言うパワーカーブである。

　球場を埋めた万余の観衆は唖然。尻もちをついた一年坊主は両手にバットを握った間抜けな格好で目を彷徨(さまよ)わせ、雷光のごとく疾(はし)った悪魔のカーブの軌跡を追いかけて震えた。

　咳ひとつ聞こえない静寂の後、新宮工業の応援席が控え目にざわつき、次いでさざ波のように広がり、どおおっと球場全体を揺るがす勢いで嘲笑が爆発。肌がビリビリ震えた。

　新宮工業のベンチからは、腰抜け、ヘッポコ、チキン引っ込め、おまえホントは小学生だろ、と容赦のない罵声が飛んだ。兵頭は？　何事もなかったように、黙々とマウンドの土をスパイクで均(なら)していたっけ。頭上で輝く太陽が、やけに眩(まぶ)しかったのを憶えている。

　炎天下、無数の嘲笑と罵声を浴び、身も焦げそうな屈辱のなか、十六歳の洲本は悟った。自分がいかに努力しても到達できない、天才の域があることを。

「なるほど」

高木は大きくうなずく。

「その、こめかみを狙ったビーンボール紛いの剛速球が斜めに落ち、アウトローへズドン、の悪魔のカーブで自分の限界を知ったわけですか」

「おれの夢は木っ端微塵に砕けたよ」

夢って？　と高木が真剣な面持ちで問う。洲本は答える。

「プロ野球選手だよ」

ほお、と気のない相槌。ジョークと思っているのか？　いらっとした。

「おれは本気だった。中学時代は俊足強肩のショート、盗塁も得意で、和歌山の韋駄天と呼ばれていたんだぜ」

ふっ、と笑いを堪える高木。

「おかしいか？」

「韋駄天なんて久しぶりに聞いたもので」とほおをヒクヒクさせ、

「そもそも、そのタッパじゃプロは無理でしょう」

こんちくしょう。洲本は憤然と返す。

「小坂誠がいるだろう」

宮城の県立高校から社会人野球を経て、千葉ロッテに入団した小坂誠は、当時六年目のバリバリ。一年目からショートのレギュラーを勝ち取り、新人王に。二年目は盗塁王もゲット。身長百六十七センチの小兵ながら、〝平成の牛若丸〟と謳われた抜群のフットワークと華麗なグラブ捌き、シュアなバッティングで大人気だった。

小柄な野球少年にとって、小坂誠こそは闇夜で輝く希望の星だった。洲本自身、当時百六十センチで、高校卒業までは小坂と同程度か、百七十センチくらいにはなるだろう、と思っていた。残念ながら一ミリも伸びなかったが、ともかく、第二の小坂誠目指して、無名の県立普通高校ながら一年目からショートで二番のレギュラーをゲットし、夏の県予選は準決勝までの三試合、打率四割二分。三塁打一本、二塁打三本、盗塁五個。怖いもの知らずのフルスイングと、自慢の俊足で上々の成績を収めていた。が、準決勝の兵頭の、たった一球ですべては雲散霧消。失意のドツボに沈んだ。

「じゃあ、兵頭のおかげで小坂誠になれないと悟った、と」

「まあな」洲本は憤然と返す。

「分不相応な望みだと痛感したよ」

苦い笑みが湧いてしまう。中学時代から薄々感じていた己の限界。プロを目指すには、小兵野手の生命線である選球眼をはじめ、捕球術、球際のフットワーク、スローイング、バットコントロールなど、ほぼすべてにわたって野球センスが足りない。故に高校進学時、いくつかあった私立強豪高校の誘いを断り、自宅から通える地元の県立高校へ進んだ。

周囲には「野球バカにはなりたくない」「おれは文武両道でいく」と偉そうにほざいてみせたが、要は野球にすべてを賭けて勝ち抜く自信がなかっただけだ。兵頭が本気で投げた悪魔のカーブは、己のハリボテの実力と底の浅い覚悟を、一発で粉砕した。大仰でなく運命の一球だった。

「よかったじゃないですか」

高木は朗らかに言う。

「才能もないのに、未練たらしく野球を続けるより、すぱっと諦めがついて」

この野郎。当たっているだけに腹が立つ。その後もガムシャラにフルスイングを貫いたが、高二の夏、甲子園の県予選前に無理が祟って腰を壊し、泣く泣く現役を断念。裏方に徹し、高三夏の県予選二回戦敗退後、野球部を引退。ひとなみに受験勉強に勤しみ、上京して法政大学に進学。その後、野球とは一切関わることなく（神宮球場へ法政野球部の応援に赴くこともなく）、割りのいい肉体労働で学費と生活費を稼ぎ、大学卒業後は安定とやりがいを求めて警視庁へ奉職した。

いまでも思うことがある。悔いはないのか？　腰のリハビリを入念に行い、せめて大学まで野球を続けたら、別の途も開けたのでは？　一流企業のノンプロ野球部とか、強豪高校の野球部監督、あるいはプロ球団のスタッフ。未練がない、と言えばウソになる。

「びっくりですね」

高木が、バラ色の夢想を叩っ切るように言う。

「あの薄汚い巨漢のおっさんが兵頭大輝とは」

信じられない、とばかりに首を振る。たしかプロ野球時代の兵頭は身長百九十センチで、体重は八十キロ程度。手足が長い筋肉質の、モデルのような体型だった。いまの、不健康に膨らんだ髭面と弛んだ巨体からは想像もつかない、ニヒルな笑みが印象的な、いわゆるワルメンで、女性人気もかなりのもの。

「プロでの活躍が短かったとはいえ、まぎれもないスターでした」

そうだ。大学進学志望の兵頭はマスコミの取材に対し、監督と口をそろえて、プロ入りは絶対無い、指名は迷惑、と言い張ったが、ドラフト会議では球界の盟主を自負する人気球団『東京スターズ』が一位単独指名。

直後の記者会見で兵頭は「光栄です。よく考えます」、監督も「兵頭の意思を尊重します」と共に神妙な面で述べ、半月後、契約金一億円、年俸千五百万であっさり契約。一位単独指名のお膳立てにまんまと利用されたマスコミは怒り狂い〝卑劣なデキレース〟〝姑息な師弟〟〝投げる前に江川を超えた守銭奴兵頭〟と書き立てたが、後の祭り。

一年目から十四勝二敗（完封二）と、高卒新人にしては驚異的成績を挙げ、前途は洋々と見えたが――。高木は辛辣な言葉を繰り出す。

「調子こいた田舎者が、花の東京で浮かれ過ぎたんですかね。シーズン前から随分と週刊誌をにぎわしていたし」

新人合同自主トレ合宿ですっぱ抜かれたタバコ、飲酒、パチンコの醜聞など可愛いほう。マスコミに散々叩かれ、名誉挽回、とばかりに入団一年目で挙げた好成績で、年俸は三倍の四千五百万にアップ。図に乗った兵頭はオフシーズンになると、興奮剤を打たれた猿のごとく浮かれ放題。

後援者が提供したポルシェの無免許運転に、風俗遊び、銀座の高級クラブでの乱闘、闇カジノ、とコンプライアンスとやらが重視されるいまなら即、球界追放だろう。

「高校時代から我儘(わがまま)放題のお山の大将だったからな」

「そんなに酷かったんですか」

洲本は答える。

「たとえば夏の県予選の球場入りだ」

当時の、あの信じられない光景が甦る。

「新宮工業の他の部員連中はボロのマイクロバスに押し込められてやって来たが、あいつだけは監督が運転するクラウンの後部座席のど真ん中にふんぞり返って、堂々のご登場だ」

へええ、と高木は感嘆とも驚嘆ともつかぬため息を漏らし、

「和歌山のド田舎とはいえ、高校生がまさか」

「ホントだよ。おれはこの目で見たからな」

それどころか、クラウンが停車するなり、補欠の一年生部員三人が駆け寄り、素早く後部座席のドアを開けて一礼、スポーツバッグを持ち、冷たいおしぼりを渡し、のっし

のっしと偉そうに歩くあいつを団扇でおあおぎながら下僕の如く従っていたっけ。後日、一年生三人は兵頭の身の周りを世話する付き人と聞いた。

　寮生活は他の部員が刑務所の雑居房のような大部屋のところ、兵頭はテレビ・バストイレ付きの個室で、しかも食事は監督夫人手作りの豪華な特別食。当然、授業料も寮費もタダで、それどころか、栄養費として毎月十万円の小遣いを提供、との噂もあった。高校側は、甲子園出場が叶えば宣伝広告費としてお釣りがくる、と算盤を弾いたのだろうが、春夏連覇の偉業で校名は一気に全国区となり、野球部志願者はもちろん、一般生徒の受験者も激増。お釣りは莫大なものとなった。

「周りの大人が悪いんだな」

　高木が顔をしかめて言う。同感だ、と洲本は胸糞の悪くなるエピソードを披露する。

「兵頭のプロ入り後、監督はクルマをクラウンから英国の名車ベントレーに買い替え、白浜温泉の高級リゾートマンションを購入している」

「裏ガネ、ですか」

「師弟共謀のデキレースを持ちかけた球界の盟主『東京スターズ』から、な」

「お山の大将が増長するわけだ」

　一年目オフの不祥事の数々が週刊誌で暴かれると、兵頭は頭を丸めて記者会見に臨み、球団の重鎮連中と共に、涙ながらに謝罪と反省の弁を述べ、平身低頭し、なんとか乗り切った。が、お山の大将の性根は変わらない。その後も水商売の女性との婚約不履行問題や、同僚選手への暴行疑惑、暴力団関係者との親密交際等、スキャンダルが続発した。

野球も、不祥事の数と軌を一にするが如く下降線を辿った。一年目、爆発的な威力を発揮した、ショットガンと悪魔のカーブも、二年目になると各球団の対策も進み、八勝十二敗と凡庸な成績に終わる。監督コーチ陣から球種を増やすよう要請されるも、超の付く自信家のお山の大将は「おれは尊敬する江夏さんや江川さんと同じく、真っすぐとカーブのみで勝負する、本物の本格派。姑息な変化球で敵の裏をかく卑怯な行為は大嫌いだ」と完全無視。

三年目以降、六勝、四勝、と成績は下降を続け、マスコミの、それみたことか、とばかりに書きたてる酷評の数々に怒り狂い、頭に血を昇らせ、ガムシャラに投げるほど打ち込まれるという悪循環である。

プライドも自己評価も異様に高い野球バカは苛立ち、審判の判定に悪態をつき、退場処分も複数回喰らった。血の気の多い元大リーガーが死球に激怒すると、マウンドの兵頭は謝るどころか、不敵な笑みを浮かべ、グラブを投げつけるや、指を突き立てたカモンポーズで挑発。怒声を上げ、突進してくる赤鬼のような大男を仁王立ちで迎え撃ち、派手に殴り合い、両チーム入り乱れての乱闘に発展するという球史に残る大騒動もあった。

球団側は窮余の一策、とばかりにクローザーへの転向を打診するも、「他人が汚したマウンドに上がれるか、ボケッ」と言い放ち、拒否。さすがに球団側も激怒し、退団を余儀なくされる。

　その後、二つの球団を渡り歩き、鳴かず飛ばずのまま、二十五歳時に右肩の肉離れで丸一年を棒に振り、リハビリ期間中、失意の兵頭を支えてきた大手航空会社客室乗務員の女性（矢野彩花）と結婚。女児（桐子）にも恵まれ、心機一転、熱心にリハビリに励み、夜遊びを断ち、暴飲暴食の食生活も見直し、再起を賭けてマウンドに上がった。

　ところが往年の球威は戻らず。焦ってガムシャラに投げるうちに、またも右肩を故障。投手には致命的な腱板損傷という重症で、熟慮のうえ、手術を決断。恢復を待って必死にリハビリを続けたが、復帰は叶わず、三十歳で早すぎる引退となった。

　球団側はセカンドキャリアとして打撃投手、スカウトへの転身を提示したが、「おれの才能は野球だけじゃない」と嘯いて拒否。あっさり球界を去った。

「現役引退後の兵頭――」

　高木は遠い目をして言う。

「あのひとはいま、みたいな週刊誌の記事でマージャン店経営者として紹介されていましたよね」

　そうだ。引退後、上野で始めたマージャン店は経営を任せていたスタッフにカネを持ち逃げされ、一年で閉店。ラーメン屋も焼肉店も他人任せの放漫経営が仇となり、あえなく失敗、度重なる浮気や博打による借金もあり、家庭は崩壊。三十五歳で離婚し、あとは転落の一途だ。

「兵頭の野郎、あろうことか極道の世話になっててな」

なるほど、と高木は想定内なのか、表情に変化はない。ならばこれはどうだ？

「後見人は『北斗組』のナンバー3、本部長の新井徹だ」

えっ、と目を剝く。ほおが赤らむ。さすがに驚きは隠せないようだ。

「いまどき珍しいイケイケの組じゃありませんか。関東ナンバーワンの武闘派『新宿連合』の傘下で、シャブで荒稼ぎしている外道の極道」

ひと呼吸おき、

「なかでも新井はクズ中のクズだ」

高木の声が怒りを帯びる。

「カネ儲けのためならなんでもござれ。若い時分、甘言でたらしこんだ女たちをシャブ漬けにして売りをやらせ、風俗に叩き売り、稼いだカネを組織に納め、のし上がってきた鬼畜野郎です。女には高校生、大学生、OL、主婦といった普通の女も多数含まれ、新井に骨の髄までしゃぶられ自殺したケースもあります」

下衆の鬼畜野郎だよ、と洲本は吐き捨て、

「新井は兵頭に飲み屋を二軒任せているが、そんなもん形だけだ。実際はアクセサリーだ」

アクセサリー？　と高木が怪訝な表情。洲本は説明する。

「闇社会でも兵頭はビッグネームだ。新井が酒宴に同席させ、野球ファンのゲストの求めるまま、甲子園やプロ野球の裏話をおもしろおかしく披露すれば、新井さんすげえ、やっぱ大物だ、となる。つまり新井の大事なアクセサリーにして、闇社会の広告塔だな」

やだやだ、と高木は首を振り、

「よりによって新井かよ。兵頭、脳みそまで筋肉なんだな」

「やつはとびっきりの野球バカだ。しかし」

洲本は声を低める。

「おれはあいつの意地、プライドってやつに期待している」

「同郷にして元球友への淡い期待ですか?」

皮肉めいた物言いにむっとしたが、なんとかスルー。

「おれがそんな温い男に見えるか?」

高木はぐっと身を乗り出す。

「主任、どんな絵を描いてるんです?」

洲本は答える。

「おれは北新宿のパチンコホール『パラダイス』で新井が卸元からブツ五キロを受け取る、との情報を得た」

高木が一転、表情を強張らせて言う。

「末端価格が一グラム十万円として五億分のブツですか。卸値が三万円なら購入側、つまり新井は現ナマで一億五千万円を用意しなきゃならない。けっこうなビッグビジネスですね」

「取引は二日後。時間は閉店後の午後十一時。だが、この情報はイマイチ曖昧だ」

「つまり、『パラダイス』でのブツ五キロの取引は確かでも、日時は不確実だと」

「そういうこと」

なるほど、とあごに手を当て、目を宙に据える。洲本は語る。

「おれは兵頭にSをやらないか、と誘った」

高木は黙って見つめてくる。洲本は事務的に言葉を重ねる。

「より精度の高い情報が欲しくてな」

腕時計に目をやる。午後九時五十五分。

「承諾なら今夜十時までに返事をよこせ、と伝えてある」

「あのカラオケボックスで？」

「そうだ。野郎は己のシビアな状況から見て、受ける以外ないと思う」

おれは地獄で仏だから、という言葉を呑み込む。ふーん、と高木は首をかしげ、

「主任、それで代償はなんです？」

代償——肝を衝いてきた。咄嗟に言葉が出ない。まさか、と高木は嵩にかかって言う。

「カネってことはないでしょう。刑事の安月給からひねり出せるポケットマネーはせいぜい数万ってとこだ。官費もあり得ない。ならば、野郎の前にぶらさげた美味い餌、見返りはなんです？」

沈黙。充血した、いまにも破裂しそうな目が迫る。

「主任、その話が本当なら、兵頭に組織を裏切れ、と言ったも当然だ。そんな危ないこと、普通は引き受けないでしょう。よっぽどの代償がなきゃ、いくら脳筋の野球バカでもやりませんよ。割に合わないもん」

洲本は沈黙を貫く。タイムリミットまであと二分。兵頭が受けなければ、全部明かしてやろう。その後は正式な新宿署の捜査事案となる。が、高木は一秒を惜しむがごとく、もしかして、と早口で言い募る。

「悪事を見逃してやろうっていう魂胆ですか？　傷害とか詐欺とか」

なにぃ。高木はここぞとばかりに挑発する。

「表沙汰にしたくなければSになれ、つまり脅迫だ」

きさまあっ　椅子を鳴らして立ち上がる。両手をテーブルにつき、前傾姿勢をとる。

「高木、おれを見損なうなよ」

二人、睨み合う。懐で電子音。スマホだ。

「おお、時間ぴったり。やったね」

高木が破顔。洲本はスマホを抜き出し、番号を確認。兵頭大輝。高鳴る心臓の鼓動を聞きながら耳に当てる。

すもとお、と押し殺した声。

「S、受けてやるぞ」

洲本はほっと胸を撫でおろす。

「怖くなって逃げた、と思ったよ」

「バカ野郎」

重い声が響く。

「で、こっちの状況だが――」

兵頭は淡々と、恐ろしいことを語り始めた。まさか、そんな。想定外の展開に、洲本はスマホを握り締め、ただ聞き入ることしかできなかった。視界の端、高木が興味津々の表情だ。洲本は、兵頭の話が終わるや、労い(ねぎら)の言葉もそこそこにスマホを切り、倒れ込むようにして椅子に座り直す。

「顔色が悪いけど、大丈夫ですか」

言葉とは裏腹に、高木は刑事の面で目の奥を覗き込むように凝視してくる。

「幽霊を見たような面をしてますよ」

大丈夫だ、と片手を挙げ、顔の筋肉を励まして微笑む。

「兵頭の野郎、おれが思っていた以上の野球バカだったよ」

どういうことです、と高木は首をかしげる。

「いろいろあってな」

洲本は深く息を吸い、酸欠寸前の脳みそに酸素を送り、ともかく、と熱い昂りを鎮めて言う。

「あいつがSになった以上、勝算はこっちにある」

　高木の顔が変わった。一気に緊張を帯びる。このおれが、と洲本は右拳を掌に打ちつける。取調室に乾いた音が弾けた。

「ぶっ潰してやる」


　翌日、午後十時四十分。新宿中央公園の裏手、西新宿四丁目。肌がひりつく。大都会のノイズが不気味な通奏低音となって夜気を震わせる。古びたモルタルアパートと、錆びた鉄骨が転がる空き地に挟まれ、平屋スレート壁の自動車整備工場が佇む。ペンキの剝げた看板に、『真心自動車工場』の文字が。静まり返った整備工場と閉じたシャッター。ひとの気配がしない。

「ここが新しい取引場所ですか」

　通りを隔てたビル陰で身体を屈め、監視する洲本と高木。

「そうだ。取引の時間は午後十一時」

　あと二十分。本日午後四時、兵頭から取引場所の変更と、正式な時間の報告があった。すぐに高木と打ち合わせを行い、拳銃を携行しての張り込みを決行。

「パチンコホール『パラダイス』は穴が多すぎる」

　あな？　と高木が怪訝な表情。洲本は説明する。

「表玄関に裏玄関。非常用出口に従業員出入り口、業者通用口にトイレの窓。商売上、仕方がないが、穴は十近くある。これを完全に塞ぐには、チャカを携行した二十人からのベテラン捜査員で連携して固めなきゃ無理だな」

「だから、兵頭を使って『パラダイス』を諦めさせた、と」

洲本は滲んでしまう冷笑を呑み込み、

「新井の野郎、『パラダイス』の名を聞いて、大慌てで変更に動いたらしい。ざまあみろ」

「思惑通りってとこですか」

「このボロ工場はいい。表と裏しかないからな」

主任、と高木は声を潜めて問う。

「ここが新たな取引現場になると判ってたんですか」

まあな、と洲本は素っ気なく返す。

「『真心自動車工場』はパチンコ『パラダイス』同様、『北斗組』の息がかかったフロント企業だ。盗難車を改造、ナンバープレートも付け替えて海外に売っぱらう秘密の中継基地でもある。おれは『パラダイス』以外ならここになる可能性大と踏んだ。もっとも他のフロント企業、たとえば消費者金融やクラブもなくはないが、いずれにせよ穴の多い『パラダイス』よりはベターだ」

ピュウ、と高木は口笛を吹き、

「さすが主任。仕掛けばっちりですね」

「新宿署のマルボウ刑事として当然のことだ」

ならば訊きますけど、と高木は改まって言う。

「これって、はじめに兵頭ありき、の事案ですよね」

それは——。

「兵頭を監視、もしくは身辺を探っていたところ、『北斗組』との関係が見えてきた、と考えた方が理に適っているでしょ。主任と兵頭の過去、主任の兵頭への複雑な感情から、とても偶然とは考えられませんよね。ちがいますか?」

高木は己の生命（いのち）を託した相棒だ。身体の奥底から湿った熱が湧いてくる。懐の膨らみ、ショルダーホルスターにぶち込んだ小型の回転式拳銃を掌でそっと確認し、肚を据える。

知りたければ教えてやろう。

「おれは執念深いんだよ」

秘めたる粘着質の性向を解き放つ。

「おれを虚仮（こけ）にしてプロになった故郷和歌山の、いや全国区の大ヒーローが、引退後、どんな転落を遂げるのか、この目で確認したかったんだ」

プロ入り一年目の兵頭の活躍は我が事のように誇らしかった。が、二年目以降の成績低下と素行不良の数々には参った。落胆と怒りの日々だ。兵頭はこんなもんじゃない、溢れんばかりの才能に甘えてなにやってんだ、おれから野球を奪った超弩級（どきゅう）ピッチャーがその程度では困る、もっと真面目にやれ——。期待が大きかった分、怒りは募るばかり。

　兵頭が三十歳で寂しく引退して以来、仕事の合間を縫い、定期的に動向を探ってきた。時に警察手帳を出して調査したこともあった。振り返れば百パーセント、個人的興味である。ほとんどビョーキだ。しかし、相棒は驚くでも呆れるでもなく、冷静に返す。

「他人の不幸は蜜の味、ってわけですね」

　反論の余地は一ミリもない。

「おれから野球を奪った天才だ。正直に言おう」

　洲本はひと呼吸おいて告白する。

「やつの不幸が加速するほど、ぞくぞくしたよ」

　度重なる商売の失敗に、経済的困窮、家庭崩壊、自慢の美人妻との離婚。和歌山の英雄にして球界のスター、兵頭大輝の不幸を知るほど、心の奥底に隠れていたサディズムみたいなものが頭をもたげ、邪悪な快感に包まれた。

「さすがに新井の客分は想定外だ。そこまで堕ちたか、と暗澹たる気分になったよ」

　へえ、と高木は半笑いを向けてくる。

「鬼の目にも涙、執念深いスッポンにも一分の情――しかし、兵頭がシャブに溺れてガッツポーズしたんでしょ」

　なにぃ。驚きを抑えて問う。

「知ってたのか？」

もちろん、と高木はうなずく。

「やつの挙動を見たらピンときますよ。肌艶、目付き、全身から漂う異様な緊張感。加えて、新井のとこの客分だ。下衆野郎の過去の悪行を踏まえれば、脳筋の野球バカはシャブで簡単に取り込まれた、と見た方が自然だ」

高木の観察眼と推理に舌を巻くしかなかった。

「『北斗組』の本部長、新井徹はシャブ業界のスーパースターだ。滅法慎重な新井をパクる機会が来るとは、夢にも思いませんでしたよ。しかし」

高木は言葉を切り、周囲に目をやる。雑居ビル群に、児童公園、マンション、アパート。通りの向こうに飲み屋の灯りの塊。遠くで酔漢の喚き声が聞こえる。

「わたしと主任だけで大丈夫ですかね」

横顔に微かな不安が浮かぶ。

「『パラダイス』ほどではないにせよ、それでも穴は二つ。二人じゃちょいと無理がありませんか」

洲本はほくそ笑む。

「怖くなったのか」

ばかな、と睨んでくる。街灯の下、陰影を刻んだ顔が険しい。洲本は上司の顔で告げる。

「極秘捜査だ。情報漏洩のリスクはなるだけ避けたい」

暗闇に沈む『真心自動車工場』を眺める。

「野生動物なみの警戒心を持つ新井だ。こんな寂しい場所で、いきり立ったサツカンどもが張っていたら一発で気配を察知しちまう。即、Uターンだ」

腕時計を見る。午後十一時ちょうど。

「シャブの現物と卸元が工場内に入った時点で新宿署に応援を要請。おれとおまえで表と裏から飛び込み、逃げ道を断った上でシャブの取引現場を押さえ、全員の身柄を確保する」

懐の膨らみ、小型の回転式拳銃を軽く叩く。

「相手は極道だ。抵抗するようなら容赦なくぶっ放せ。手足なら弾いてもかまわん。おれが全責任をとる」

高木は肩をすくめ、やっぱ普通じゃないな、とひと言。おまえに言われたくない、と洲本は声に出さずに返す。

視界の端が光る。ヘッドライトが接近する。二人、身を屈め、息を殺して見守る。黒のワゴンがコンクリート張りのフロントヤードに停車する。運転席と助手席から二人のブラックスーツの男。舎弟だ。スキンヘッドの木元とオールバックの西。周囲に警戒の目をやり、バックドアを開け、アタッシェケースを二つ、取り出す。顔をしかめて重そうだ。各々取っ手を摑み、速足で自動車整備工場へ。

後部座席のスライドドアをがらりと開き、新井が現れる。足早に舎弟二人を追う。えっ、と声が出そうになった。もう一人、ワゴンから大男のシルエットが出てくる。目を凝らす——髭面の巨軀。キャメルカラ！の革コートを着込んだ兵頭大輝。

なぜ取引の場に兵頭が？　混乱するマルボウ刑事をよそに、兵頭はスライドドアを後ろ手に勢いよく閉めるや、胸を張り、大股で悠々と工場に向かう。警戒も、怯えもない。知らない人間が見たらマフィアの大幹部だ。

シャッター横のスチールドアを開け、四人が自動車整備工場に消える。五秒後、シャッターの隙間から灯りが漏れる。

「兵頭まで来やがった」

高木が面白がるように言う。

「あの野球バカ、なに考えてんだ？」

同感だ。新井に無理やり連れて来られたのか？　いや、最後尾から工場に入ったあの堂々たる姿に、強制の色は微塵もない。

「おかしいな」

ぼそっと高木が言う。表情に昏い色。洲本は返す。

「兵頭のことならおれも判らん。あいつは理解不能だ」

あの野郎、電話では取引現場に同行するなど、ひと言も口にしていない。

そうじゃなくて、と高木は眉間を狭め、難しい顔で言う。

「ブラックスーツの二人が持つアタッシェケースです」

いやな予感がした。

「シャブ五キロ分にしちゃあ、仰々しいような」

なんだと。高木は説明する。

「シャブは現金取引が原則。それも、マネロンが必要ない流通済みの万札です」

そうだ。いくらデジタル技術が発達しようと、極道はいかなる痕跡も残さない現金取引にこだわる。

「五キロ分の卸値、一億五千万なら万札で十五キロ。でも」

首をひねる。

「二人が運び入れたアタッシェケース二個、そんなもんじゃないでしょう」

洲本は息を詰めて聞き入る。

「見た感じの重量、ケースのサイズから、その二倍の万札が入っていてもおかしくない。ぱっと見、三億ってとこじゃないかなあ」

どっと冷や汗が吹き出す。現ナマ三億で三十キロの重量？ シャブは五キロじゃなくて十キロ？ 末端価格にして十億円。

「いまどき、そんな大量のブツ、用意できる国内の組織、ありますかねえ」

ガツン、と後頭部を鉄棒でぶん殴られたようなショックがあった。主任、と高木が呼ぶ。目に疑念の色。

「昨夜、五〇五号取調室で主任が受けた電話、普通じゃなかったですよね。お山の大将、なにを喋ったんです？」

　お山の大将――観念した。

「勝手に段取りつけていたんだよ」

　はあ、と高木は目をすがめる。洲本は言葉を選んで説明する。

「Sを承諾する前に自ら新井と接触。新宿署の洲本よりSへの誘いがあった、と明かし、逆に新井を取り込みやがった」

　高木は驚きの顔で問う。

「じゃあ、独断で新井とナシをつけ、主任に電話を入れてきた、と」

「Sを受けてやる、と偉そうにな」

　ほお、と呆れたようにかぶりを振り、

「大胆不敵というか、超の付くバカというか、恐れを知らぬシャブ中ですな」

「野球バカのお山の大将だからな。非常識が服を着ているようなもんだ」

　なるほど、と高木は暫し思案し、口を開く。

「あいつ、主導権を握ろうとしていません？」

　主導権？

「主任が張っているのを承知で、大胆にもシャブの取引現場に乗り込んできたんだ。なにか目的があると思ったほうがいい」

　洲本は薄ら寒いものを感じながら問う。

「脳筋の野球バカになにができる」

さあ、と首をひねり、

「見当もつきませんが、あのお山の大将、野球と同じく、主導権を握ろうとしている気がするな。なんせ、新人時代のインタビューでピッチャーの魅力を問われ、〝おれが投げなきゃ試合が始まらないところが大好き、やめられない〟とほざいた傲岸不遜なバカ大将ですもん」

主導権。あり得るか？ 脳裡に浮かぶ、ほんの一、二分前の光景。ワゴン車から自動車整備工場に向かう兵頭。胸を張り、大股で、悠然と、まるでピッチャーズマウンドへ向かう大エースのように。

きましたよ、と高木が声を潜める。

「シャブビジネスの相手」

迫るヘッドライト。シルバーのベンツが到着。ワゴン車の隣に停車する。

運転席からドレッドヘアの若い男が外に出る。痩せた小柄な身体に、だぼっとしたトレーナーとダメージジーンズ。シルバーのネックチェーン。目鼻が整った童顔。ラッパー然とした風体のちゃらいイケメン小僧は周りを見回し、一礼して後部座席を開ける。

焦げ茶の革靴がコンクリートを踏む。グレーのスーツに金縁メガネ、七三分けの短髪。油断のない目をした三十代半ばの優男が立つ。洲本はその顔を認めた途端、思わず舌打ちをくれた。高木も険しい顔だ。

一見すると抜け目のない銀行マン風だが、その正体は闇社会では名の知れたワルで、名前は時任秀道（ときとうひでみち）。平成の時代、下町の貧しい中国残留孤児二世三世が結成したチャイニーズギャング『狂龍（クレイジードラゴン）』の出身である。

「厄介な野郎が現れやがった」

高木がひび割れた声を絞る。

「時任は二階堂貴（にかいどうたかし）の盟友で、やつに負けず劣らず凶暴なギャングです」

半年前、逮捕した二階堂貴。芸能プロを隠れ蓑に、管理売春や闇金、振り込め詐欺、ドラッグの売買で稼いだ億単位の現ナマを使い、膨大な数の拳銃、ライフル、手榴弾、ダイナマイトを秘匿。日本の闇社会の支配を目論んでいた、モンスター級のワルのカリスマである。

「頭カチカチの原理主義者どもだな」

洲本は絶望のなか、『狂龍』の歴史を反芻する。極道を蹴散らす超弩級の暴力と、鉄の結束力で名を売った『狂龍』も、ミーハー然とした日本人構成員が増え、六本木の半グレと見分けがつかなくなると、組織の土台が一気に崩れ始める。温い『狂龍』に用はない、と二階堂、時任をはじめ、尖った幹部連中が続々と離脱したのである。

「時任がシャブの卸元となると、そのバックは――」

闇社会に精通した高木の言葉が止まる。時任の後から、太い人影が出てくる。目を凝らす。黒のレザージャケットに紫のパンツ。短軀ながら筋肉質の分厚い身体。丸い凶顔。

殺気漂う中年男だ。

右手に握る小ぶりのボストンバッグが仔鹿を呑み込んだニシキヘビのように膨らんでいる。シャブ五キロでは少ない。やはり十キロか？

ごくっと喉が鳴る。高木だ。その横顔がこわばる。

「主任、あいつ、知ってます？」

試すように問う。首を振るしかなかった。

「日本人じゃありませんよ。びっくりでしょ」

てめえ。

「おれをおちょくってる暇があるのか」

洲本は懐に右手を入れ、ショルダーホルスターから小型のリボルバーを抜き出す。

運転手役のラッパー小僧を先頭に三人、シャッター横のドアに歩み寄る。洲本はリボルバー片手に、工場に向けて踏み出す。シャブの授受はものの五分で終わるだろう。新宿署の応援部隊が駆け付ける前に退散だ。焦りと緊張。喉がひりつく。雲の上を歩いているようだ。応援が来るまでやつらを整備工場から出してはならない。できるのか？

リボルバーを握る手が汗ばむ。待ってください、と押し殺した声が追いすがる。

「主任、さんごうかいです」

さんごうかい——まさか。首をねじ切るようにして振り返る。高木は、突っ込めるのか、と言いたげな不敵な面だ。洲本は問う。

「香港の、か?」

そう、とうなずく。三合会。第二次世界大戦後、黒社会の首都、と呼ばれた香港に拠点を置き、台湾、マカオ、中国大陸など、アジア全域の華人社会に影響力を広げてきた、超弩級のギャング集団である。内部には百近い組織、グループが存在するといわれるが、秘密結社的な性格により、その全体像は明らかになっていない。

もっとも、二〇一九年より本格化した香港への中国共産党の侵攻と支配で、警察の締め付けが厳しくなり、新天地を求めて逃げ出す幹部や有力メンバーが後を絶たないという。畢竟(ひっきょう)、本家香港の三合会の弱体化は進む一方だが、その分、アジア各地への侵食は活発化しており、経済立国日本は最大のターゲットとなっている。

高木は得々と説明する。

「新たな市場を求めて日本にやってきたグループの幹部で、名前はリチャード・ウー。シャブの扱いはプロ中のプロです。時任と組んで、日本で大儲けする気でしょう」

口元が皮肉っぽくゆがむ。

「暴対法で追いまくられ、常に丸腰、事務所にもチャカを置かない、牙のもげた日本の極道と違い、チャイニーズギャングも三合会も、水鉄砲みたいに簡単に弾きますよ」

ひと呼吸おき、これが結論とばかりに言い放つ。

「主任は極道同士のシャブの授受と踏んだんだろうが、読みが甘かったな。世は国境なきグローバルビジネスの時代だ。意味不明のスタンドプレイに走るお山の大将といい、今回は主任の完敗でしょう。命あっての物種だ。ここは潔く退散した――」

洲本は整備工場に向かう。主任、と慌てる相棒に向けて言う。

「兵頭はおれのSだ。ほっとくわけにはいかん」

あらら、と額に手を当て、相棒は夜空を仰ぐ。洲本は躊躇なく足を進める。

迷うな、賽は投げられた。洲本はリボルバーをかまえ、シャッター横のドアを引き開けるや、けいさつだっ、と怒鳴る。オイルと錆の匂いが鼻腔を刺す。深く息を吸い、ガサ入れの常套文句を放つ。

「全員、動くな」

蛍光灯が申し訳程度に灯る、殺伐とした薄暗い空間。隅の暗がりにクルマのシルエットが三台。中央に工作機械が設置されたスチールの大型デスクがあり、その周りに複数の人影。ひときわでかい、小山のような人影は兵頭だ。新参故か、少し離れて立っている。

錆の浮いたデスクには、開いたアタッシェケースが二個。札束の山が剝き出しになっている。目見当で二億、いや三億、重さ三十キロの札束、か。

アタッシェケースの隣に、リチャード・ウーが持ち込んだボストンバッグ。ベルトが解かれ、ビニール入りの白い粉が見える。五キロどころじゃない、すこぶる大量の覚醒剤だ。

新井は茫然と突っ立ち、舎弟二人、スキンヘッドの木元にオールバックの西も魂が抜かれたような面だ。突然、警察に踏み込まれ、どう反応すべきか判らないのだろう。

洲本は腰を落とし、リボルバーを水平に回しながら、卸元の時任秀道とリチャード・ウーを確認。刹那（せつな）、ダメかも、と弱気の虫が疼（うず）いた。共に、感情の欠片も見えない無表情。こいつら、日本人のワルとは腹の据わりがちがう。

洲本はリボルバーを向けたまま、左手で警察手帳を抜き出し、

「新宿署組対だ」

情けない。声が上ずってしまう。警察手帳を懐に戻し、眉間に筋を刻んで凄む。

「周囲は警察官が取り囲んでいる。騒ぐなよ」

全身に冷や汗が滲む。時任とウー。こいつらにはったりが通用するか？

ふいに時任のほおがゆるむ。ウーも微笑む。見破られたか？　覚悟を決める。どちらかが懐に手を入れた時点で弾く。手足を狙い、トリガーを引く。心臓の鼓動が太く、速くなる。だが相手は二人だ。手足を撃って制圧できるか？　いざとなれば心臓を弾く――できるか？　一介の地方公務員のおれに。家族持ちの刑事に、射殺が。トリガーにかけた指が汗に濡れる。

二人の笑みが大きくなる。銃口を向けられながら、怯えも戸惑いもない。おかしい。ふいに思い当たる。ラッパー小僧は？　あのちゃらい小柄な運転手はどこへ行った？

周囲を確認すべく、二人から視線を切った瞬間、錆臭い風が舞った。ガツン、と音が

し、のけぞる。あごにスタンガンを当てられたような衝撃。意識が白くなる。両膝がガクガクする。蹴りだ。それも視界の外から飛んできた電光石火のハイキック。

「デコスケ、こっちだ」

視界の端、ラッパー小僧は笑い、蹴り足を引くや、それを軸に、独楽(こま)のように回転、左足を突き出す。あごを直撃した右ハイキックから、速射砲のような左後ろ蹴り。ブーツの踵(かかと)が鳩尾(みぞおち)にめりこむ。

速い。電光石火の連続攻撃をもろに食らい、洲本はたまらず片膝をつく。胃がよじれ、猛烈な吐き気が襲う。脳みそがぐらぐら揺れ、意識が朦朧とする。それでも右腕を上げ、リボルバーをラッパー小僧に向ける。が、その後の展開は呆気(あっけ)なかった。シュッ、と空気を切り裂き、ノーモーションの前蹴りが飛ぶ。手首を弾かれ、リボルバーが落ちる。ラッパー小僧は素早く拾い上げ、あんがと、とニヤつき、点検。弾倉を振り出し、ぴゅう、と口笛。

「マジかよ。実弾入りじゃん」

弾倉を戻すや右腕を伸ばす。片膝をついて動けない刑事に銃口を据える。

「警察官のくせにおれを殺そうとしたね」

口角が上がる。童顔が別人のように怖くなる。万事休す。高木は？　来ない。やつの言葉が耳の奥で聞こえる。命あっての物種。おまえは正しい。ラッパー小僧の勝ち誇った声が飛ぶ。

「警察官が取り囲んでいる？　ウソつけ。だれも来ないじゃん。日本の刑事が得意なはったりだろ」

洲本は無言のまま、ただ睨むことしかできなかった。

「デカを殺すの、はじめてだ」

ぺろっと舌舐めずりをする。

「コウ、待て」

時任だ。ゆらっと前に出る。コウ、と呼ばれたラッパー小僧はリボルバーを下ろし、別人のように神妙に控える。洲本はよろめく両足を踏ん張って立ち上がる。

「新宿署の刑事かい。神聖な取引の場を汚しやがって」

時任は鼻にシワを刻み、猛った肉食動物の貌で言う。

「これは急遽、場所を変更した新井さんの責任だな」

えっ、と絶句する新井。顔から血の気が引いていく。唇を戦慄かせて抗弁する。

「時任、おれは関係ない。なにかの間違いだ」

時任は一顧だにせず、軽く指を振る。

「ウーさん、撤収だ。Withdraw」

ＯＫ、と香港ギャングはボストンバッグのベルトを締め、懐から自動拳銃を抜き出す。全身に殺気が漲る。

「新井さん、この不始末は現ナマ三億で勘弁してやろう。感謝しな。ウーさんの地元の香港ならおたくら、嬲り殺しだぞ」

現ナマ三億。やはりシャブ十キロか。時任はアタッシェケース二個を素早く閉じる。

そんな、と新井が目を剝く。

「それはあんまりだよ」

両腕を広げ、すがるように前に出る。舎弟の木元と西も続く。

「こら、日本のヤクザ、おとなしくしてろ」

ラッパー小僧のコウが笑いながらリボルバーを向ける。

「全員、出来の悪い脳みそをぶちまけてやろうか、ああ」

三人、ドライアイスを噴き付けたように固まる。時任は懐から自動拳銃を抜き、

「シャブビジネスはシビアなんだよ。生きるか死ぬかだ。なあ、ウーさん」

ウーは答える代わりにあごをしゃくる。一刻も早くおさらば、ということか。

「おい、兵頭っ」

泣きそうな面の新井が裏返った声を張り上げる。

「説明しろ。なぜ洲本がここを嗅ぎつけた。知ってるんだろ」

さすがに新参の兵頭に不審を抱いたとみえる。が、兵頭は平然と髭面をしごき、つまらなそうに鼻を鳴らして、

「新宿署一のマルボウ刑事、執念深いスッポンだからでしょ」

それっきりぷいと横を向く。ほう、と感嘆の声。

「あんたが有名なスッポンかい」

時任だ。興味津々の表情で歩み寄ってくる。白い歯がきらめく。

「まさかこんなとこで会えるとはな」

自動拳銃を向ける。真っ黒な銃口が迫る。

「とてもしつこいんだってね」

洲本は睨みをくれ、ひりついた喉を絞る。

「狙った野郎はほぼ、豚箱にぶちこんでやったよ。例外はあるがな」

時任は顔を斜めにして問う。

「例外ってなに？」

「おれがぶちこむ前に殺されたやつ、自殺したやつ。行方不明になったやつもいたな」

なるほど、と銃口をぐいとこめかみに突き込んでくる。冷たい鋼の感触に背筋が凍る。時任の目が虚ろになる。この男、本気だ。あんたさあ、と粘った囁きが耳朶を舐める。

「怖いひとだねえ。この場で殺さねえと、後々祟る」

トリガーにかけた指が動く。殺られる。襲いくる恐怖に、胴震いが起こる。洲本は奥歯を噛んで耐える。怖いかい、と時任は満足げに微笑む。二呼吸の間をおき、新井さん、と目も合わさずに呼ぶ。

「ホトケ、始末しとけよ」

はい、と新井は直立不動。背後で固まった木元と西も含め、完全に呑まれている。

洲本は瞼を閉じる。観念した。極道にとって刑事殺しはタブー中のタブーだが、ギャング共は刑事だろうが検事だろうが殺したけりゃ殺す。邪魔な足元の空き缶を蹴飛ばすくらいの感覚だ。時代は確実に変わった。新宿署のマルボウ刑事がギャングに頭を吹っ飛ばされるほどに。脳裡に浮かぶ、明子と栄作。あばよ、と声に出さずに告げる。些か短いが、幸せな人生だった——。

ゴンッ、と鈍い音がした。冷たい銃口の感触が失せ、足元で重い響き。ふっと埃っぽい風が舞う。なんだ？　洲本はそっと目を開ける。時任がいない、消えた？　ウーとコウが驚愕の表情。その視線の先を追う。足元だ。ええっ、と声が出そうになった。時任がいた。白目を剝き、口から泡を吹いて失神——。なにがあった？

「つぎ、いくぞー」

呑気な声。こいつは。首をねじ切るようにして目をやる。兵頭だ。右手に白いボール。ウーに向け、よく見ておけよ、とばかりに軽く突き出すや、巨体をそらせ、腹を揺らし、オーバーハンドから豪快に右腕を振る。距離、十メートル余り。香港ギャングは慌てて逃げようとするが、シューッと糸を引くような白球が額に命中。ウーは無言のままのけぞり、背後に倒れる。ボストンバッグが落ち、分厚い短軀は大の字になってピクリとも動かない。ショットガンだ。

洲本は足元に横たわる時任をチェック。側頭部に赤らんだボールの縫い目の跡。床に転がる硬球。瞬間、頭が沸騰した。なぜだ？　肩がいかれて引退したんじゃないのか？

膨れ上がる疑問をよそに、ラストなーっ、と兵頭は練習を切り上げるベテランのように言うや、振りかぶり、大きく左足を踏み出し、テイクバックを十分にとって投げる。一瞬、現役時代に戻った気がした。が、実際は引退して十年近い巨漢髭面のおっさん。ほおを揺らし、でかい腹をたぷたぷ揺らして投げる。

コウが動く。腰を屈め、リボルバーをかまえながら白球の軌跡を確認。三球目だけにコウは余裕だ。しかも現職刑事を打ち倒した俊敏な身のこなしもある。

ああ、と声が出そうになった。白球が大きくそれる。暴投か？　避けるまでもなく小柄なコウの頭上を通過——コウは銃口を兵頭に向ける。トリガーを絞る。次の瞬間、白球は鋭角に落ち、ドレッドヘアに覆われた頭部を直撃。ごん、と鈍い音が響いた。コウはコンニャクのように身体を揺らし、リボルバー片手にその場に崩れ落ちる。悪魔のカーブ。

「あたた、もう限界」

兵頭は髭面をしかめ、右肩を回し、肘を揉む。

「暴力刑事にあんな酷(ひど)いことされなきゃなあ」

あんな酷いこと？　意味ありげなウィンクを送ってくる。

「もっといいボール、放れたのによお」

カラオケボックスでのことか？　しかしあんた、肩の故障で引退したんだろ——疑問と困惑が、大きな黒い渦となって洲本を呑み込む。

「スッポン、極道を舐めんなよ」

顔を真っ赤にした新井が叫ぶ。右腕にしっかと抱えたシャブ入りのボストンバッグ。舎弟二人、木元と西が自動拳銃をかまえる。昏倒した時任とウーから奪った得物。臆病でせこいハイエナ野郎どもに無性に腹が立つ。二人、刑事に銃口を向けながら、各々現ナマ入りのアタッシェケースをつかむ。全部かっさらう魂胆か。ますます怒りが募る。

「はい、そこまで」

明るい声が飛ぶ。暗がりから人影が現れる。高木だ。リボルバーをかまえ、歩み寄ってくる。

「新宿署です。無駄な抵抗はよそうね」

音がする。外だ。パトカーのサイレン。それも複数。高く、太く、もの凄い勢いで迫ってくる。

「覚醒剤、拳銃、現ナマ。全部テーブルにおいてください」

新井はがっくりとうなだれ、ボストンバッグをテーブルに戻す。舎弟二人も自動拳銃とアタッシェケースを置く。

「両手を頭の上ね。ホールドアップだと疲れるからさ」

極道三人、やる気のない猿軍団の猿のように両手を頭に置き、仏頂面で立ち尽くす。

高木は昏倒したギャング三人をチェックし、「現役時代なら即死だな」とぼそり。たしかに昔とはほど遠い球だが、悪党の意識を一瞬にして断ち切るくらいのコントロールと威力はあったようだ。当然だ。腐っても天才。我が和歌山の英雄。

主任、と高木が目配せする。失神したコウが握るリボルバー。洲本は屈み込み、グリップの指を引き剝がしてつかみ、ホルスターに戻す。

「自分のチャカで弾かれていたら末代までの恥でしたよ」

屈託なく笑う。この野郎。噴き上げる怒りを堪えて問う。

「様子をうかがっていたのか？」

ええ、外からデバガメみたいに、と悪びれることなく答える。

「伝説のお山の大将がなにをやらかすのか、気になりまして」

主導権を握ろうとしているのでは、と明言した高木。成り行きを確かめたうえで踏み込んだ、ということか。

髭面の大男は右肩を軽く回しながら、すもとお、と歩み寄ってくる。

「なあ、褒めてくれよ」

なにぃ？　兵頭はすがるように言う。

「おれ、大した男だろ」

いつでもどこでも主役でいたいお山の大将。洲本は、まったくだな、と返す。

「ショットガンと悪魔のカーブ、コントロールも昔と変わらず抜群。ギャング三人ＫＯだ。ケガで引退したあんたが、いったいどういう魔法を使ったんだ？」

ちがう、と髭面をしかめ、

「そんなこたあどうでもいいんだよ」

革コートのポケットに右手を突っ込み、抜き出す。でっかい掌にパケが一個。白い粉。覚醒剤？

「昨日、新井が融通してよお」

新井？　両手を頭に置いたシャブ極道が食い殺すような視線を飛ばしてくる。取引の場を破壊した〝一球一殺〟のピッチングも含めて、できるならこの場で殺したいところだろう。

「おれ、我慢したんだぜ」

パケをのっけた掌が震える。

「脳みそが涎を垂らすくらい、ポンプできめたいのに、耐えた」

そうか。

「頑張ったな」

掌からパケを摘まみ上げる。兵頭は掌を握り締めて掲げ、懺悔（ざんげ）するようにうつむく。

「兵頭、あとはおれに任せておけ」

髭面のおっさんは返事の代わりに、肩を震わせ、啜（すす）り泣く。

「そういうことですか」と高木が極道三人にリボルバーを向けながら言う。

「兵頭大輝がSになった、その代償、美味い餌」

ああ、いやだいやだ、と仰々しくかぶりを振り、

「天国から地獄、とはこのことだな。悲惨だねえ」

あんた、と声がした。兵頭だ。涙に濡れた髭面を高木に向ける。

「家族はいるのか？」

高木は一転、不機嫌な面で、独りもんだよ、と放り投げるように返す。兵頭は、だろうな、と深くうなずく。

「おれは家族がいる。だから耐えられる」

己に言い聞かすような言葉だった。高木はむっとして、

「とっくに離婚したんだろ。女房娘に愛想をつかされたって話だ」

「おれは家族を知らずに育った。ガキの時分から頼りは己の力のみだ。力さえありゃあ一人でなんだってやれる、と信じて疑わないバカ野郎だった。だがな」

瞑想するように目を閉じ、穏やかに語る。

「家族はとても大事だ。おれは永遠に愛することにしたよ。他人にどう思われようとな」

高木は舌打ちをくれ、なにか言おうとしたが、スチールドアが吹っ飛ぶように開き、踏み込んできた殺気立つ警官隊の怒号と無線への喚き声であっという間にかき消えた。


三日後、午後四時。洲本は明るいリビングにいた。高円寺駅北口から徒歩十分余り。閑静な住宅街に立つマンションの六階である。

艶やかなフローリングに置かれたソファセット。大理石のテーブルの向こうに、栗色

のショートカットの女。すらりとした痩身に、初夏らしい藍色のサマーセーターとコバルトグリーンのスラックス。矢野彩花、三十七歳。兵頭大輝の元妻である。

座った状態では洲本と目線が同じだが、立てば優に十センチは高い。若い時分は大柄でハンサムな兵頭と共に、お似合いの美男美女カップル、とさぞかし褒めそやされたことだろう。

現在は小六の娘、桐子との二人暮らしで、客室乗務員の経験を生かしたマナー教室のオーナーとして多忙な日々を送っているらしい。もっとも、西新宿の自動車整備工場で勃発した事件以降、マスコミが殺到し、臨時休業を余儀なくされているが。

「信用していたのですよ」

瞳に怒りがある。

「任せてほしい、悪いようにはしない、とおっしゃるから」

もうしわけない、と頭を下げながら、半月前、この部屋での、矢野彩花との面会を振り返る。

洲本は兵頭の悲惨な状況を説明し、併せて同じ和歌山出身である自分との関係を明かした上で、彼を救い出すために協力してほしい、と懇願した。彩花は渋々ながらも、了解してくれた。

洲本は彩花から家庭人兵頭の素顔を聞き出したうえで、それを材料にSに勧誘、思惑通り強(したた)かなシャブ極道とギャングどもを覚醒剤取締法違反の現行犯で逮捕できた。もっとも〝一球一殺〟のピッチングは想定外だったが。

「誤解を招いたことは謝ります。しかし」

彩花は、Sとなった兵頭の多大な貢献と引き換えに、覚醒剤使用の罪を警察が揉み消してくれる、と期待したのだろう。尾行中、兵頭が高円寺駅南口の学習塾前で娘会いたさに張り込みを始めたときは、連絡もしてやった。彩花はマルボウ刑事に全幅の信頼をおいていたと思う。が、罪は罪だ。

「刑事として、彼の罪をなかったことにはできません」

洲本は顔を上げ、彩花と正面から向き合う。

「覚醒剤の常習者は厄介です」

彩花の瞳が揺れる。

「覚醒剤をシャブ、と呼ぶのは骨までしゃぶるからです」

美しい顔から血の気が引いていく。マルボウ刑事は言葉を選んで告げる。

「自分の意思、努力だけでは絶対に覚醒剤を断てません。行きつく先は廃人か犯罪者です。しかるべき施設に入所し、よからぬ連中をシャットアウトし、専門の医師、スタッフの厳格な指導のもと、励ましと叱咤を受け、長く苦しい禁断症状に耐え、リハビリに取り組み、なんとか断つことが可能になります。それでも一度常習者になった人間は、脳の中枢神経が覚醒剤の快感を憶えているため、再使用の可能性は常に、生きている限りあります。つまり」

ひと呼吸おいて言う。

「彼が救われる道は逮捕以外、なかったのです」

脳裡に浮かぶ、カラオケボックスでのやり取り。新井に取り込まれ、覚醒剤常習者となったお山の大将は、厳しい現実を突きつけると、懊悩し、Sになるか否か迷った。当然だ。失敗したら生命が危ない。成功しても自身は逮捕だ。マスコミが騒ぎ、世間が騒ぐ。元妻と娘が大変な迷惑を被る。が、最後、洲本が放った切り札、彩花から聞き出した娘桐子の秘めたる夢を伝え、兵頭は落ちた。封じていた罪悪感が溢れ出す。母子は闇討ちに遭ったようなものだ。

現に、目の前の元妻は苦労して築き上げたマナー教室を臨時休業に追い込まれ、小六の、受験勉強に励む娘も平穏な生活を乱されているはず。

元プロ野球選手にして甲子園のスーパースター、兵頭大輝の突然の逮捕（覚醒剤取締法違反容疑）に、世間は驚愕。スポーツ紙から一般紙、報道番組、ワイドショー、週刊誌、ネットニュースまで大々的に取り上げ、堕ちたヒーローの半生を微に入り細を穿って、報じている。その中には当然、華やかな結婚と崩壊した家庭生活、離婚に関する、生傷に塩を擦り込むような報道、記事もあり、母子の嘆きと怒りはいかばかりかと。

洲本は頭を垂れることしかできなかった。針の筵の静寂が流れる。

「兵頭大輝は――」

突然、彩花は語り始める。

「かわいそうなひとです」

元夫の半生を辿るように遠くを見つめる。

「和歌山の小さな漁村で生まれ、貧しい母子家庭で育った兵頭は、得意の野球で人生を切り開くしかありませんでした」

我が故郷和歌山のヒーロー、兵頭の成り上がり人生は概ね承知している。小学四年時、働きづめだった母親を亡くし、以後、親戚の家を転々。あらゆる辛酸を舐め尽くしながらも、野球でのしてやる、との決意も固く、猛練習に励み、伝説の四百勝投手、金田正一もかくやの唯我独尊を貫き、死に物狂いで這い上がった、と。

「スポーツ特待生として入学した新宮工業高校では功名心と金銭欲の塊である監督におだてられ、襲い来るプレッシャーと猛練習の疲労で心身が悲鳴を上げそうな中、唯一無二の大エースとしてマウンドに立ち続けました。もちろん兵頭自身にも、圧倒的実力を見せつけ、プロに己を一円でも高く売りたい、との欲があったことは確かです」

洲本はうなずき、話を引き取る。

「超高校級投手とはいえ、草深い田舎の世間知らずの子供ですよ。狡猾な腹黒タヌキに上手く利用されましたね。しかし兵頭も――」

自己中のお山の大将、どっちもどっち、似た者同士、お互いさまだな、との身も蓋もない言葉をなんとか呑み込む。彩花は唇を悔しげに嚙み、

「甲子園の球数制限や休養日など影も形もない時代、連戦連投で投げまくって、炎天下

の苛酷な延長戦も制して、春夏連覇の偉業を達成しました」

　言葉を切り、昂りを鎮めるように両手で胸を押さえる。

「最後の夏は一千球近く投げています。歴代の甲子園大会でもトップクラスの球数です」

　言葉が怒りのトーンを帯びてくる。

「肌が焦げそうな炎天下、後のないトーナメントの真剣勝負で、心身共に成長過程の高校生に一千球なんて狂気の沙汰ですよ。その代償として高校卒業時、すでに肩は本調子からほど遠かったようです。本人も、おれの全盛期は高校時代、故障がなければ余裕で三百勝投手だ、大リーグでも活躍できた、と豪語していましたから」

「栄光が眩かった分、ままならぬ人生に射す影は深く、濃かったのでしょう。しかし、ヤクザに取り込まれ、覚醒剤の常習者になってはいけませんね。弁解の余地はまったくない」

　彩花は瞳を光らせ、睨んでくる。洲本は無視して続ける。

「もっとも、今回の事件で彼の貢献はたいしたものです。おかげで新宿署は覚醒剤十キロを押収し、ヤクザ三名とチャイニーズギャング二名、香港の大悪党一名の計六名も現行犯逮捕できました」

　洲本さん、と彩花はほおを火照らせて訊いてくる。

「あなたは兵頭に助けられたのですよね」

　ええ、まあ、と指先でしゃくれたあごを撫でる。

「おいおい明らかになるかと思いますが、いまは捜査が続いていますので、わたしの口からはなんとも」

　元妻は目を伏せ、落胆の色。洲本は続ける。

「彼は初犯で前科無し。捜査への貢献も大変なものがあります。わたしも情状証人として法廷に立ちますし、執行猶予は百パーセント、間違いないかと」

　彩花の瞳が輝く。洲本は言葉を励ます。

「兵頭大輝はだれもが知る高校野球のスーパースター、プロ野球でも超個性的な本格派投手でした。世にファンは数多います。罪を償った後、覚醒剤の怖さを世に知らしめる啓蒙活動に従事する、と宣言したら、彼の評価は鰻登りですよ」

　えっ、と彩花が凝視する。どうだ、驚いただろう。洲本はほくそ笑む。カラオケボックスで兵頭に、娘桐子の崇高な夢を明かした際、シャブ中を逆手にとってあんたも啓蒙活動をやってみろ、有名人だから効果絶大だぞ、おくさん娘さんも誇りに思うぞ、と焚きつけてある。逮捕され、腹をくくったお山の大将はやるだろう。愛する妻子のために。そして、汲めども尽きぬ泉の如き己の飽くなき自己顕示欲のために。

「離婚したとはいえ、彼は彩花さんと娘の桐子さんのことをなによりも――」

　あれ？　彩花の視線がおかしい。洲本をスルーして背後へ。そっと振り返る。絶句した。少女だ。じっとこっちを見ている。若竹のようなすらっとした身体に、ベージュのトレーナー、タータンチェックのスカート。ピンクのリボンで結ったポニーテール。整った目鼻立ち。凜とした無垢な眼差しが痛い。

「桐子、新宿署の刑事さんよ」

彩花が言い添える。

「お父さんの事件のことで来てくださったの」

洲本は慌てて立ち上がり、簡単に自己紹介。桐子は一切の反応を見せず、唇を固く結び、射抜くような瞳を当ててくる。洲本は冷や汗をかきながら、兵頭との関係を言い添える。

「今回はお父さんに助けられました。故郷和歌山の高校時代、わたしも野球部で、お父さんとは一度だけ、対戦しました」

小学六年の子供に敬語かよ、と頭の隅でツッコミの声を聞きながらも、少女から漂う硬質のオーラに圧倒され、言葉を丁寧に紡ぐ。

「もの凄いボールで、手も足も出ませんでした。当時のお父さんは天才で——」

桐子が動いた。刑事のヨタ話を拒否するようにぺこりと頭を下げ、お母さん、と呼びかける。

「塾の教材、忘れたから学校の帰りに寄っただけ。じゃあ」

それだけ言うと、一分一秒が惜しい、とばかりに背を向け、奥に消える。洲本は彩花に向き直り、暇（いとま）を告げ、マンションを後にした。

エレベータでロビーまで降り、大理石のエントランスを歩く。背後から「刑事さん」

と呼ぶ少女の声。桐子だ。息を弾ませ、駆けてくる。六階から階段を使ったのだろう。背中で水色のリュックが揺れる。

「駅までご一緒していいですか」

「いいですよ」

集合玄関に向かう。並んで歩く。磨き上げられた玄関のガラス戸に二人が映る。愕然(がくぜん)とした。自分より五センチは背が高い。しかも手足が長いモデル体型。母親に似た卵型の美しい顔は憂いさえ帯びて、高校生、と言われれば信じてしまうかも。ホントに小六か？　我が短軀、猪首(いくび)、手足が寸詰まりの、典型的農耕民族体型と並ばれると、これはなにかの罰ゲームか、と思ってしまう。が、両親からの遺伝を踏まえれば、この見栄えのいい体軀も当然か。

隙の無い立ち居振る舞いも、マナー教室オーナーの母親の教育の賜物だろう。

脳裡に浮かぶ丸顔のちびすけ、愛嬌満点のお調子者、洲本栄作。ため息を呑み込み、笑みを向ける。

「塾に行くんだね」

はい、と桐子は横顔を強張らせる。なんだ？　視線の先、集合玄関の前に、スーツ姿の三十前後の男が二人。ただならぬ雰囲気から見て記者だろう。洲本は玄関を出るや、警察手帳を示し、

「子供は勘弁してくれ」

頭を下げる。

「両親が離婚してからこっち、兵頭には何年も会ってないんだ」

記者二人は不承不承、退散する。

「すみません」

桐子は申し訳なさそうに言う。いや、なに、と言葉を濁し、洲本は歩を進める。謝らなきゃいけないのはこっちだ。住宅街を貫く道路を歩く。

「勉強、大変だね」

いえ、とかぶりを振る。前回、彩花から聞いたところでは、桐子は都内でも屈指の難関私立中学を目指しているという。

「将来の夢は医師だよね。それもスポーツ医学を専門とする整形外科医だ」

えっ、と足を止める。驚きの表情を向けてくる。

「お母さんから聞いたよ。お父さんみたいな犠牲者を出したくないんだってね。偉いよ」

沈黙。桐子は前を向いて歩き出す。気まずい雰囲気が漂う。耳の奥に残る、彩花の誇らしげな言葉。高校時代の投げ過ぎで肩を痛め、三十歳で引退した父親のような悲劇を無くしたい、と桐子は医師を夢見て頑張っている、わが子ながら尊敬する、と。

カラオケボックスで娘桐子の健気な夢を明かすと、兵頭は巨体を震わせ、身もなく号泣した。防音設備があってよかった、と思うほどに。

「父はわたしが三歳のとき引退しました」

桐子は問わず語りに話し始める。

「現役時代は知りません。家にいる父は愉快で、おしゃべりで、わたしは大好きでした。でも母とはケンカばかりで、八歳のとき離婚してしまい、わたしはとても寂しくて、会いたくて、ユーチューブで高校時代の映像を見ました。凄かったです」

ほおが桜色に染まり、声音が高揚する。

「甲子園の決勝で、父は輝いていました。剛速球と鋭いカーブで三振の山を築き、延長十五回を一点もやらず投げ切り、優勝した瞬間、それまで鬼のように怖かった父が白い歯を見せて両腕を突き上げ、チームメイトと抱き合い、わたしも跳びあがって喜びました。でも――」

表情が沈む。

「高校時代の投げ過ぎで肩を壊した、と知り、わたしは医師になって父のような悲劇を防ぎたい、と思ったのです。その気持ちは」

ひと呼吸おき、意を決したように続ける。

「今回の事件があって、ますます強くなりました」

そうか。洲本は朗らかに返す。

「人間の身体はまだ判らないことばかりだからね」

桐子は小首をかしげる。

「きみのお父さんはこうやって」

右腕を振り、シャドウピッチング。

「ボールをバンバン投げまくって、悪い連中を懲らしめてくれたんだよ」

怪訝な色が濃くなる。洲本は言葉を励ます。

「わたしはこの目で見ている。いまは捜査中で詳しいことは言えないが、わたしの命も救ってくれたんだ」

本人は取り調べの席で、引退して肩を休ませたら調子が戻った、と明言。捜査陣は激しく戸惑い、現役当時、手術を担当した医師も、前例が無いと、首をひねっているらしい。どこまでも理解不能なお山の大将。この先もなにかと世間の耳目を集めそうだ。

高円寺駅前のロータリーに到着。桐子は丁寧に頭を下げ、「今日はありがとうございました」と踵を返し、走り去ろうとする。洲本は慌てて声をかける。

「塾まで送っていこう」

学習塾『栄進学院』は駅舎の向こうの南口だ。塾の前でマスコミ関係者が張り込んでいる可能性もある。

「大丈夫です」

桐子は微笑み、ぐっと拳を握ってみせる。

「わたしの夢はだれにも邪魔させません」

再度一礼し、「父のこと、よろしくお願いします」と言い置き、駆けて行く。洲本は、光輝く後ろ姿が雑踏に消えるまで見ていた。

新宿署に戻ると、組対課の大部屋の前で高木につかまった。廊下の隅で向き合う。

「お山の大将、お喋りですねえ」

高木は含み笑いを漏らしながら言う。

「サービス精神旺盛というか、甲子園やプロ野球界の裏話を面白おかしく披露して、おれたち、大笑いですよ。取り調べがなかなか進まなくて困っています。お笑い芸人顔負けの独演会だもの」

洲本は独断の捜査が上の逆鱗に触れて取り調べから外されたが、高木は違う。自分は主任の指示に従っただけ、と強弁し、併せて末端価格十億円、十キロの覚醒剤押収と、『北斗組』本部長の新井徹、チャイニーズギャングの時任秀道らシャブ業界の大物に加え、日本進出を目論む三合会のリチャード・ウーも現行犯逮捕、という、稀（まれ）に見る大金星をアピールし、首尾よく取り調べ担当に収まった。

「兵頭はビッグネームなだけに、ユーチューバーになれば大儲けでしょう。『真心自動車工場』の武勇伝も大ウケするだろうし」

高木は喜色満面で言う。

「人生って判らないですね。おれも兵頭のマネージャーに転身したら左団扇だな」

止めないぞ、と背を向ける。

「おまえの人生だ。兵頭のマネージャーだろうが用心棒だろうが、勝手にやればいい」

ちょっとお、と高木は困り顔で引き留める。

「ジョークですよお。それより」

声を潜め、意味深な表情を向けてくる。

「主任の人生を変えたかもしれない、とっても重要なことも喋っています」

おれの人生を変えた？

「あの傲岸不遜なお山の大将が、人生で最も怖かった男として、主任の名を挙げたんですよ」

はあ？　記憶を辿る。怖かった男——思い当たることはただ一つ。

「先日、歌舞伎町のカラオケボックスでとっちめたからか？」

右腕を極め、悲鳴を上げさせてやったが。

ちがう、そんな暴力刑事の時代じゃありません、もっと純粋な時代、と高木は苦笑して言う。

「遥か昔、高校のときです」

なにぃ。

「夏の県予選で兵頭と対決したでしょうが」

悪魔のカーブに尻もちをつき、見逃し三振。満座の笑い者になったあの屈辱がどうした？

「ショットガンをまったく恐れず、バットをぶん回してくる小柄な一年坊主に兵頭は驚き、振り遅れの空振りからチップ、と確実にタイミングを合わせてきたバッティングセンスに仰天。空振り三振を狙った渾身のショットガンをジャストミート、結果的にバックネットに激突するファウルになりましたが、次はやられる、と生まれて初めて恐怖を感じたようです」

　ホントかよ、と思わず声が出た。もちろん、と高木は強い口調で語る。

「兵頭は、一球目の豪快な空振りの音がマウンドまで届いた時点で、このチビ——失敬、小柄な一年坊主はタダ者じゃない、と恐れ戦いたそうですよ。まるで伝説の金田と長嶋の初対決のようですね」

　洲本は、ありえない、と首を振る。

「あいつはそんな素振り、毛筋ほども見せなかったぞ」

　まったく憶えてねえな、とせせら笑った兵頭。

「お山の大将、超高校級のプライドが邪魔したんでしょ。なんせ主任は当時、無名県立の一年坊主だ。しかも——」

　続きは言わなくても判る。そのタッパだし。エヘン、と高木は咳払いをして、

「現に最後のボールはショットガンではなく、悪魔のカーブでしょ。あれ、怖くて逃げたからですよ」

　言葉に力を込める。

「ゲームには勝ったが勝負には負けた、洲本は全盛期のおれが逃げた唯一のバッター、

と悔しそうでした」

兵頭が逃げた、だと。あの無双の超高校級が。春夏連覇の怪物が。視界がゆがむ。足がよろめく。突然、空から降ってきた隕石に激突したような二十年目の衝撃。洲本は打ちのめされ、壁に手をつく。

主任、と一転、高木が神妙な面で、

「夢、諦めなきゃよかったですね」

憐憫を滲ませて言う。

「野球、続けていたら、マジで第二の小坂誠になったかもしれませんよ」

バカな、と笑い飛ばす。

「おれは刑事が天職だよ」

そうかなあ、と高木は首をかしげ、

「人生の岐路は過ぎてから判る、と言いますが、主任の岐路はけっこう大きかったのと違いますか」

それだけ言うと、じゃあ忙しいので、と逃げるように去っていく。洲本は崩れ落ちそうな身体を壁に預け、懐からスマホを抜き出す。番号を呼び出し、送信。ワンコールで出た。

どうしたの、と明子の心配げな声。いつもはよほどのことがない限り、勤務中に電話などしない。

「いや、なんでもないんだ」

少し躊躇し、栄作どうしてる、と小声で問う。

「いつもと同じよ。テレビ見てる」

芸人達の大声と、栄作の笑い声が聞こえる。夕食後、大好きなお笑い番組を見ているのだろう。

「代わってくれ」

五秒後、電話に出た息子に問う。

「栄作、おまえ、先生になりたいんだよな」

以前は、お父ちゃんみたいな刑事になりたい、と可愛いことも言ってくれたが、その後、イジメっ子たちを諭してくれた担任教師に憧れ、イジメを絶対に許さない先生になる、と教師に変更。二十年を経た衝撃に身も心も千々に乱れた父親は、夢を絶対に諦めるな、と言ってやりたかった。

「先生はやめた」

はい？

「ぼく、おでん屋さんになる」

絶句。言葉が出ない。栄作が早口で語った、とっちらかった話をまとめると、クラスで好きなコができて（サキちゃん、というらしい）、そのコがおでんが大好物で、大人になったらおでん屋をやりたい、と言うので、先生から鞍替えした、と。なるほど。深く息を吸い、心を落ち着かせて言う。

「おでんは出汁をとるのが非常に難しいから、カレー屋さんとかお好み焼き屋さんがいいんじゃないかな」

いやだ、おでん屋さんがいい、ときっぱり。はあ、とため息ひとつ。気持ちを励まして言う。

「なんにせよ、夢があるのはいいことだ。頑張れ」

「うん、お父ちゃんも」

うわの空で返し、じゃあテレビがあるから、と通話を切ってしまった。洲本はしばしスマホを見つめ、懐に戻す。お友達と離れたくないから、と塾通いと私立中学受験を拒否し、公立中学進学を決めてしまった我が息子、栄作。夢を自在に変更し、己の確たる意思も持つ小三のちびすけ。それはそれで、立派なことなのだろう、多分。

洲本は壁を伝い、そろりそろりと再び歩き始める。

第三話　越境者

どこから話そうか。豚小屋？　そうだな。茨城の豚小屋の夜が、おれの人生のいわゆるターニングポイントだものね。

ブヒブヒ、キーキー、二百頭からの肥えた豚が怒り、泣き喚く夏の、風がそよとも吹かない蒸し暑い夜。おれは、何事か、と異変を感じて宿舎を出たんだ。宿舎、といってもプレハブの、エアコンもない粗末な小屋だけど。

おれは耳を澄ました。肌にからみつく湿った熱気と、眼前に広がる漆黒の闇、むせ返るような濃い草いきれ。一瞬、遥か海の向こう、生まれ故郷へ舞い戻った錯覚に陥ってしまう、夢も希望もない熱帯夜だ。その深い闇の奥、まるで灯台のようにポツンと浮かぶ朧な光。豚舎だ。

おれの鼓膜は拾う。淡い電球が灯る平屋の豚舎から、豚どものやかましいノイズに混じって届く、か細い悲鳴を。女だ。瞬間、おれの頭は沸騰した。気がつけば怒声を上げ、宙をすっ飛ぶようにして駆けていたよ。

ねっとりした糞尿の臭気に顔をしかめ、おぞましい光景に絶句した。無数の羽虫が黒い霧となって飛び交う豚舎で、興奮した巨大な豚どもが、鈍い音をたててぶつかり、鉄製の柵にグァッシャーンと猛烈な頭突きを食らわせ、コンクリートの床をせわしなく駆け回る中、敷き藁の山の上でおっさん二人が、涎を垂らしそうな面で醜い欲望をぶちまけていた。若い女を組み敷き、スウェットとパンティを引き千切り、素っ裸の股を強引に開き、レイプ寸前だった。

「やめてください、おねがいします」

おれは声を限りに怒鳴った。その悲惨な状況で丁寧な言葉遣いはおかしい、まちがっている、だって？　仕方ないよ。当時、日本に来て、まだ半年だもの。おれの日本語、チョーへたくそだった。

「殺すぞ、ベトナム野郎」

おっさんの一人が立ち上がった。赤銅色の丸顔に手足の短い小太りの中年男。この豚舎のオーナーで、おれたちにまともな賃金を払わず、一日二十時間近くこきつかい、暴言と殴る蹴るの暴力で支配する、サディストの悪党だ。

「とっとと消えろ」

酒臭い息を吐き、こめかみに青筋を立て、野良犬を追い払うように手を振った。おれの怒りは沸騰寸前。女の悲鳴が途切れ途切れに続いている。もう一人のおっさんが小汚い髭面を醜くゆがめ、下半身丸出しの女に、うるせえっ、だまれ、と平手打ちを食らわす。豚舎に肉を叩く無慈悲な音が響く。豚どもはますます興奮し、暴れ回る。無数の頭突きを、体当たりを食らう鉄柵が悲鳴を上げ、いまにもぶっ壊れそうだ。おれは顔をしかめた。全身に無数の針が刺さったみたいに痛かった。

こいつら、ベトナムからやって来た技能実習生を同じ人間としてみない、田舎者の無知で野蛮な、レイシストどもだ。北関東の、寂れた国道沿いのスナックで、化粧の厚い年増ホステスを相手に安酒を食らい、カラオケでド演歌をがなり、酔った勢いで、ベトナム女をやっちまうべ、となったのだろう。

おら、聞こえてんのか、とオーナーの怒声が響き、我に返ったときはもう、岩のような拳が目の前にあった。あごをガツン、と殴られ、目の裏にオレンジの火花が散った。おれはのけぞり、天井の汚れた電球に群がる羽虫の渦を眺め、バランスを失い、ブーンという重い羽音をBGMに、仰向けに倒れた。背中にべちゃっと嫌な感触。豚の糞を溜めたプラスチックの汚物箱。そのど真ん中に倒れ込み、もがき、立ち上がろうとした。が、タールのようなクソに足を取られ、身体があっけなくよじれ、ダイビングするように両腕を万歳の格好に挙げて突っ伏した。全身、耳から鼻の穴までクソまみれだ。

電球の下、おっさん二人が怒張したペニスを揺らし、でかい腹を抱えて笑う。おれの怒りは沸点オーバー。頭の芯が爆発し、視界が血に濡れたように真っ赤になった。

傍らのスコップをひっつかみ、杖代わりにして立ち上がるや、金属バットのようにぶん回した。オーナーの横っ面を張り飛ばし、返すスイングで髭面の弛んだボディをぶっ叩いた。悲鳴を上げ、昏倒した二人に豚のクソを山盛りすくって投げつけ、スコップをハンマーのように叩きつけ、突き刺し、半殺しの血達磨、クソ達磨にしてやったよ。ざまあみやがれ。

スコップの扱いは得意だ。毎日毎日、早朝から夜遅くまで二百頭の肥えた豚どもがひり出す山のようなクソをすくい、掃除してきたのだからね。来日前の約束だった養豚の高度な技術の習得など皆無で、クソの始末一筋、おかげでクソ掃除のスペシャリストになってしまった。

その後？　逃げるに決まってるだろ。警察につかまったら本物のブタ箱入りの強制送還だ。洒落にもならない。もう捨て身だ。クソ達磨のおっさん二人から有りガネをかっさらい、世界ナンバーワンのメガシティ、東京へ向かったよ。広くて深い欲望の海に潜り、無数の眩いネオンの陰に隠れ、カネをジャブジャブ儲けるためにね。

豚舎？　メチャクチャなベトナム技能実習生の労働環境が明らかになり、役所の指導も何度か入り、結局倒産したらしいね。当然の報いだな。パスポートを取り上げられ、寮という名の小屋に監禁され、休日もなく奴隷のようにこき使われた技能実習生二十人余りは、支援団体の世話で他の職場へ移っていった。

助けた女？　九州のまともな縫製工場で働いていたけど、性悪のヒモにひっかかり、いまは名古屋でせっせとセックスビジネスに励んでいるらしいよ。おれがクソまみれになって助けた意味があったのかね。世の不条理ってやつだ。ため息が出てしまうね。

おお、電話だ。やっと来たよ。

ホアン・ミン・カー、二十七歳。ベトナム、タイビン省の農村出身。三年近く前、茨城で雇い主とその友人を半死半生の目に遭わせ、カネを奪った強盗傷害の容疑で指名手配中の身である。

六月下旬。梅雨期の蒸し暑い午前零時。男はカーと共に歌舞伎町のラブホテル街のバーを出る。カーは闇を貫く仄暗い路地を大股で、音もなく歩く。途中、さりげなく、黒のキャップを目深にかぶる。後方、二メートルほどの距離を保つ男もグレーのキャップで顔半分を隠す。

カーの足取りは軽快だ。筋肉質のスリムな身体に、浅黒い精悍な面。ジェルが艶やかな短髪。黒のレザーパンツとシルクシャツ。後ろ姿が弾むようだ。全身にバネが仕込まれたようなしなやかな動きは、ジャングルで生きる誇り高き黒豹を思わせる。

このジャングルの黒豹が、北関東の草深いド田舎の豚舎で、無知で下品でドケチなおっさんに雇われ、クソまみれになってこき使われていたかと思うと、哀れを通り越しておかしくなる。

「なに笑ってるの？」

我に返る。いつの間にか横にいた。男は足を止める。仄かな街灯の下、二人向き合う。

カーの目が細まる。青白い殺気が漲る。

「説明しろ。どうして笑う？」

男は首をすくめ、ごめん、と一礼。

「きみの苦労話、面白かったから」

なにい、とベトナム人は口角を上げ、白い歯を剝く。猛った獣(けもの)の貌(かお)だ。

「面白い、とは、つまり、愉快ということか」

こいつの日本語はたいしたものだ。高いカネを払って日本語学校に通ったわけじゃない。教師は日本の女たちだ。ナンパとピロートーク、女衒(ぜげん)稼業の罵詈雑言(ばりぞうごん)と泣き落とし。濃密でバラエティに富んだマンツーマンレッスンで会話能力は飛躍的に高まり、本人曰く、茨城の奴隷時代とは雲泥の差、会話の能力はジミー大西と明石家さんまくらい違うとか。男は笑顔で返す。

「愉快というか、笑えるよね」

夜の密度がぐっと増す。カーは低い声で凄む。

「おかしなこと言うと殺すよ」

はったりでもなんでもない。このベトナム人は危ない。茨城から東京へ逃げ込み、世界一のメガシティの黄金の大海にどっぷり浸かり、後先考えない捨て身のワルになった。恐喝に事務所荒らし、強盗、高級車の横流し、人身売買、とあらゆる悪事に手を染め、付いたニックネームがニトロ。ダイナマイトの原料、ニトログリセリンのニトロだ。その、文字通り爆発的な暴力で歓楽街のワルどもと渡り合い、一時はベトナムギャングの頭(あたま)として十人からの荒っぽい手下を抱え、うち三人が強盗傷害で逮捕されると、すぐに方針転換。足の付きにくいド田舎を狙え、と号令一下、東京を脱出し、全国を股にかけて盗っ人行脚。ひとつ仕事をこなせば、未練を残さず次の街に移動する、カー曰く「ベトナム戦争で米軍をぶちのめしたベトコン直伝のヒットアンドアウェイ戦法」で大いに稼いだとか。

だが、防犯意識の薄い草深い田舎の民家や商店をターゲットにした小まめな強盗窃盗稼業に飽きたカーは「労働量と気苦労の割に利益が圧倒的に薄い。ローリスクローリターンは勤勉で臆病な日本人のビジネス。頭の弱い半グレどもに任せておけ」と言い放ち、あっさり撤退。この切り替えの速さと大胆な行動力がカーの強みだ。

札幌、仙台、名古屋、大阪、神戸といった地方大都市に潜入、真夜中、無人のオフィスや中古車販売店、町工場、貴金属店を襲い、荒稼ぎ。そのうち「警察に絶対に捕まらないボロい商売、これぞハイリスクハイリターン」と嘯き、極道や半グレが開帳する賭場に目をつけ、ナイフ片手に急襲。が、相手も暴力のプロ。成功率は半々で、手痛い反撃を受け、血で血を洗う殺し合いになることもあったとか。

それでも賭場荒らしをやめようとしない過激なニトロに、仲間が一人抜け、二人抜け、最後に残った盟友三人も、おまえのような頭のおかしな男とは一緒にやれない、と決別宣言。四カ月前、場所は福岡だ。普通なら反省し、態度を改めるところだが、ニトロは唯我独尊の塊だ。激怒し、仲間三人まとめて真冬の那珂川に叩き込み、無謀にも単身で賭場荒らしを決行。福岡の半グレグループの怒りをかい、西日本一の繁華街、中洲を逃げ回った。

追い詰められ、絶体絶命の場面で助けてやったのが、男とその姉だ。以来、命の恩人、と慕い、なかでも姉のことは女神と崇め、ためしに東京へと誘うと、二つ返事で了解した。

すぐに頭に血が昇るニトロは、扱いを間違えれば瞬時にドッカーン。見境なく暴れ回る。

だが、男は気にしない。怯えも、畏怖もしない。技能実習生崩れの、いかれたベトナムギャングが怖くて、この腐った日本をひっくり返す崇高な仕事ができるか。おかしなこと言うと殺すよ、だと？　ふざけるな。男は決然と返す。

「おかしなことじゃない。本当のことだ」

目深にかぶったキャップの下、カーはじっと見つめる。引き結んだ薄い唇と、鉱物のような冷えた目。男はベトナムギャングの怒りを透かすように、ひょいと両手を広げ、

「ぼくたちが経験した地獄に較べたら、笑い話だよ」

ぼくたち？　とカーは呟き、戦闘モードに入ったコブラのようにあごを引く。表情が冥くなる。

「聞かせろ」

ひび割れた声で迫る。

「おまえとライラが経験した地獄を」

そう、姉の名は頼羅（らいら）、大石（おおいし）頼羅。弟のぼくは神路（かみろ）。カーと同世代になる。

「後じゃダメか？」

ダメだ、とベトナム人はあっさり却下。

「おれは、頼羅のことならなんでも知りたい、それも一秒も早くだ」

らしくない上ずった声音に、憧れと強烈な恋心がある。日本の若い女を何人もたぶらかし、骨までしゃぶり、風俗に沈めてきた非情なベトナムギャングが、似合わない純情を丸出しにして言う。

「頼羅を愛してるんだ、心から」

ベトナム人の、恥も外聞もないストレートな物言いに敬意を表し、神路は明かす。

「パパがぼくとねえちゃんにひどいことをしてね」

カーの顔が、石のようにこわばる。

「元ヤクザのシャブ中だから、頭がいかれているんだ。パパは笑いながらぼくらを――」

おぞましい出来事の数々を教えてやる。カーはほおをひきつらせ、血走った目に涙を浮かべる。唇を噛み、嗚咽（おえつ）を漏らす。三分後、もういい、と悲痛な小声を絞り出し、行こう、と逃げるように足を踏み出す。掌で目を拭いながら、速足で迷路のような路地を進む。

古びたクリーム色のマンション前で立ち止まる。二十四時間、クルマの群れが絶えることのない職安通り近く。ビルの間の暗い、エアポケットのような空間だ。マンション名は『新宿ハイツ』。

集合玄関横の植え込みに人影が二つ。肩の張った屈強なのと、しなやかな細身。いずれも、尾行担当の若いベトナムギャングだ。先刻、ターゲットが愛人のマンションに入った旨、バーのカーに連絡を入れている。

カーは軽く手を振る。二人、一礼し、音もなく闇に消える。カーが東京へ舞い戻り、新たに手下にした連中。カーの勇名に憧れ、裏社会のジャパニーズドリームをつかもうと慕ってきた元技能実習生。カーを神の如く崇め、命令とあらば殺しも辞さない危ないギャングである。

神路は叶うなら教えてやりたかった。カーはおまえたちが思うようなリーダーの器じゃない。情の深い同胞でもない。徹底した個人主義のローンウルフだ。いずれ使い捨てにされるのがオチ。全国を股にかけて強盗行脚に励んだ昔の仲間たちのように。

カーはキャップの庇(ひさし)を指で押し上げ、鋭い目で見上げる。六階の角部屋。カーテン越しに淡い光が漏れる。

「長いお別れの前のお愉しみだとしたら、少し時間がかかるかもな」

舌舐めずりをする。

「やってやるよ、我が女神、頼羅のために」

「そしてカネのために」

そう、とカーはうなずく。

「カネのため、美しく気高い愛のためだ」

横顔に覚悟が滲む。

「おれにもう、怖いものなどない」

二人、無言で植え込みに潜む。腰を屈め、暫し岩と化す。歓楽街のざわめきがウォーンと不気味な遠吠えとなって響く。

きたぞ、とカーが囁く。腰を浮かし、指で示す。

「今夜のターゲット」

集合玄関を出てきた人影。四十がらみの男だ。ニグロパーマにほおの張った武骨な面。大柄な身体に濃い暴力の匂いをまとったアウトロー。現役の暴力団幹部だ。右手に黒革の大ぶりなブリーフケース。ずっしりと重そうだ。極道の全身から尋常でない緊張と警戒心が立ち昇る。まちがいない。極道は決意した、東京からの逃亡を。組織からの離脱を。だれにも知らせず、たった一人で。

神路はこみ上げる震えを嚙み締める。カーは？

躊躇なく動いていた。感情の揺れを欠片も見せず、同時に監視カメラに細心の注意を払いながら跡をつける。足音もなく、滑らかに、ジャングルで獲物を狩る黒豹のように。

路地の角をまがった暗がりで、こんばんは、と朗らかに声をかける。ニグロパーマが弾かれたように振り返り、険しい目を向ける。一般人なら一発で腰砕けになる、極道の睨みだ。が、カーは些かも動じない。藪蚊に刺されたほどにも感じていないだろう。

極道は目をすがめる。警戒心が露になる。カーは屈託なく続ける。

「人生最期のセックス」

瞬間、極道の凶顔が紫色に染まり、ブリーフケースを抱え込むや右の蹴りを飛ばす。革靴の切っ先で金的を潰す、ケンカキックだ。モロに当たれば一発で悶絶し、口から消火器のように白い泡を吹いて失神する。が、カーの動きはキックの倍、疾かった。蹴りが出た瞬間、滑るように右横にステップイン。ピン、と金属が弾け、白銀の光が二度煌めき、標的を失った蹴り足が空をかき、すべては終わった。その間、一秒もない。

カーはしつこいクリンチを嫌ってブレイクするアウトボクサーのように両腕を掲げ、素早くバックステップ。鮮血を浴びないように。

首を裂かれ、返す刃で心臓を抉られた極道は血煙りを盛大に噴き、くるりと反転、背中から倒れ込む。ずん、と鈍い音。全身が痙攣し、ゲエッと喉が鳴る。無念を貼り付けた白目を剝き、両足を瀕死のカエルのように突っ張り、五秒後、血の海で動かなくなった。が、ブリーフケースは両手でしっかり抱え込んだままだ。

カーは飛び出しナイフの刃を濡らす鮮血を指で拭い、グリップに収め、ひと仕事終えたビジネスマンが万年筆をしまうように懐へ。口元にクールな笑みを浮かべ、満足気にうなずく。

「どうでした？」

神路は詰めていた息を吐き、屈みこみ、ブリーフケースに手をかける。死後も執念で抱え込んだブリーフケース。逃亡を決意した極道の覚悟。少し哀れになる。ん？　取っ手を握った指が鉄の爪のように食い込んで離れない。焦る。ピクリとも動かない。

「どけ、神路」

ニトロは短気だ。神路を肩で邪険に押しやり、未練がましくブリーフケースの取っ手をつかむ右手の指を一本一本、割り箸のようにペキペキ折り、ブリーフケースを引っこ抜く。神路は顔をしかめた。いくら絶命しているとはいえ、自分にはできない。

カーは嬉々として取っ手をつかみ、重さを確かめるように軽く振る。ピュウ、と感嘆の口笛を鳴らし、

「五キロ、いや六キロはあるかも」

こぼれるような笑みを浮かべる。

「カー、行こう」

神路は返事も待たず、足を進める。一秒でも早く、殺害現場を離れたかった。が、カーは余裕だ。億単位の価値を持つブリーフケースをぶら提げ、まるで商談に赴くビジネスマンのように平然と尾いてくる。人を殺し慣れた者と、そうでない者の違いなのか。それとも人間の本質的な部分が違うのか。

神路は先を急ぎながら思う。ねえちゃんが描いた絵を知ったら、カーはどんな反応を示すだろ。ニトロになって暴れるだろうか。ねえちゃんへの愛が深い分、憎しみは倍になって――。

背筋を冷たいものが這う。ピューピューと気分よさげに吹くカーの口笛を聞きながら、神路は足を速めた。

　それにしても頼羅と神路、いい名前だ。崇高な目的を持つ自分たち姉弟にぴったりの名前だと思う。心から。


　おかしいな。午前一時十五分。高木誠之助は訝（いぶか）った。赤色灯を回したパトカー三台と、覆面パト二台。黄色い規制テープで確保され、シートで目隠しされた路地の殺害現場を子細に検証し、疑問点を弾き出す。殺しが鮮やかすぎる。隙がない。

　刃物で喉を裂かれ、胸を抉られ、絶命した大柄な中年男。アスファルトに広がる血の海と、中央に転がるうつ伏せの惨殺体。が、争った跡が見えない。いまのところ殺害現場の目撃者は皆無。周囲で不穏な物音や怒声を聞いた者もいない。

　青い制服に白い腕カバーを装着した鑑識員たちが這いつくばって靴痕を採取し、ある者はカメラをかまえ、殺害現場を子細に撮影していく。フラッシュが連続して光り、血（ち）塗（まみ）れの屍（しかばね）を鮮やかに、前衛アートのオブジェのように浮き立たせる。

　額を寄せあい、ぼそぼそ語る新宿署刑事課の刑事四名。シートの向こうから、警戒に当たる警察官たちの靴音と、緊迫した無線のやり取りが聞こえる。野次馬のざわめきが太く、高くなっていく。眠りを忘れた街、歌舞伎町は騒ぎがあると、真夜中だろうが、三分後には人が集まり始める。

ばさっとシートをめくり、小柄な男が現れる。広い額にしゃくれあご、慢性的な睡眠不足を物語る充血した目。靴には遺留品の付着を防ぐカバーを装着済み。洲本栄は白手袋をはめながら惨殺体に屈みこみ、両手を合わせて黙礼。二分ほど検分した後、腰を上げ、高木を指で招く。あんたの犬じゃないんだぞ、と胸の内で愚痴りながら歩み寄る。

洲本は声を潜めて確認する。

「『北斗組』の吉原だな」

はい、とうなずく。若頭の吉原将平、四十一歳。関東きっての武闘派『新宿連合』の二次団体『北斗組』は覚醒剤ビジネスで潤う、いまどき珍しい金満組織である。しかし先日、カネの管理を任されていた本部長、組織ナンバー3の新井徹が逮捕され、土台が一気に揺らぎ始めた。

新宿署は警戒を強め、組対課を中心とした監視体制の強化を余儀なくされている。その矢先、組織ナンバー2の若頭が惨殺されたのである。辣腕のマルボウ刑事、洲本が醸し出す殺気、緊迫感もむべなるかな。

洲本は「簡単に殺られやがったな」とぼそり。息が酒臭い。上気した肌の艶と併せて、自宅で風呂に浸かり、晩酌を愉しみ、さて寝るか、となったところで緊急電が入ったのだろう。家族持ちの束の間の休息が、一瞬にして吹っ飛んだわけだ。独身で、いつものように歓楽街をほっつき歩き、情報収集を兼ねての飲み屋巡りの最中、現場への直行を命じられた独身組から見ると、家族持ちの身で、しかも日本一の巨大所轄、新宿署で苛酷なマルボウ刑事を続ける洲本のマゾヒズム、いや忍耐力に頭が下がる。尊敬できるか否かはともかく。

「高木、なんだと思う？」

突然、問われて戸惑う。洲本はイラつきを隠さず、さらに問う。「だから、怨恨、抗争、通り魔——イケイケの『北斗組』の若頭が真夜中、一人で殺された、その背景だ」

高木は言葉を吟味し、語る。

「『山岡組』の分裂騒動が波及したんじゃないでしょうか」

関西に本部を置く日本最大の広域暴力団『山岡組』は、離脱した不満分子が『新山岡組』を結成。抗争、組員の奪い合い、傘下組織の離合集散が続き、関西圏の死者は既に二十人を超えている。

抗争は地方の組織を巻き込みながら東上し、昨年は東京で五人が死亡、歌舞伎町では『山岡組』と『新山岡組』、双方五十人が激突する、真夜中の大乱闘もあった。

極道界を二分する勢いのこの分裂騒動は暴対法、暴排条例で追い込まれた『山岡組』幹部連中による、親分への不満が発火点となっている。つまり、吝嗇で有名な親分による上納金の厳しい取り立てへの不満が溜り、爆発。カネの切れ目が縁の切れ目、貧すれば鈍す——。衰退する一方の極道界を象徴するような、情けない騒動である。昨今は互いに抗争の資金が枯渇し、目立った抗争も無く、不気味な小康状態が続いているが、火種は常に燻り、小競り合いや威嚇行為は珍しくない。

高木は情報を整理して言葉を継ぐ。

「『北斗組』は分裂騒動と直接関係ないにせよ、親の『新宿連合』が『山岡組』本家と友好関係にあるため、『新山岡組』となんらかのトラブルがあったんじゃないでしょうか。つまり」

ひと呼吸おき、頭を整理して語る。

「勢力拡大に血道を上げる『新山岡組』が、金庫番の新井の逮捕で弱体化が否めない『北斗組』にコナをかけ、拒否され、恨みを抱いた、とか」

「つまり極道同士の諍い(いさか)か？」

うーん、と高木は首をひねり、

「そこんとこが疑問なんですよ。殺しがあまりに鮮やかで、極道のやり方じゃないような」

周囲で怒声や不穏な物音を聞いたという証言もない。極道同士の抗争で、仮に鉄砲玉なら確実性を最優先し、十中八九、拳銃を使うはず。

「刃物で喉と胸を二カ所。きれいなもんだ」

洲本は意味深に言う。

「争った跡もないな」

「吉原は武闘派組織の現場を束ねるだけあって、ケンカはめちゃくちゃ強いです」

半グレの集団と揉めて、五人を素手で叩きのめしたという逸話を持つ、ストリートフアイトの名人でもある。

「で、おまえの結論はなんだ？　コロンビア辺りから凄腕の殺し屋でも送り込まれたのか？　ナイフを同時に二、三本使う曲芸師みたいな野郎とか」

からかっているのか？　少しむっとした。が、洲本はかまわず続ける。

「これは物盗りだよ」

物盗り？　凶暴な大物極道相手に？　いったいどこの命知らずが？　洲本は横たわる惨殺体を目で示す。

「指が折れてるだろ」

なに？　目を凝らす。右手の指五本がすべて不自然にまがり、赤黒く変色している。

「最後の力を振り絞って握り締めた――」

洲本はいま一度、死体を確認。続ける。

「おそらくバッグの類の取っ手をこう」

右の拳を固く握ってみせる。

「つかんだ五本の指をすべて、割り箸みたいにへし折ったんだ」

あまりの非道に胸がむかつく。洲本は表情を変えずに言う。

「コロンビアの殺し屋ならやりそうだろ」

返答に窮す。年嵩の、職人然とした鑑識員が、どいて、邪魔、と刑事二人を邪険に押す。高木は隅によけながら、小声で言う。

「主任、勘弁してくださいよ。犯人、判ってるんでしょ」

いや、とあっさり首を振る。

「犯人は判らないが、なぜ吉原が真夜中、こんなところをボディガード役の舎弟も付けず、一人で歩いていたかは判る」

口角を上げ、薄く笑う。

「歌舞伎町のマルボウ刑事なら当然のことだ」

おまえは無能だ、と言わんばかり。来い、とあごをしゃくる。靴カバーと手袋を脱ぎ、外へ。捜査車両の間を縫い、野次馬たちの背後に出る。

「ここはもうじき、発情したゴリラどもが押し掛け、大騒ぎになる」

言ったそばから怒号が轟く。夜気が放電したようにビリビリ震える。赤らんだ顔の極道数人が野次馬を乱暴にかきわけ、突き飛ばし、わかがしらーっ、と怒鳴り、デコスケども邪魔すんな、とおせーッ、と喚く。それを阻止する警官隊が入り乱れ、警告の笛が鳴り、警棒が振り上げられ、騒ぐな、公務執行妨害で逮捕するぞ、と気合の入った大声が上がり、辺りが騒然とする。

若頭の突然の死を知り、押っ取り刀で駆け付けた組員連中だろう。

「やつら、吉原の隠密行動の真相を知れば激怒するぞ」

洲本は面白がるように言う。

「極道は衰退するばかりだな。もう先はないだろ」

シャブビジネスを主導する新井の逮捕で、金満を誇った『北斗組』も他の組織同様、恐竜のように絶滅していく、ということか。

「吉原は見切りをつけ、沈みゆく泥船から我先にと逃げ出したのですか」

「豪放な外見とは裏腹に、損得勘定に長けた、機を見るに敏な奴だったからな」

言外に、闇社会のエキスパートとしての自負がある。高木は苦い敗北感を胸に、後を追う。


路地を巡り、洲本は見上げる。クリーム色の七階建てマンション。『新宿ハイツ』。しんと静まり返っている。だれがいる？　高木は記憶を辿る。吉原のヤサは千駄ヶ谷の高層マンションだ。洲本は躊躇なく玄関パネルを操作。高木は慌てた。

「主任、時間、いいんですか」

午前一時四十分。さすがに非常識すぎないか？

「帳場が立つまで待ってろ、上の指示があるまで動くな、とでも言うのか？」

呼び出し音が鳴る。

「そういう呑気な捜査がしたけりゃ異動願いを出せ」

今夜の洲本はいつにも増して苛立っている。ここは大人しく従ったほうが賢明だ。

スピーカーから誰何する女の厳しい声。洲本は如才なく、突然の訪問を詫び、身元（名前と新宿警察組対課）を告げ、カメラに警察手帳を示す。一転、女のくぐもった声が這う。

「新宿署の刑事さん、ですか」

不安と緊張感がダダ漏れだ。普通なら真夜中に組対刑事が訪ねてくれば、戸惑い、驚くはずだが、そういう反応は一切ない。ならば、この異常事態を予期していた？　洲本は慇懃に言う。

「暴力団担当の刑事です。緊急の用件がありまして」

暴力団、に力を込める。女は非常識な訪問の理由を問うこともなく、承諾。玄関のガラス戸が横に開く。高木は女の正体に思い至り、屈辱を腹にまたひとつ、落とし込む。エントランスを歩き、エレベータで六階へ。廊下の南端。角部屋の六〇一号室。静まり返った廊下を歩きながら、高木はそっと右手の小指を立て、確認。

「吉原将平のこれ、ですよね」

洲本は前を向いたまま、

「それ以外、なにがある」

だれも、おそらく組関係者も知らない暴力団幹部の情婦のヤサ。改めて洲本の情報収集力に舌を巻く。

迎え入れた女は、堅気とは一線を画す、水っぽい雰囲気の女だ。鮮やかな薄荷（ハッカ）色のサマーセーターにベージュのパンツ。瑠璃色のスカーフで結った漆黒の髪。細身だが、メリハリの利いたボディ。男好きのするぽってりしたピンクの唇に、大きな瞳。時間が時間故、ほぼスッピンながら、目鼻立ちの整ったナチュラルな美形である。

牧野夏希、年齢のころは三十前後。

天井の高い広々としたLDK。洲本はリビングのソファセットに腰を下ろし、名刺を渡しながら、

「今夜はお仕事はお休みですか」

先制パンチを繰り出す。

「お勤めは区役所通りの高級クラブ『ジャンヌ』でしたね。源氏名はリカコだ」

おたくのことはすべて調べ上げてある、とばかりに攻め込む。

「あなたの大事な男、今夜ここにいましたよね」

夏希は無言。刑事の真意を探るように、ただ見つめる。高木も一応、小声で自己紹介を述べ、名刺を差し出したが、見向きもされない。屈辱と敗北感を胸に、そっとテーブルに置く。ひりついた沈黙が流れる。

洲本はわざとらしく、部屋をぐるりと見回す。

リビングから続く廊下の奥、固く閉じた白いドアの向こうが寝室か。洲本は目を止め、ふんと鼻を鳴らし、無遠慮な視線を夏希に向ける。しゃくれたあごを意味ありげにしごき、目を細める。濃い性交の匂いがする、といわんばかりの無礼な態度だ。案の定、夏希は顔に朱を注いで睨む。暴力団幹部の情婦だけに気の強さはさすがだ。洲本は待ってました、とばかりに言い募る。

「新宿署のマルボウ刑事がこんな時間にお邪魔した理由、おおよその察しはついていますよね」

　返事なし。部屋に緊迫した空気が漂う。夏希の顔から血の気が引いていく。不安と怯え。高木は見ていられなかった。

　遠くから甲高いサイレンが聞こえる。二つ、三つ、と重なる。極道どもの排除要請を受けた応援部隊だろう。機動隊も出動しているはず。洲本は片ほおをゆるめ、

「今夜も悪党の巣窟、歌舞伎町はせわしいですな」

　ぐっと首を伸ばす。眉間に筋を刻み、声を低める。

「あのやかましいサイレン、あなたの男が関係してますよ」

　尻をひねり、後ずさる夏希を、逃がさない、とばかりに前屈みになり、囁く。

「『北斗組』若頭の吉原将平が――」

　言葉を切り、刑事の目で反応を観察。夏希は逃げるように視線をそらす。高木は一瞬、取調室に放り込まれた錯覚に陥る。洲本はなにを納得したのか軽くうなずき、

「牧野さん、あなたは覚醒剤所持で逮捕されたのでは、と思っている」

　返事の代わりに、夏希は顔をこわばらせる。洲本の言葉が速く、太くなる。

「武闘派でなる極道の大幹部だけに、身柄の拘束を拒否し、大暴れ、パトカーが殺到しているのでは、と」

　夏希のほおが震え、見開いた瞳がいまにも破裂しそうだ。洲本はほくそ笑み、人差し

指を立て、軽く振る。

「ちがいます」

大きな瞳が洲本をとらえる。ピンクの唇が、ちがうの、と動く。

「そう、ちがうんだ」

ひと呼吸おき、

「吉原は殺されました」

さらりと言う。夏希の顔がゆがみ、目が宙を彷徨う。洲本は平板な声音で語る。

「あなたとの別れを惜しんだ後、ここを出てすぐ、路地の暗がりで何者かに首と胸を刺されて、抱えていた荷物を奪われ」

言葉が終わらないうちに夏希が動いた。立ち上がり、駆けていこうとする。洲本は素早く腕をつかみ、立ち上がる。はなして、と抗う夏希の腕を強く引き寄せる。夏希の顔が苦悶にゆがむ。さすがにやりすぎだ。ちょっと主任、と高木が間に割って入ろうとすると睨みをくれ、邪魔だ、すっこんでろ、と凄む。高木は彫像のように固まる。

洲本は夏希に顔を寄せ、

「牧野さん、慌てなさんな」

伝法な物言いが夏希の動きを止める。

「いま、あんたが現場に行ってどうなる。殺された極道の情婦です、とでも言うのか？」

瞳が潤む。が、洲本は容赦しない。

「興奮し、殺気だった刑事どもに囲まれ、猛烈な勢いで尋問だ。どういう付き合いなんだ、おまえはどこのだれだ、吉原といつから付き合ってるんだ、シャブはやってないか、クラブホステスなら店はどこだ、ガサかけるから自宅に案内しろ、店にも行くぞ、身体検査と尿検査も覚悟しとけ――」

夏希はがっくりとうなだれる。涙が滴となって落ちる。

「ヤクザと同じく、情婦にも人権はない。正妻ならともかく、情婦には警察も遠慮なしで攻め立てる。いい悪いは別にして、厳然たる事実だ」

夏希は肩を震わせ、嗚咽を堪える。洲本はこれが結論とばかりに言う。

「ヤクザが殺されても、世間はこれっぽちも同情しない。無視、無関心、もしくは、ざまあみろ、街のゴミが消えて清々した、と喜ぶだけだ。つまりあんたたちは一般人が一顧だにしない、殺伐とした世界に住んでいる。それを忘れるな」

腕を放す。夏希はソファに倒れ込む。

「牧野さん、お辛いと思うが、もう少し話を聞かせてください」

一転、改まった口調で言う。夏希は魂が抜けたような緩慢な動きで座り直す。

「犯人に心当たりはありませんか？」

さあ、と小首をかしげ、

「ヤクザの幹部ですから、千人くらいいるんじゃないですか」

洲本は、やられた、とばかりに苦笑し、

「吉原が持ち出した分以外の覚醒剤はありませんか?」

夏希のほおがピクつく。

「あれが覚醒剤だとしたら――」

挑むように瞳を光らせ、

「あのブリーフケース以外、ありません」

ブリーフケース、と高木は記憶に刻み付ける。夏希は唇を震わせ、尖った言葉を撒き散らす。

「なんなら家捜しでもなんでもしてください」

右の手を大きく振る。

「さあ、遠慮なく」

まあまあ、と洲本は両手を掲げ、もうひとつだけ、と断り、

「拳銃の類はありませんか」

夏希は呆れたように肩を上下させて嘆息。

「バズーカ砲ならあるかも」

「それは対象外ですな」

夏希は虚ろな笑みを浮かべる。洲本も笑顔で応じる。

「万が一、熱心な刑事がここを嗅ぎつけ、話を聞かせろ、とやって来たら、新宿署組対の洲本にすべて話してある、と追い返してください。グダグダ抜かすようなら、名刺を

突きつけてやれば尻尾を巻いて退散するはず」

「霊験あらたかなお札のようですね」

「街の悪党にも効きますから、歌舞伎町の飲み屋の間ではプレミア付きで取引されているようです」

「なら、玄関ドアに貼っておきます」

「ついでにこの名刺もどうぞ」

テーブルに置いたままの高木の名刺を摘まみ上げ、たいした効果は期待できないが、と言い添えて渡す。

「いつでも連絡をください」

頭を下げ、改まって付言する。

「この度はご愁傷様でした」

夏希は口を手で押さえ、嗚咽を漏らす。洲本は茫然と突っ立つ後輩刑事に、帰るぞ、と小声で告げ、部屋を出る。

廊下を歩きながら、高木は言う。

「カマかけ、決まりましたね」

返事なし。洲本は黙々と歩を進める。吉原の名前を出して情婦の動揺を誘い、次いで、外から聞こえる真夜中のサイレンを効果的に使い、覚醒剤所持で逮捕されたのでは、身柄の拘束を拒否し、大暴れしてパトカーが殺到と思っているのでは、とカマをかけ、持ち去られたバッグの中身を覚醒剤と確信。振り返れば、段階を踏んだ実に巧みな誘導尋問である。

「まるで取調室のようでしたよ」

「単なるウラとりだ」

洲本は素っ気なく言い放つ。

「確信があるからだよ」

進退きわまった一か八かのカマかけと一緒にするな、と言わんばかり。エレベータに乗り込む。

「あの部屋は吉原の隠し倉庫だ」

闇社会で倉庫とは武器類などを極秘裏に保管する部屋を指す。

「しかし、極道もやわくなったもんだ。倉庫にチャカの一挺も置いていないとはな」

「暴対、暴排条例が確実に効いてますね。いまは事務所にもチャカ、置きません」

「現場を仕切る若頭が全財産を抱え、コソコソとんずらだ。カネ作りに長けた新井がパクられ、『北斗組』の土台はもうガタガタってことだろ。吉原は極道に見切りをつけ、尻(けつ)を割ったんだからな。情けない」

一階に到着。エントランスを歩く。高木は問う。

「高飛びして、牧野夏希とどっかで合流する予定だったんでしょうか」

さあな、と洲本は首をかしげ、

「いずれにせよ、吉原は極道が向かなかったってことだ。遅かれ早かれ、バラされていた」

外に出る。排ガス臭い夜風がほおを嬲る。

「ブリーフケースごと運んだとなると——」

高木はぶら提げる仕草をし、

「おそらく、四、五キロはありますよね」

「うまく売り捌けば億単位のカネが入る」

殺害現場とは反対方向に歩く。背後で極道どもがワーワー騒ぐ声が聞こえる。

「幹部二人を失った『北斗組』、親の『新宿連合』に吸収されちまうんですかね」

ふっ、と洲本のほおがゆるむ。意味深な笑みに、背筋がぞくりとした。

「組長の関根（せきね）、新しい情婦ができたらしいぞ」

関根俊之（としゆき）。『北斗組』三代目組長。ゴリゴリの武闘派ながら、大学出のインテリで、先の読みに長けたやり手極道である。が、極道の親分に情婦は当然だろう。むしろいないほうがおかしい。女房を持たない極道も、情婦は別だ。家族に累が及ぶことを嫌い、独身を貫く極道は珍しくない。関根も独り身だが、その男っぷりと財力で、女が絶えたことはないはず。いつの世も、誘蛾灯に群がる蛾のごとく、危険な匂いを醸（かも）す男に魅（ひ）かれる女は実に多い。

「特別な女なんですか」

まあな、と曖昧にうなずく。高木はさらに問う。

「相当な美人とか」

どうだろうな、と足を止め、首を回す。

「なあ、高木」

どうした？　雰囲気が一変した。怖いくらい真剣な表情だ。

「おれたちの関係はこのところ、ギクシャクしてきた」

いや、改まってそんな。笑みを浮かべて取り繕う。

「それ、主任の誤解でしょう。わたしはただ、目の前の事案に誠心誠意」

黙ってきけっ、と一喝。

「おまえは日々、寸暇を惜しんで闇社会のチャート図を磨き上げ、結果を出し、捜査に自信を持つようになった。逆におれはおまえに追い上げられ、焦っていた」

いえいえ、今夜の捜査をみても、自分はまだ主任の足元にも――とヨイショのひとつもぶち込みたいところを堪える。

「おれが追い抜かれる日は近いだろう。だが、いまは辛うじておれが勝っている」

自分で言うか、と声に出さずにツッコむ。

「高木よ」

右手を差し出してくる。誘われるまま握り返してしまう。後悔した。万力で締め上げるような握力にうめく。

「これから厳しい局面がやってくる」

ぐいっとさらに絞り上げてくる。骨が軋む。

「おれは残念ながら桜井文雄にはなれない」

そらそうでしょう、と痛みに耐えながら心のなかで激しく同意。洲本は口をへしまげ、感極まった声を絞り出す。

「だが、あの男の魂は受け継いでいるつもりだ」

目が潤む。弱った。こういうの苦手だ。しかも、手もメチャクチャ痛いし。

「協力してくれ」

「それはもう、主任のためなら火の中、水の中」

だから離してくれ。

「ありがとう」

握手が解ける。おーいて、と痺れた右手を振る。頭の中にしこった洲本の言葉。厳しい局面。気になる。詳しく訊こうとしたときはもう、背中を向け、歩み去っていた。

「なんかこう、キラキラネームだね」

三日後。皇居近くに立つ老舗ホテルのスイートルーム。午前八時。『北斗組』組長の関根俊之は、大きく切ったガラス窓の前で、ブラジャーを留め、萌黄色のスカートを穿き、白いブラウスに袖を通す女を眺めながら、欠伸を嚙み殺して言う。

「おまえが頼羅で、弟は神路だっけ」

大石頼羅、年齢は二十八歳だという。

そう、と頼羅は窓の外、皇居の森を眺めながら答える。

「いい名前でしょ。とっても気に入っている」

艶やかな栗色の髪にブラシを当てる。ふんふん、と鼻歌を口ずさみながら、ご機嫌のようだ。明るい朝陽の中に浮かぶ、均整のとれた後ろ姿のシルエット。鮮やかに浮かび、輝いて見える。美人はシルエットも美しい、というが、そのとおりだ。背筋が伸び、首から肩のラインがたおやかで、ウエストがきゅっと絞れ、尻はほどよく張り——。いやでも昨夜の媚態が甦る。しっとりした白磁のような肌がピンクに染まり、背中に爪を立てて悶え、眉間に筋を刻んで喘ぎ、しなやかな腰を巧みに使い、長い四肢でからみつき、甘い声でよがり——。

親分、なによ、と鋭い声が飛ぶ。頼羅が振り返り、軽い睨みをくれる。

「思い出し笑いなんかして」

いや、なに、と上半身を乗り出し、サイドテーブルからタバコのパッケージをつかみ取る。関根は四十七歳。若い時分は、反町隆史にそっくり、と言われたが、暴飲暴食と出入りで負った顔の刃物傷故か、いまは、サングラスをかければ小沢仁志と瓜二つ、らしい。よりによって顔面凶器の小沢かよ。稼業を踏まえれば喜ぶべきか、悩むところだ。パッケージから振り出したタバコをくわえ、ライターをひねる。深く喫う。苦い味が口中に満ちる。

我が『北斗組』はこのところ、ついていない。疫病神に魅入られているのか、と嘆きたくなるほどに。

半年余り前、三次団体『双竜会』若頭の岩田達也が親（組長）殺しの容疑で逮捕された。二十五年から三十年の懲役は避けられないだろう。度胸も実行力もある岩田に親を密かに弾かせ、『双竜会』の新組長に据えたうえでシノギごと乗っ取ってやろう、と描いた密かな絵も敢え無く潰えた。

悪いことは重なるもので、先日、シャブで稼ぎまくっていた本部長の新井徹がブツの取引現場を押さえられ逮捕、三日前は現場を仕切る若頭の吉原将平が深夜、何者かに刺し殺された。組長の自分も新宿署に呼ばれ、厳ついデカどもに囲まれ、ここぞとばかりに根掘り葉掘り訊かれた。犯人に心当たりはないか？　吉原に恨みを持つ野郎はだれだ？　おまえはだれが殺ったと思う？　憶測でかまわないから言ってみろ。きさま、仮にも親分だろ、若頭の吉原は子も同然、ホシの目星もつかねえで情けねえと思わねえのかっ。

勝手なことをほざきやがって。判るわけがない。少なくとも、目立った他組織とのトラブルはない。もちろん、吉原は『北斗組』きっての武闘派だけに、個人的に敵対するワルはゴマンといるはず。が、刺殺するほどの恨みとなるとどうか。プライベートの怨恨も考えられる。吉原に女をとられたとか。借金を踏み倒されたとか。新宿署のデカどもは、物盗りの犯行もあり得る、と言う。折れた右手の指五本。がっちりつかんだ指をバッグの取っ手から外したのでは、との見立てだが、その可能性はゼロではないだろう。

それより組長の自分が気になるのは、吉原が深夜、ボディガードも付けず、一人でなにを目論んでいたか、だ。状況から推し量るに、独断の隠密行動であることは明白だ。やはり尻割り(けつわり)か？　稼ぎ頭の新井がパクられ、土台が揺らぎ始めた『北斗組』を見限った、ということか？　いずれにせよ、経済とケンカの両幹部を喪った我が『北斗組』の前途は暗澹たるものだ。この分では親組織の『新宿連合』が吸収合併を迫るかもしれない。

脳裡に『新宿連合』会長、権田剛(ごんだつよし)の能面のような面が浮かぶ。非情で冷酷。人の命など、屁とも思わぬ鬼畜野郎。別名、歌舞伎町のプーチン。気が滅入る。鼻歌に合わせて形のいい尻が揺れる。淫靡(いんび)な空気が肌を舐める。股間が勃起する。

「親分も大変ね」

どきりとした。頼羅はあっけらかんと語る。

「ニュースで見たけど、若頭が殺されたんでしょ。会社でいえば副社長よね」

だまれ、と低く凄む。

「女が極道の殺しを、ペラペラ喋るんじゃねえよ」

重い静寂が流れる。頼羅は何事もなかったかのようにブラシを使う。関根はタバコを真鍮の灰皿でこすりながら、耳の奥に残る粘った太い声に顔をしかめる。

　吉原殺害の翌日昼、権田から電話があった。それらしき悔みの言葉を述べた後、あの鬼畜野郎はこうほざいた。

「災い転じて福となす、だ。この緊急事態に、なにが一緒にできるのか、一丁考えてみねえか。あの世の吉原もそれを望んでいるぜ」

　ばかやろう、と怒鳴りたくなった。てめえはイタコか、いまそれどころじゃねえだろ、災い転じてだと？　こっちはてめえからの姑息なアプローチは泣きっ面に蜂、弱り目に祟り目なんだよ、と。

　一刻も早く会って相談したい、と執拗に迫る権田に対し、まだ落ち着かないので、と半ば強引に電話を切ったが、早晩、動きはあるだろう。権田率いる『新宿連合』と一緒になるなど、とんでもない。骨の髄までしゃぶられ、捨てられるのがオチだ。かといってガチンコのケンカになれば多勢に無勢。『北斗組』組員三十人に対し、『新宿連合』は百人からの大武闘派組織だ。しかも、我が組織の現場を仕切るケンカ屋、吉原は殺された。どう転んでも勝ち目はない。かといって権田のアプローチを断る妙案もない。新しいタバコに火をつける。深く喫う。四面楚歌、とはこのことか。いつの間にか勃起は消えていた。ため息をひとつ。慢性的な疲労が抜けない。頼羅、と呼びかける。

「マッサージで身体をほぐして、昼飯でも食わないか」

　このホテルのリンパマッサージは絶品だ。全身のこりが取れ、身体の芯から生き返る。ごめんね、と頼羅は素っ気なく返す。

「堅気は忙しいのよ」

知り合ったのは一カ月近く前、行きつけの銀座のクラブ『胡蝶』だ。源氏名はエミリ。ヘルプとして入ったばかりの新人のエミリこと大石頼羅は、その凛とした美しさも際立っていたが、極道を前に、物怖じも媚びへつらいもしない、洗いざらしの木綿のような自然体に魅かれた。

関根らのテーブルに付き、最初こそしおらしくしていたが、雑談で少し場が温まると、こぼれんばかりの笑顔で、親分さーん、とすり寄り、タトゥーあるんですか、小指は?と訊いてくる屈託のなさ。関根は、ママをはじめ、客のパチンコホール社長、ボディガード役の舎弟、ホステス連中が凍りつく様が面白くて、「おれは痛いのが苦手だからね」と両手を開いて十本の指を示し、エンコも飛ばしてないし、墨も入れてないよ、と答えると、キャー、と大歓びで手を叩き、こう言い放った。

「ヤクザさん、タトゥーを墨って言うんですね。入れ墨の墨だ。すっごーい、マジ業界用語じゃん、ちょーリアル」

さすがにママが顔色を変え、たしなめると、ごめんなさい、とぺろっと舌を出し、肩をすぼめ、以後、借りてきた猫のように大人しくなった。

その極端な落差がまた面白く、翌日も訪ねると、ママが「エミリは昨夜かぎりで辞めました」と清々した面で言う。辞めた、というより、辞めさせたのだろう。少しばかり気落ちしていると、二日後、歌舞伎町の組事務所に頼羅から電話があった。渡した名刺の番号にダメモトでかけたのだという。柄にもなく心が躍った。

　その夜、メシに誘い、関係を持った。身体の相性もばっちりで、背筋が痺れる濃厚なセックスを愉しんだ。以後、三日にあげず、会っている。頼羅は、夜の仕事は合わない、といまは自動車の並行輸入の会社で事務を執っているという。

　頼羅は極道にことのほか興味があるようで、組内部のしきたりや組員の日頃の生活、シノギの苦労などをストレートに訊いてくる。『胡蝶』での言動からその志向を承知していたこともあり、差し障りのない範囲で答えてやると、親分、すっごーい、もうびっくり、と驚きの表情で感心してくれる。

　常に緊張を強いられ、鬱屈した日々を送る四面楚歌の極道には、その飾りのないストレートな言動が嬉しく、頼羅がいっそう可愛く思えてくる。最近は鬱憤晴らしについつい愚痴を口にすることも多くなり、反省しているのだが。

　ねえ、親分、と頼羅が振り返る。細面につんと鼻筋の通った、ちょっと冷たい感じの美形。アーモンド型の瞳がキラキラ輝く。

「あれ、見るたびに思うんだけど」

　目配せする。ガラス窓の外、皇居の森が広がる。

「あそこに住むひとたちって、生まれたときから贅沢で優雅な生活を保障されているじゃない。お付きの職員も何人もいるし」

　突然、なにを言い出すかと思ったら。

「そりゃあおまえ、皇族だからな」

それ以外、言いようがない。でもさ、と頼羅は窓に向き直り、

「国民の血税で、何不自由なく人生を愉しむ特権階級よ。すべての国民は法の下に平等、っていう日本国憲法の原則に明らかに反するでしょ。昔、日本は戦争に負けて、アメリカの主導で国民全員が自由に生きる民主主義社会に変わったんだし」

「まあ、そういう捉え方もあるんだろうが」と、ワイドショーの三文コメンテーターのように曖昧に応え、困惑する。極道になって四半世紀。まさか日本国憲法と民主主義について振られるとは、思いもしなかった。しかも、娘のような年齢の情婦から。言葉を選んで返す。

「だが、皇室に生まれた人間が必ずしもお気楽で幸せとは限らんぜ。年中いろんなお堅い行事があるし、外へ出りゃあマスコミの厳しい目が注がれる。血税の無駄遣いだ、国民の苦労も知らず贅沢三昧だ、と容赦のない批判もある。現に、窮屈で自由が制限された皇室の生活に、もういやだ、耐えられない、と下々が暮らす俗世間へ出たがっているお人もいるようだし」

「どこからの情報？」

それはその。困った。

「週刊誌でちらっと読んだだけだが」

ガラスに映った顔に冷笑が浮かぶ。白い歯がきらめく。

「毎日、汗水垂らして働いて、パワハラセクハラに遭いながら、安い給料から税金ガッポリ取られる庶民にしたら、なに贅沢言ってんのよ、ってとこだよね」

関根は灰皿にタバコをねじ込み、ベッドに大の字に転がる。でも社会ってそんなもんだろ。日本国に生まれたこと自体、アフリカのド貧乏な国々やアフガニスタン、ミャンマー、シリア、北朝鮮に較べりゃはるかにマシだ、飢え死にすることも、突然拷問を喰らい、ぶっ殺されることもねえもん、と幸せに思う連中も多いのと違うか。少なくとも、日本で極道やってるおれはそうだ。暴対法・暴排条例で人権は無きに等しいが、所詮はアウトロー。元々人の道を外してしまった外道だ。お天道さんの下を大手を振って歩く堅気と較べてみても仕方がない。

色々と厄介事はあるが、うまい酒呑んで、高級ホテルのスイートルームでおまえみたいないい女、抱けるんだからヨシとしなきゃな。それに度胸と腕力を武器に、知恵を働かせれば儲かる手段はいくらでもある。頼羅、おまえの言ってることは、所詮、流行りの親ガチャってことだろ。生まれた家で、親で人生が決まるってやつ、他人任せ、環境任せの諦めの人生、逆境から闘い、他人を蹴落とし、這い上がり、勝利をつかむことを放棄した退屈な負け犬の人生などおれは知らん、知りたくもない——と言ってやりたいところだ。

親分さあ、と声のトーンが沈む。

「わたしたちの両親、ヤンキーだと思ってるでしょ」

突然、問われてドキリとする。

「頼羅と神路。キラキラネームだもんね。そう思われても仕方ないよ」

「ヤンキーなのか？」

ガラスに映った頼羅が正面から見つめてくる。ん？　一瞬、唇がゆがみ、瞳に侮蔑の色が浮かんだような。が、すぐに沈痛な面持ちで、ううん、と首を振る。侮蔑の色は幻か？　関根の困惑をよそに、頼羅は遠くを眺め、

「親がヤンキーならどんなによかったか」

朗読するように語る。

「キティちゃんのサンダル履いて、ピンクのスウェット着て、家族そろってミニバンでショッピングモールへ行って、フードコートでラーメンやクレープを食べるの。ドンキで買い物もして、ゲーセンでギャーギャー大騒ぎして遊ぶんだ。夜は地元のファミレスや居酒屋に大勢集まって、ダラダラだべってさ。そして、家族とか仲間の絆を大事にして、半径五キロ以内で暮らして安らかに死んでいくの」

ヤンキーのウィキでも読んだのか？　思わず笑ってしまう。が、ガラスに映る頼羅の顔は真剣だ。

「うちは母親が早くに男をつくって逃げちゃって、父親は酒びたりのケダモノだった」

ケダモノ？

「あらゆる残酷なことをして歓ぶ狂人、サディストのサイコ野郎」

部屋に重い静寂が降りる。関根は乾いた喉を引き剝がす。

「生まれは沼津、だったよな」

頼羅の身元は運転免許証で確認してある。本籍は静岡県沼津市だ。

「そのサイコ親父、仕事はなんだ？」

肩をすくめ、わすれちゃった、とひと言。思い出したくもないのだろう。関根はさらに問う。

「でも、弟の神路と一緒に生きてきたんだろ」

一度だけ弟には会ったことがある。渋谷の喫茶店で頼羅が紹介した。神路は今風のイケメンだが、無口で暗くて、陰気で、とっつきにくい野郎だった。居酒屋でバイトしている、と言っていたが、これで客商売が務まるのか、と心配になったほど。でも、最後、別れ際、「親分、ねえちゃんをよろしくお願いします」と丁寧に頭を下げたっけ。

「そうよ、あいつとわたしは一心同体」

なにがおかしいのか、くすりと笑い、

「この世で二人きりの肉親だし」

「そのサイコ親父はどうなった」

「わたしたちが十一歳のとき、殴り殺されたみたい」

だれに、と思わず問いかける。

「知らないし、興味もない。でも、ケダモノが消えて清々した」

ならば十一歳で天涯孤独——

「おまえら、どうやって生きてきたんだ？　施設か？」

施設なんか行くもんですか、と髪を揺らして振り返る。

「素敵なカップルに助けてもらったのよ」

口角を上げ、熱っぽい瞳を投げてくる。

「生きることの素晴らしさ、尊さ、この社会の理不尽と、富める者は弱者から搾取してより富み栄え、貧しい者はより貧しくなる、暴走する資本主義社会が生み出した超格差社会の醜い実態を教えてくれたの。十一歳の、勉強などまともにしたこともない天涯孤独の子供にも判るように」

瑞々（みずみず）しい張りのある声音が、明るいスイートルームに響き渡る。

「二人は強くて優しくて信念があって、もう理想の、世界一のカップルよ」

世界一のカップルだと？　大げさな。思わず嘲笑が漏れてしまう。頼羅は挑むような面で歩み寄ってくる。

「ねえ、親分、知ってる？」

なにが？　ベッドの端に腰を下ろし、すらりとした綺麗な脚を組む。その間、目をそらさない。

「近代ヤクザの始まり」

はあ？　なんのことだ？　頼羅は長い髪を指でかきあげ、朗々と語る。

「元々、近代ヤクザは明治時代末期から大正時代にかけて、身分の不安定な炭鉱・港湾の労働者が己と家族を守るために結成した労働組合から誕生したのね。低賃金で劣悪な労働条件を力ずくで改善すべく、冷酷な資本家たちに職場闘争をしかけ、集団の暴力で立ち向かい、ねじ伏せたのよ」

頼羅のほおが火照り、瞳がそこだけ光を当てたように輝く。

「労働組合のメンバーには、資本家が恐れ戦く集団暴力のパワーに魅了され、自信を持ち、社会最底辺の肉体労働者なんかやってられるか、と暴力専業のヤクザに転身するさばけた連中が出てきたわけ。気骨あるヤクザは、搾取される側の労働者、虐げられた貧民らのために先頭に立ち、傲慢で無慈悲な資本家とやりあった。そして理想に燃えるコミュニストも加わり、共に命懸けで闘ったの」

ちょっと待て、と関根は話をいったん切り、

「じゃあ、おれたちは左翼から始まったのか？」

「そういうこと」

頼羅は、よくできました、とばかりに微笑み、

「太平洋戦争に負けると、東京大阪をはじめ、全国の大都市の焼け跡に闇市が雨後のタケノコのように乱立したのよ」

瞳の輝きが強くなる。

「闇市は警察権力が及ばない無法地帯だから、ヤクザが仕切り、莫大な利益を上げ、食

えない悪党、チンピラを取り込み、組員も激増した。同時に、苛酷な戦地から生還した荒っぽい元兵士を中心に愚連隊が結成され、旧日本軍の隠匿物資を抱え込んだ腹黒い軍関係者や政治家を拳銃やライフルで脅して問答無用で奪い取り、ヤクザが支配する闇市に横流しして莫大なカネをつかんだの」

　言葉が怒りを帯びてくる。

「傲慢で無能な戦争指導者どもが東京の大本営で作る杜撰な軍事計画のおかげで、ジャングルや荒野で戦う兵士たちは地獄に叩き込まれた。兵站を断たれ、餓え、丸腰同然で敵の猛烈な攻撃から逃げ惑い、銃弾の一発も撃つことなく斃れ、餓死していった兵士は山ほどいる。日本国に殺されたに等しい、その哀れな戦友たちの敵討ちの意味合いもあったと思う」

　ほう、と思わず声が出た。

「若いのによく知ってるな。勉強したのか？」

「世界一のカップルが教えてくれたの」

　弾むような口調で言う。

「そこらの大学教授や評論家が裸足で逃げ出す、実体験に裏打ちされた深く幅広い知識を持つカップルだもん」

「何者だ？　そのカップルとやらは」

気になる？　と頼羅は意味深に問う。関根は苛立ち、問い返す。

「おまえらの養父母か？」

「ちがうわ」

口角を上げ、艶然と微笑む。

「血とか法律とか関係ないの。そんな俗なものを遥かに超越した、気高い魂で結ばれた関係なのよ。ヤクザの親分に判るかな？」

からかっているのか？　銀座の元ヘルプの分際で、このおれを。瞬間、頭が沸騰した。てめえ、舐めるなっ。右手を伸ばし、髪をつかもうとした。が、頼羅は軽く顔を引いてすかす。指先が空（くう）をかく。なんだ？　一瞬にして間合いを見切り、つかむ寸前で避けてみせた。素人ならともかく、こっちはケンカ慣れした極道だ。あり得ない。

関根は膨らむ困惑と屈辱に背を押され、ベッドで膝立ちになるや、今度は右の拳を飛ばす。遠慮も加減もなし。本気のヤクザパンチだ。殴り飛ばされ、鼻血を吹いて――が、頼羅は涼しい面で上半身を回してかわす。愕然とした。紙一重の見切り。最小限の動きでパンチをすかした。一流ボクサー並のウィービングだ。

「親分、乱暴はやめて」

頼羅はベッドから立ち上がり、距離を取って冷静に諭す。

「静かに聞いて欲しいの」

極道に殴られそうになりながら、焦りも怯えもない。この女、何者だ？　少なくとも、単なる水商売上がりじゃない。関根の戸惑いと疑念をよそに、頼羅は両手を腰に当て、見下ろすようにして語りかける。

「わたしが話すこと、理解できるでしょ。親分はヤクザには珍しく、ちゃんと大学出てるんだから」

大学――そう。地元山梨の私立大学に入学、応援団でブイブイ言わせ、卒業後はスーパーマーケットの精肉部に就職したが、商品の派手な横流しがばれて懲戒解雇。閉鎖的な田舎ではまともな再就職など望むべくもなく、応援団の荒っぽい先輩に誘われるまま上京。闇金融や裏風俗、地下カジノの運営を手伝い、それなりに美味しい思いもしたが、所詮はチンピラ。このままではハンパな人生で終わる、と腹をくくって極道の世界へ。

小僧の時分からワル一筋の中卒、高校中退者、暴走族崩れが多数を占めるこの業界では圧倒的マイノリティ故、ことある毎に、大学出のインテリ、お偉い学士様、と揶揄交じりに言われ、随分と肩身の狭い思いをしてきた。極力、隠してもきた。なぜ、頼羅が知っている？　業界の人間ならともかく。

もしかしてこの女――関根はあることに思い至り、息を呑む。こっちの素性を熟知したうえで、ピンポイントで接近してきた？　常連のクラブ『胡蝶』のヘルプもその手段？　濃厚なセックスも？　散っていたピースがみるみるカチリと嵌まる。間違いない。大石頼羅の狙いは『北斗組』組長、関根俊之の取り込みだ。だとするとなにを企んでいる？

続けるね、と頼羅は冷静に断り、話を戻す。

「愚連隊も色々で、弱い者苛めのカスどもが幅を利かす一方、闇市に横流しして得たカネを腹ペコの貧しい庶民に配り、義賊と呼ばれた立派な男たちもいたのよ。彼らのなかからヤクザに転じる者もいて、昭和の大親分、大幹部になったケースは珍しくないの。任俠とやらがまだ生きていた時代の話だけどね。だから、ヤクザは元々弱者の味方なのよ。左翼の活動家と同じく」

そうかね、と関根は持てる知識のすべてをかき集め、反論に出る。

「戦後のなんでもありの闇市じゃあ、警察は我が物顔で暴れ回る戦勝国の中国人や朝鮮人、台湾人に手を焼き、極道に応援を要請。警察のお墨付きを得た極道どもは戦勝国民を嬉々として木刀、ツルハシでぶっ叩き、追い払っていたらしいぜ。つまり国家権力の側に付いたわけだ」

その代わり、と頼羅は余裕たっぷりに返す。

「闇市の仕切りを任され、大儲けしたんでしょ。餓死も野垂れ死にも珍しくない戦後の飢餓地獄、食うため、組織の勢力を拡大するため、敗戦後のヨレヨレの国家権力に力を貸しただけよ。そもそも、当時の警察はＧＨＱの締め付けでまともな拳銃も持てない、哀れな烏合（うごう）の衆だもの」

そりゃまあそうだろうが、と関根はさらに反論を試みる。

「労働運動華やかなりし戦後昭和の時代は極道が会社側のスト破りに雇われ、理屈っぽいインテリ労働者や左翼運動家をぶちのめしていたんだろ。左巻き連中の完全な敵だわな。それも不倶戴天の敵ってやつだ」

待ってました、とばかりに頼羅は立て板に水で返す。

「高度成長期、大儲けの企業はカネをじゃぶじゃぶ払ってスト潰し、左翼潰しに出たものね。東西冷戦の真っただ中、コミュニストが悪魔のように忌み嫌われた時代だし、利に敏いヤクザがいてもおかしくないわ。親分、思い出してよ」

ひと呼吸おき、

「バブル経済の時代に地上げで大儲けした経済ヤクザも、いまや絶滅したに等しい総会屋もそうでしょ」

銀座でヘルプをやっていた時分の、ちょいと抜けた陽気で可愛い女とはまるっきり別人。テレビの討論番組とかで理路整然とおっさん連中をやりこめる頭脳明晰な女弁護士のようだ。

頼羅は乱れた髪をかき上げ、

「牽強付会、と笑いたければ笑ってもいいわ。でも、社会の絶対的アウトローであるヤクザは、根っこの部分に国家権力への反骨心、弱者への同情の気持ちを持っているのよ。だからこそ、現代まで生き延びてきたの。怖いだけ、悪辣なだけじゃ、そこらのバカな半グレと同じ。庶民の支持を得られず、早晩、消える運命にあったと思う」

確信を持って言う。

「世のあぶれ者を集め、厳しく教育して、シノギに知恵を絞って、必死に生きてきたのに、暴対法、暴排条例を楯に国家権力に責められる一方のいま、未来は暗くなるばかり」

　いらっとした。

「おい、頼羅」

　関根は怒りにまかせてまくしたてる。

「おれにそういう偉そうな口を利きたいなら、カネを目の前に積んで見せろ」

　頼羅は唇を引き結んで黙り込む。関根は生来の暴力志向、サディズムを刺激され、ここぞとばかりに巻き舌で攻めたてる。

「カネのねえ女が、極道の奢りでたけえメシと酒をかっくらってよ。高級ホテルにしけこみ、極道に抱かれ、腹の下でヒーヒーよがって泣いてんだ。きさま、立場を考えろっ」

　頼羅の美しい顔が耳まで赤く染まる。売女（ばいた）扱いされ、屈辱で身も焦げそうなほど——

　ふっ、と片ほおがゆるむ。どうした？

「カネ、腐るほどあるわよ」

　なんだあ？

「親分に今夜、億単位のカネを見せてあげる」

　おちょくってんのか？　頼羅は余裕たっぷりに微笑む。

「楽しみにしててよ」

　関根はパンツ一丁でベッドに胡坐（あぐら）をかき、空咳を吐き、なあ頼羅、とおもむろに語りかける。

「おれは極道の頭だ。歌舞伎町をシマとする『北斗組』を預かる身だ。組員も三十人からいる」

それがどうしたの？　とばかりに小首をかしげる。

「立場上、小娘の戯言であれ、カネがからんだ話を右から左に聞き流すことはできねえ。まして億のカネだ。いま喋ったことが根も葉もねえデタラメなら、おまえはそれなりの制裁を受けることになる。情婦じゃなく、バシタだろうとな」

だから、と言葉を励ます。

「取り消せ。いまの話はウソでした、冗談でした、と頭を下げろ。今回限り、大目に見てやるから」

二度目はないぞ、との含みを持たせて言う。が、頼羅は、そんな必要ないよ、とあっさり拒否。

「ヤクザさんに、おカネのことで嘘偽りを言えるわけないじゃない。わたしだって、まだコンクリート詰めにされて東京湾に沈みたくないもの」

関根は茫然と見つめる。

「だから親分、期待していいわよ」

朗らかな笑みを浮かべる。武闘派極道のトップを前に、怯えの欠片もない、ひまわりのような笑顔だ。ぞくり、とした。得体の知れない寒気を感じ、奥歯を噛み締める。度胸といい、素人とは思えぬ身のこなしといい、この女、何者だ？

　午後六時。新宿警察署五階、北奥。五〇五号取調室。洲本率いる組対二係の捜査会議はなんとも意気上がらぬものとなっていた。事務机に陣取る洲本と、パイプ椅子に座って囲む三人の部下。報告の一番手は『北斗組』若頭、吉原将平殺害現場周辺の聞き込みを担当する矢島忠だ。

「ローラーで虱潰しに当たっていますが、事件当夜の確たる目撃情報はありません」

　渋面で手帳をめくり、

「現場から北東へ三百メートルほどの路地に立つ雑居ビル『今井ビル』一階の焼鳥屋『大天狗』に吉原は舎弟とおぼしき若い男二人を引き連れ、飲みにきたことがあるようですが、一カ月余り前のことで――」

　事務机でメモをとる洲本は、ふんふん、と気のない相槌で応え、矢島の報告が終わると目も上げず、「三瓶、なんかあるか」

　角刈り固太りの、大工の棟梁のような三瓶泰造も矢島同様、現場周辺の聞き込みである。

「主に集合住宅を中心に回っておりますが、水商売関係の単身者が多く、明け方、寝に帰るだけ、という住人がほとんどで――」

　こっちも特段の情報なし。洲本は問う。

「現場周辺の監視カメラはどうなっている」

三瓶は厳つい顔をしかめ、

「犯人は監視カメラを避けて殺害現場を選定したようで、映像は皆無です。足早に移動する二名の姿が複数のカメラに捉えられていますが、いずれも画面が暗く、身元の特定には至っておりません。なお、一名はブリーフケースらしきものを持っており、これはマルガイから強奪された可能性があります」

洲本も監視カメラのビデオを二つほどチェックしたが、光が溢れる歓楽街と違い、閑散とした夜の路地裏のモノクロ映像はかなりダークで、人物の姿形がなんとか判る程度。まして不審人物二名は共にキャップを目深に着用していたこともあり、顔の判別は不可能である。なお二名の足取りには昂りも焦燥もなく、仮に強盗殺人犯だとすると、その自然体は不気味極まりない。

「刃物を使った鮮やかな殺しの手口といい、力みのない姿形といい、極道じゃないな」

洲本は独り言のように呟き、親指で天井を示す。七階の捜査本部だ。矢島、三瓶、と睨みをくれ、

「帳場の野郎どもに新たな現場情報が上がった形跡はないか？」

二人、顔を見合わせ、年嵩の矢島が不承不承口を開く。

「帳場からは三組が回っておりますが、空振りの連続のようです」

ご苦労、と洲本はゆがめた唇に冷笑を浮かべ、

「おまえら同様、大苦戦だな」

二人、屈辱に顔をゆがめる。

「高木」

洲本が険しい視線を向けてくる。

「なんかあったか」

はい、と吉原の身辺調査を担当する高木は手帳を開き、

「独身の吉原は千駄ヶ谷の高層マンション『ホワイトタワー』十五階、一五〇六号室に一人で住んでおりまして、情婦は六本木のキャバクラ勤めの――」

ひとしきり、どうでもいいヨタ話を披露し、報告を終える。洲本は落胆の色を隠さず、

「三人とも目立った収穫なしか」

両腕を組み、椅子にもたれる。

「こっちは帳場入りを免除された遊軍扱いなんだ。結果を出さないとな」

三人に順に目を当て、

「ひと休みしたらまた回ってみろ」

冷然と命じる。

「デカは足で稼いでナンボだ。なにかにぶち当たるかもよ」

もちろんです、と、矢島、三瓶は憤然と立ち上がり、部屋を出て行く。スチールドアが閉まる。

「大丈夫だな」

洲本がぼそっと言う。

「あいつらがこれだけ回って、情婦の牧野夏希の名前が挙がってこないとなると、帳場も無理だな」

ですね、と高木は応じながら、洲本の冷徹な捜査方法に改めて舌を巻く。矢島と三瓶。海千山千のベテラン二人を殺害現場周辺に張り付け、吉原の倉庫の秘匿度を検証すると同時に、帳場の動きも探る。その間、相棒の高木をこれと睨んだ筋の捜査に投入する。洲本より課せられたミッションは『北斗組』組長、関根俊之の情婦の特定だ。

「本チャンの報告、いこうか」

洲本が目配せする。高木は二呼吸おき、口を開く。

「銀座七丁目のクラブ『胡蝶』です」

手帳の文字を確認して報告する。

「源氏名はエミリ。本名、大石頼羅、二十八歳」

洲本の片眉がぴくりと動く。ほおが赤らむ。スッポンも具体的成果を前に、興奮を隠せないようだ。高木は勢い込む。

「ヘルプとして勤め始めた四日後、常連の関根が訪れ、極道を極道とも思わぬ頼羅の奔放な振る舞いに俄然興味を惹かれたようです。関根は翌日も、エミリこと大石頼羅を名指しで訪れておりますが、二夜連続は初めてのことで、ママは日頃クールな関根のご執心ぶりに驚き、同時に恐縮したと。なぜなら、大人の社交場である店の空気にそぐわないと判断したママが前夜、大石頼羅を辞めさせており――」

洲本が指を振る。やめろ、ということだ。ぐっと顔を寄せてくる。

「オオイシライラ、というんだな」

そうです、と手帳を差し出す。

「難読に近い名前ですが、ママが運転免許証で確認しております。銀座の高級店だけに、身元の確認はぬかりがないようで」

大石頼羅の文字を一瞥し、洲本はさらに質問を繰り出す。

「遊び慣れた極道の親分がパクリと食いついたんだ。相当な美形なんだろう」

たぶん、と声が小さくなってしまう。

「なんだ、確認してないのか？」

侮蔑の視線。高木は弁解する。

「大石が提出した運転免許証のコピーの閲覧を申し出たのですが、大石自身が辞める際、履歴書と併せて持ち去ったそうです」

「しっかりしてるねえ」

半笑いで言う。

「で、クラブのヘルプはスカウトか？」

いえ、とページをめくり、書き留めたママの言葉を追う。

「自分で売り込んできたそうです。憧れの銀座でぜひ働いてみたい、と」

「面接して即決か」

「そのようです。実際に顔を見て、立ち居振る舞いをチェック、二言三言交わせば銀座の水が合うか否か判る、と自信満々でしたから」

「それで関根への対応を問題視して即、馘かい。そのママの眼力も大したことないな」

唇を皮肉っぽくゆがめ、

「まあ、美形ってことは間違いないだろう。高木」

硬質の目を向けてくる。

「きれいなお顔を目ん玉ひん剝いて拝まなきゃな」

「なるべく早くお見せできるよう、やってみます」

おれはいいんだ、と苦笑する。

「おまえが確認するんだよ」

なにぃ？　ということは。

「主任は大石頼羅の顔をすでに——」

洲本は遠くを睨み、あごをしごき、大石頼羅ねえ、と呟く。眉間が狭まり、ほおが赤らむ。戦闘態勢に入ったスッポンが独りごとのように語る。

「よりによって頼羅かよ。とことん舐めてるな」

横顔が怖くなる。もはや相棒のことは心の片隅にもない。主任っ、と呼びかける。

「こっちを見てください」

洲本は事務机に片肘をつき、獲物を見定める狼のようにゆっくりと首を回す。二秒後、顔がゆるみ、笑みが広がる。おまえの名前、と口に水を含んだような笑い声で問う。

「なんだっけ」

　さすがにムカつく。からかっているのか？　放り投げるように返す。

「高木ですけど、なにか？」

　ちがう、と目尻に柔らかなシワを刻み、

「下の名前だよ」

　どうした？　捜査のプレッシャーで錯乱したのか？　帳場から離れた五〇五号室。だれもが一目おく実力派刑事故の特別待遇だが、結果が出なければ即お払い箱。日頃の傲岸不遜が仇となり、上は決して許さないだろう。部屋を預かる洲本のプレッシャーは尋常じゃないはず。だが、錯乱してしまえば捜査もへったくれもない。刑事生命どころかサツカン生命も終わりだ。首筋にうすら寒いものを覚え、返す。

「誠之助、ですが」

　そうだな、と大きくうなずく。

「大石頼羅と誠之助だ」

　なにが言いたい？　洲本は白い歯を見せて破顔する。

「面白いな。おれは警察に入って、こんな面白いことはないぞ」

　くるっと椅子を回し、背を向ける。肩が震える。含み笑いを漏らして言う。

「おれは和歌山は新宮の出身だ」

それがどうした。高校野球の想い出話か？　無謀にも第二の小坂誠を目指した、和歌山の韋駄天とやらの時代の。

「もう一人の名前も知りたいところだ」

もう一人？　だれだ？

これはな、と重々しく前置きして言う。

「おれとおまえへのメッセージだよ。ふざけやがって」

メッセージ？　なんのことだ？　判らない。すべて白い霧の中だ。洲本は厳しい口調で続ける。

「大石頼羅と誠之助、それにもう一人。この三つに、おれの故郷新宮を加えてピンとこなきゃ高木、おまえはモグリだ。いままで何をやってきたんだ？」

頭の芯がじりっと灼ける。言うにこと欠いてモグリ、だと。なぜ〝誠之助〟まで持ち出されて揶揄されなきゃならない？　親が付けてくれた大事な名前だぞ。膨れ上がる疑問と屈辱に、こめかみが軋む。

はっはあっ、と大笑いが轟く。洲本が天井を仰いで笑う。コンクリートの小部屋で反響し、鼓膜がじんと痺れる。頭が割れそうだ。笑い声がさらに太く、高くなる。濃い圧が押し寄せる。たまらず、高木はドアノブに手をかける。

「たかぎいっ」

野太い声が飛ぶ。振り返る。椅子を回した洲本と目が合う。

「おまえ、桜井文雄の弟子を自任してるんだろうが。とっとと女の面、割ってこい」

右腕を大きく振りかぶり、

「女のまぶい面、拝んで腰抜かせ」

掌で思いっきり机を叩く。ドカン、と重い音が響く。それは新たな荒野に踏み出す、号砲のようだった。高木はドアを開け、廊下に出た。スッポンが突如、口にした桜井文雄。頭蓋を砕かんばかりに膨張する。

いまは亡き桜井文雄。捜査に没入する余り、家庭を壊しながらも、歌舞伎町の闇にどっぷり浸かり、激務と緊張の日々に壊れ、コカイン中毒になってしまった哀れなマルボウ刑事。が、実力はピカ一で、〝シーラカンス〟の異名を持つ情報通を密かに取り込み、闇社会に唯一無二の情報網を構築した、希代の凄腕刑事でもある。

謎に包まれたシーラカンスの正体は、この日本で暴力革命を本気で目指した孤高の男、清家文次郎（せいけぶんじろう）、通称〈せいぶん〉。こっちは希代のテロリスト、いや革命家だ。

高木は廊下を走る。息が弾む。せいぶんの最期の言葉が甦る。

〝政治の堕落に格差社会の膨張。弱者は斬り捨てられ、見向きもされない非情な社会に我々は住んでいるんだぞ。こんな国をだれが望む？　日本国の再生はもはや革命しかない〟

東大法学部に在籍中、交番爆破や警察官襲撃を実行した、筋金入りの過激派。未遂に終わったものの、要人専用列車爆破や首相官邸侵入など、数多の破壊活動も計画し、極めつきが秩父山中での大規模軍事訓練だ。実戦を想定した山岳キャンプの最中、アジトで意見の齟齬が生じた同志をリンチの末、殺害。警察に追われ、日本を脱出し、国際指名手配をかけられながらも、清家の国家権力への憎悪と闘志が衰えることはなかった。ニカラグア革命ではサンディニスタ民族解放戦線に加わり、米国傀儡政府軍との戦闘に参戦。フィリピンではジャングルに潜む共産ゲリラ軍と共にマルコス独裁政権軍と血で血を洗う凄惨な闘争を繰り広げた。

国際的テロリストとして勇名を馳せた清家は、世界を股にかけた武装ゲリラ活動を二十年近く続け、その後、日本へ極秘帰国。公安警察をも欺く巧みな背乗りで赤の他人になりすまし、三十年もの間、東京に潜伏した恐るべき革命戦士である。

血の友誼を結んだ桜井とせいぶん。昨年十二月、二人共に非業の死を遂げてしまった。刑事である自分の目の前で、血煙に包まれて。

頭の芯が、身体が火照る。エレベータを使わず、階段に向かう。背筋がぞくりとした。なにかが重なろうとしている。耳の奥、スッポンの台詞が不気味な木霊となって響く。女のまぶい面、拝んで腰抜かせ――。洲本はすべてを承知している。

高木は逸る気持ちに背を押されるがごとく、階段を三段飛ばしで駆け降りていく。

「だからきみは誇り高き英雄たちの一族なのよ」

中央線の飯田橋駅近く。縁結びの神社として有名な東京大神宮の裏手、アパートやマンション、商業ビルが混在する通りから路地を一本入った奥に立つ、エレベータもない五階建てマンション『メゾン・ド・吉田』。その四階の四〇一号室で、大石神路とベトナム人のホアン・ミン・カーは大石頼羅の話に耳を傾けた。午後七時半。

四人掛けのキッチンテーブル。向こう側に頼羅。神路とカーは、出来の悪い生徒のように、二人かしこまって座る。

「一九六〇年代、ベトナムではアメリカがカネと武器を供給して支援する南ベトナムと、当時のソ連や中国など社会陣営が後ろ盾の北ベトナムが死闘を繰り広げたのね。つまり、当時の東西冷戦の代理戦争ってわけ」

2LDKの少しカビ臭い古マンションで、頼羅は、アルゼンチン大統領官邸のバルコニーに立ち、国民を鼓舞するエビータのごとく熱弁を振るう。

「戦局は泥沼化し、痺れを切らしたアメリカは軍事介入に踏み切り、大戦争の火蓋が切られたのね」

瞳がキラキラ輝く。栗色のワンレングスに、卵型のクールな顔立ち。白のトレーナーにデニムパンツというシンプルな恰好ながら、スタイルの良さと、全身から漂う、弾けんばかりのエネルギーで眩しく輝いて見える。弟でこうなのに、カーはどうだろう。そっと隣に目をやる。浅黒い横顔が口を薄く開け、陶酔の表情で見つめている。女神を前にした従順な僕（しもべ）そのものだ。三日前、ヤクザの大幹部をナイフで一瞬のうちに殺した、あのニトロとは別人だ。

ほおを薔薇色に染めた頼羅の言葉が、渓流を駆け下る水のように勢いを増す。

「ベトナム人民は世界最強の暴力帝国、アメリカに侵略され、虐殺やリンチといった横暴の限りを尽くされてもまったくめげず、逆にジャングルに誘い込んでゲリラ戦を挑んだの」

胸の昂りを鎮めるように両手を当て、ひと呼吸おき、

「勇敢な彼ら、彼女らは骨董品のようなライフルで応戦。総延長二百キロにも及ぶ秘密トンネルをジャングルの地下にせっせと掘り、武器のないゲリラ兵は包丁、鍬、鎌まで使い、闇夜にまぎれて神出鬼没の攻撃を繰り返し、完全装備の米兵を殺して回ったの」

勇気あるよね、とカーは感に堪えぬように言う。

「頼羅みたいな英雄がいっぱいいたんだね」

カーにとって頼羅は生命の恩人、まぎれもなき英雄だ。四カ月前、場所は真冬の福岡、中洲。底冷えのする午前二時だった。

神路はキャバクラの下働き、頼羅はキャバ嬢としての仕事を終え、疲れ切った身体でアパートに戻る途中、路地の奥から怒声が聞こえ、みるみる複数の荒い靴音が迫ってきた。姉弟は、突如勃発したキナ臭い騒動に魅入られるように、その場に立ち尽くした。

街灯の下、角をまがり、白い息を吐きながら、アスファルトを駆けてくる革ジャンの若い男。汗と血に濡れた浅黒い肌と、スリムな身体。ひと目で外国人だと判った。

おら、こっち逃げた、ぶっ殺せ、逃がすな、挟み撃ちにしろ、と物騒な大声も追ってくる。路地が縦横に走る迷路のような飲み屋街である。

男は逃げも怯えもせず突っ立つ二人を認めるや、足を止め、驚きの表情で見つめ、次いで、ミスったよ、と言いたげな苦い笑みを浮かべた。土地勘がないのだろう、目を左右にやり、お手上げ、とばかりに肩をすくめ、観念したように夜空を仰いだ。

「助けなきゃ」

頼羅は駆け寄り、男の腕を引っ張るや路地を走った。疲労困憊の男を叱咤し、背を押し、地元の人間しか知らない、ひと一人がやっと通れる隘路（あいろ）を縫い、ブロック塀やフェンスまで越えて殺気だった追手を撒き、自宅アパートにかくまい、傷の手当てをしてやった。

訊けば、賭場荒らしに失敗、凶暴な半グレグループに反撃を食らい、殴られ、蹴られ、このままでは殺される、と絶望的な逃亡を試みたのだという。捕まる寸前、命拾いしたベトナム人は深く感謝し、以後、頼羅に忠誠を誓った。

試しに東京へ誘うと、おれの第二のホームタウン、と喜んで了承し、ついてきた。以後、このマンションで奇妙な三人の生活が続いている。もっとも頼羅は外泊が多く、週の半分は留守だ。男二人は頼羅が外でなにをやっているのか、まったく知らない。

ベトナムギャングが崇める女神は唄うように語る。

「ベトナム人民はジェット戦闘機や戦車、ロケットランチャー、マシンガンを腐るほど持つ米軍を、巧みなゲリラ戦で恐怖のどん底に突き落とし、奇跡の大勝利を収め、インドシナ半島から追い出してみせた。同じアジア人として、こんな誇らしいことはないわ」

「ありがとう」

カーは目を細め、感に堪えぬように言う。

「おれ、頼羅と一緒だと幸せだ」

頼羅は薄く微笑み、

「きみの仕事は見事だった」

カーは女帝に忠誠を誓う騎士のように両腕を広げ、

「おれは頼羅のためならなんだってやるよ。ヤクザの一匹や二匹、どうってことない」

「きみはたのもしいね」

言った後、冷たい視線を弟に送る。神路は逃げるように下を向く。敬愛する姉の評価が低いのは判っている。いざとなると使えない、甘ちゃんの弟。元より、ひとの命など屁とも思わぬベトナムギャングに敵(かな)うわけがない。気持ちが沈む。

チャイムが鳴る。来客だ。

「さあ、来たわよ」

頼羅が立ち上がり、玄関ドアを開ける。

「いらっしゃい、親分」

明るい声で出迎える。ぬっと逞しい中年男が入ってくる。ストライプスーツに黄金色のネクタイ。ポマードで固めたオールバックの短髪と肉厚の面。『北斗組』組長の関根俊之だ。玄関口から無遠慮に部屋を見回す。目が合う。神路は頭を下げる。カーは――無表情のまま見つめる。関根の顔が不快げにゆがむ。

「親分だけにして」

頼羅がぴしりと言う。背後の屈強な黒スーツ二名。ボディガードだろう。

「とても大事な話だから。ねえ、親分」

関根は眉間を狭め、舌打ちをくれ、目配せする。二人、渋い面でドアを閉める。頼羅はホアン・ミン・カーを簡単に紹介するが、関根は無視。カーは無表情のまま。頼羅は、処置なし、とばかりに肩をすくめ、関根にキッチンテーブルの椅子を勧める。

「頼羅、おれは忙しいんだ」

椅子を乱暴に引いて腰を下ろし、両脚をどっかと開く。

「さっさと現ナマ、見せろ」

あら、と小首をかしげ、頼羅は返す。

「現ナマなんて言ってないわよ」

一瞬にして場の空気が凍る。関根は血走った目で睨め上げる。一般人なら瞬時に腰砕けになる極道の睨み。が、頼羅には蛙の面に小便だ。

「カネ、って言ったの。つまり悪党の通貨よ」

関根の視線がさらに険しくなる。部屋に不穏な空気が漂う。

カー、お願い、と頼羅は軽くウィンクを送る。カーは奥の六畳間に入る。顔を紫色に染めた関根が凄む。

「頼羅、下手なジョークで逃げるなよ。おれがひと声かけりゃあ、外の連中がドアを蹴破って雪崩れ込み、おまえら皆殺しだ」

おお、怖い、と頼羅は両腕で上半身を抱え、大仰に震えてみせる。関根のこめかみで太い血管が盛り上がる。ぶち切れ寸前だ。

カーが焦げ茶のボストンバッグを抱え、出てくる。

お待たせしました、と慇懃に言い、テーブルに投げるように置く。砂袋を落としたような鈍い音が響く。

頼羅はジッパーを開け、中から巾着袋をつかみ出す。白のキャンバス地の、造りがしっかりしたものだ。

「重さ一キロあるわ」

関根に渡す。関根は巾着袋を受け取り、重さを確かめ、感触を確認。喉をごくりと鳴らす。もしかして、とかすれ声が漏れる。

「そう、シャブよ」

頼羅が朗らかに言う。

「末端価格一グラム十万円として、一億円」

ボストンバッグから残りの巾着袋、五個を取り出し、テーブルに並べる。

「計六個で六億円。現ナマ六億なら重さ六十キロだから、十分の一ね。悪党の通貨は秘匿も持ち運びも便利で、たとえ世界恐慌が起きてもその価値は安泰。暗号通貨なんか目じゃないわ」

関根は背を丸め、息を詰めて凝視する。

「もちろん、アンダーグラウンド限定の絶対条件付き」

頼羅は軽やかに語る。

「闇社会の住人なら簡単に換金できるけど、一般人には宝の持ち腐れだもの」

ふっ、と自嘲するように微笑み、

「それどころか、一般人が下手に触ったら、死んだ方がましってリンチ食らって殺されちゃう」

部屋に重い静寂が降りる。中央線を行き交う電車の音と、街のざわめきが不気味な通奏低音となって漂う。

たしかめていいか、と関根がひび割れた声を絞り出す。

「どうぞお」

頼羅は巾着袋の紐を解き、開く。関根は白い粉を小指で慎重にすくい、ほんの微量を舌先で舐める。無言。深くうなずき、頼羅を見る。

「混ぜ物なし。上物のユキネタだな」

頼羅は、お褒めにあずかりまして、と大げさに一礼し、

「自信の商品だもの」

「どこで手に入れた？」

頼羅はそれに答えず巾着袋の紐を固く締め直し、

「カー、わたしの大事な親分を紹介するわね」

突然、振られたカーは戸惑いの表情だ。頼羅は事務的に言う。

「こちらの親分、『北斗組』の組長の関根俊之さん」

カーは頼羅を見つめ、次の瞬間、のけぞり、眼球を回して関根を凝視。目に浮かぶ驚愕と怯え。顔からみるみる血の気が引いていく。神路は初めて、動揺するカーを見た。福岡で凶暴な半グレどもに追われながらも、超然としていた、あの肝の据わった剛直なベトナムギャングが。

カーは今夜のゲストを、頼羅が親しくしているヤクザの親分、としか聞いていない。恐らく、強奪したシャブの単なる買い手、と信じて疑わなかったはず。

「頼羅、これは」

カーの反応から不穏なものを嗅ぎ取ったのだろう、関根は巾着袋を掲げる。ほおが隆起し、目に青白い殺気が浮かぶ。

「うちの吉原のものだな」

神路はそっと腰を落とし、戦闘態勢をとる。激怒した関根が大声を出せば、即座に荒っぽい舎弟どもが雪崩れ込んでくる。どうする、頼羅。おまえはなにを企んでいる？

ひりつく緊張の中、頼羅はしらっとした面で極道を眺めている。

　午後八時。銀座七丁目の瀟洒なテナントビル六階。高木はクラブ『胡蝶』でウィスキーの水割りを飲む。ふかふかの絨毯に、全身を心地よく包むソファ。黄金色の間接ライトと、青磁の大きな壺から溢れそうな赤いバラの束。カラフルな熱帯魚のように店内を遊泳する美しいホステスたち。

　高級な香水の薫りが漂うなか、ネイビーのスーツにピンクのアスコットタイを締めたダンディな中年男がアップライトピアノで〈アズ・タイム・ゴーズ・バイ〉を軽やかに奏でている。

　別世界だ。客たちも品のいい紳士ばかり。すり切れた吊るしのスーツにくたびれた革靴のマルボウ刑事は、風船人形のように浮きまくっている。

　二度目の訪問は予想外の塩対応だった。接客中に呼び出されたママは、エミリこと大石頼羅の顔写真の提出を懇願するマルボウ刑事に、そんなものありません、とうんざり顔で返答。ならば従業員に頼羅のスナップ写真、映像等、所持する者はいないか訊いてくれ、と願い出るや、ママは柳眉を吊り上げ、「いま営業中ですよ、そんな面倒なことできるわけないでしょう」と一刀両断。次いで止めのひと言。「あなたが常連さんならともかく」。安月給の刑事風情が、とばかりに侮蔑の視線で見下され、ヤケクソで客となった次第。

座って三万、五万の世界である。元より、捜査費用で認められる経費の範疇を遥かに超えており、ここは自腹で賄うしかない。しかも銀座の客はボトルキープが常識だ。黒服のボーイに案内された隅の席で国産ウィスキーのボトルを入れ、順に回ってくるホステスたちに事情を話し、源氏名エミリの写真の有無を問うた。が、呆れ顔で手を振るばかり。なかには、高価なカクテルをねだった上で、短期間で辞めたヘルプのことなど知るか、とばかりに、「冷やかしの娘と一緒に写真を撮るほど暇じゃありません」と鼻で笑う年嵩のホステスも。所詮一夜限りの場違いな客、と見切っているのだろう。

小一時間後、あらかたホステスに当たったが成果なし。気持ちが塞ぐ。

ロックをつくってもらい、喉に放り込むようにして干す。強烈なアルコールがガツンと脳みそを蹴飛ばす。熱い息を吐き、目尻の涙を掌で拭う。ん？ 若いボーイと目が合う。営業用の笑みを浮かべ、歩み寄ってくる。なんだ？ 腰を屈め、お客さん、いい写真ありますよ、と歌舞伎町の路上でエロ写真を売り捌くおっさんのように囁く。視線に交渉の色。高木は財布から万札一枚を抜き出して渡す。ありがとうございます、と慇懃に頭を下げ、スマホを掲げる。

「エミリちゃん、サイコーですよね」

ボーイとのツーショット。嫌々撮ったのか、男の弾けんばかりの笑顔と対照的な暗い表情だ。

「頑張ればナンバーワンになれたのに、もったいないよな」

強靱な意志を秘めた瞳と、固く結んだ唇。銀座仕様の濃い化粧と長い栗色の髪で素顔を巧妙に隠しているが、一発で判った。この女は——身を灼く驚愕と興奮のなか、高木はチェックを告げ、渡された請求書、十五万円也を確認。

カードで支払うと、先ほどとはうって変わって華やかな笑顔のママが「銀座じゃ自腹のお客さんがいちばんモテるんですよ。高木さん、またどうぞ」と軽く会釈。

「宝くじが当たったら」と言い置き、階段を駆け下りながらスマホを取り出し、番号を呼び出してタップ。洲本はワンコールで出た。

「主任、あの女——」

「どうした、泡食って」

「だからいま銀座です。『胡蝶』を出たとこ」

「腰が抜けたか？」

足がよろける。バランスを崩し、手すりにつかまる。酔いと衝撃でどうにかなりそうだ。荒い息を吐く。

「五〇五で待っている」

それっきり通話が切れる。あの野郎。怒りに背を押され、再び階段をすっ飛ぶように走る。

頼羅が動いた。関根の隣に座り、凜とした眼差しを向ける。

「よく聞いて、親分。これはとっても大事なことだから」

関根は冷たい表情を崩さない。

「わたしたちは親分のために吉原を殺した」

頼羅は、ここが勝負、とばかりに切々と語りかける。

「吉原が弱体化する『北斗組』に見切りをつけ、親分を裏切り、高飛びするとの情報を得た我々は周囲を探った」

おまえ、と関根は猪首を突き出し、顔を斜めにして頼羅を凝視。

「おれに接近したのはそのためか？」

頼羅は艶然と微笑む。

「親分はどうしになる、と確信したからよ」

どうし？　と太い首をかしげる。

「志を同じくする、真の仲間」

関根は〝同志〟の文字を思い描いたのだろう、らしくない複雑な表情になる。

「親分は大学出の知的な紳士だもの。野蛮で下品で乱暴なだけのヤクザとは人間の種類が違う。それに」

唇を舐め、意味深な笑みを浮かべる。

「ベッドのなかでとても饒舌だった」

関根はあごを引き、額に筋を刻む。表情に色濃く滲む不快と怒り。が、頼羅はまったく動じない。

「組織内の心配ごと、幹部連中の品定め、将来への不安。親分は小娘のわたしを信頼して、なんでも話してくれた」

関根は喉仏を上下させ、ひび割れた声で問う。

「おれの話から吉原の裏切りを察知したのか？」

「それはひとつの有用な情報に過ぎない」

頼羅は辣腕のコンサルタントのように雄弁に語る。

「わたしは闇社会に様々な情報網を持っているの。情報は弱い者の最強の武器だから日々、必死にかき集めているのよ」

ふざけるなよ、と関根が凄む。

「そんな漫画みてえな話、だれが信じるか」

目が血走り、ほおが隆起する。が、頼羅の言葉は事実だ。闇社会に、ヤクザ顔負けの情報網を張り巡らしている。

「これ以上、減らず口を叩くと殺すぞ」

神路はたまらずカーを見る。えっ、と声が出そうになった。睨んでいる。関根を、怯えの一片もなく。神路は悟った。目の前で頼羅と関根の関係を見せつけられ、嫉妬に火がついた。カーはもうじきニトロになる。五秒、四秒、三秒——そっと腕をつかむ。落ち着け、と声をかける。

「じゃあ親分」

頼羅はテーブルの巾着袋を手に取り、

「口から出まかせなら、これをどう説明するの？　〆てユキネタ六キロ、末端価格六億円。グラムの卸値三万円としても一億八千万」

関根は言葉が出ない。頼羅は小指を立て、

「吉原のこれの居処を割ったのよ。警察も『北斗組』も知らない、極秘の倉庫として使っていた情婦のマンション」

血走った目を剝き、絶句する極道。

「当然、情婦の名前も住所も判るけど、親分には教えない」

頼羅は毅然と言う。

「彼女の身が心配なわけじゃないわよ」

ひと呼吸おき、

「短気な舎弟が押し掛け、嬲り殺しにでもしたら大変。わたしの大事な親分が暴対法第三十一条に基づいた使用者責任を問われ、ブタ箱に入っちゃう。極道への量刑は厳しくなる一方だから、下手したら無期懲役。一生、塀の中で臭いメシね」

関根は目を伏せる。額でラードのような汗が光る。あまりの展開に思考が追いつかないのだろう。逆に、頼羅は立て板に水で確信に満ちた言葉を重ねる。

「吉原は裏切りの日に備えて、密かにシャブをためこんでいたのよ。わたしたちが殺さなきゃ、六キロのユキネタと共にトンズラ。現場を預かる若頭に裏切られた親分は大恥をかき、泣く子も黙る『北斗組』の威信も地に堕ちていたわね」

どいつが、と関根は三人に濁った目をやる。

「ケンカ上等の吉原を殺したんだ？」

おれだよ、とカーが右手を軽く挙げる。

「おれがナイフで殺した」

そうか、と関根は尖った目を据える。カーは正面から受け止め、

「日本のヤクザ、とても弱いね」

膨らむ嫉妬も相まって、挑発が加速する。

「あれでナンバー2か。笑っちゃうね」

ナンバー1のあんたも大したことない、と言わんばかり。

「日本は平和でいいね。あの程度でケンカ上等だもの」

関根の凶顔がどす黒く染まる。ダメだ。

ぼくも、と神路は神妙に言葉を挟む。

「現場に同行しました」

が、だれも聞いちゃいない。ベトナムのゴキブリ野郎が、と関根はかすれ声を吐く。

カーはぐいとあごを突き出し、

「おまえはダニだろ。社会のダニ」

ニトロと化したカーは恐れを知らない。真正面から睨み合う。関根が拳を固め、腰を浮かす。全身から漂う濃い暴力の匂い。親分、と頼羅が割って入る。

「この五個は親分にお渡しします」

テーブルの巾着袋五個を手早くボストンバッグに入れ、ジッパーを締めて差し出す。

「一個はわたしが頂戴するわね」

艶然と微笑む。

「必要経費、消費税。いいでしょ」

ふっ、と関根が苦笑する。ボストンバッグを受け取り、

「おれが卸値にイロ付けて買ってやろうか。グラム四万なら四千万だぜ」

お気持ちだけ、と頼羅は軽く一礼。

「シャブ中に売り捌くルートはあるから」

「おれをケツモチにするのか?」

そんなあ、と口に手を当て、コロコロ笑う。

「親分は我々の大切な同志だから」

ぐっと息を呑む関根。頼羅はあっけらかんと言い放つ。

「闇社会にはタッチせずにシャブ、ヘビーユーザーに売りまくるわ。そしたら丸儲けでしょ」

関根は肩をすくめ、

「精々、ぶっ殺されないよう頑張りな」

ボストンバッグをつかむや、玄関に向かう。親分、待っててね、と頼羅の明るい声が飛ぶ。関根は首だけ回して振り返る。

「親分がもっと大喜びすること、やってやるから」

一転、真摯な表情で、

「約束するから」

関根は無表情でしばらく見ていたが、ドアを開け、足早に出ていった。神路は素早くドアを締め、ロックし、詰めていた息を吐く。

おまえ、と押し殺した声がした。頼羅だ。表情が一変していた。目を吊り上げた憤怒の形相で左足を踏み出すや、右拳を引き、叩きつける。拳がベトナム人の浅黒いほおを殴り飛ばす。カーは横を向き、悄然（しょうぜん）とする。

「ヤクザにケンカ売るなんて、おまえはバカか」

頼羅は美しい顔に朱を注ぎ、

「それも凶暴で鳴る『北斗組』のトップだよ。状況を考えなさいよ。わたしたちまで巻き添えにしないで」

おれは、とカーが呟く。

「頼羅がいちばん大事だから」

太い涙が落ちる。

「ヤクザに汚されたくないから」

頼羅の顔から険が消え、瞳が潤む。カー、ごめんね、と両手で抱き寄せる。髪を撫で、耳元に唇を寄せ、

「カー、ありがとう」

耳を舐めるようにして囁く。

「わたしが欲しいんだよね」

カーの顔が熟れたトマトのように火照る。

「寝ようか」

筋肉質の身体が硬直する。頼羅は彫像と化したカーの首っ玉にしがみつき、

「思いっきり愛し合おうか」

ごくっと生唾を呑み込む音。カーの目がジャングルに潜む黒豹のように輝く。部屋にねっとりした淫靡な空気が漂う。発情したオスとメスの濃厚な匂い。ふざけんなよ。

「いいかげんにしろ」

弟は姉の手首をつかみ、引き剝がす。

「ねえちゃん、そこまでやる——」

どん、と胸を押された。怒りの形相のニトロだ。

「神路、乱暴はよせ」

しなやかな肉体が迫る。戦闘能力抜群のベトナムギャング。頼羅は奴隷同士の殺し合

いを見る古代ローマの貴族のように、しらっとした面で眺めていた。

新宿署五階の五〇五号取調室。ドアを開けるなり、三人の視線が突き刺さる。正面の事務机に洲本。両手を組み合わせ、辣腕の判事のように冷たい目を向けてくる。その両側に矢島、三瓶。

すわれ、と洲本がパイプ椅子を示す。高木は先輩二人の間にどっかと腰を下ろす。矢島が不快げに唇をゆがめ、

「おまえ、酒飲んでんのか」

三瓶が半笑いで言う。

「銀座のクラブだってな。今日びの若手は豪勢なもんだ」

「飲み代、いくらだ」

洲本が興味津々の顔で問う。

「十五万です」

憤然として答えると、

「頼羅の正体は判ったんだろ。過分な身銭を切るのも修業のうちだ」

スッポンは昭和のパワハラ上司もかくやの身勝手な台詞を吐き、椅子にもたれる。

「桜井文雄を撃ち殺した女か」

そう、桜井を射殺し、消えた広瀬(ひろせ)雅子(まさこ)。銀座で写真を確認した瞬間、あの鮮血をぶち

まけた修羅の光景が脳裡に広がり、以来、熱いアドレナリンが音をたてて全身を駆け廻っている。

夜、場所は中野区弥生町の古い洋館。小型の自動拳銃をかまえた雅子。両腕を広げた無防備な桜井に対し、十発近い銃弾を撃ち込んだ女テロリスト。傍らには首を裂かれ、絶命した孤高の革命家、清家文次郎と、その亡骸にすがる同志、水原晴代（みずはらはるよ）。フローリングを生き物のように広がっていく血の海と、赤黒く濡れた手術用のメス。そうだ、既に晴代は瀕死の重傷を負っていた。神のごとく敬うせいぶんを殺され、怒り狂う雅子に右肩を撃ち抜かれた晴代。恋人、せいぶんの屍と共にうずくまる老女医。

非情な女テロリストは憎悪と嫉妬に顔を醜くゆがめ、血の衣をまとった聖母マリアのごとき晴代に止めを刺すべく、腰を落とし、自動拳銃をかまえ、そして自分は、刑事の自分は——。吐き気を堪えて言う。

「いつ、判ったのですか」

洲本は無言で凝視する。高木は言葉を励ます。

「大石頼羅の正体が広瀬雅子だと」

「それだよ」

なんだ？

「おまえが大石頼羅の名前を口にしたときだ」

三時間近く前、場所はこの五〇五号取調室。洲本は説明する。

「おれは一週間ほど前、関根の新しい情婦が広瀬雅子では、との情報を入手した」

脳裡に浮かぶ怒りの形相。あの中野区弥生町の凄惨な事件の後だ。広瀬姉弟が行方を断ち、なんのあてもないまま吠えた洲本。

——地獄の果てまで追いかけて、ワッパをはめてやるからなっ——。

哀れ、蚊帳の外におかれ、血の惨劇を止められなかった洲本は、落とし前をつけるべく、密かに情報を収集してきたのだろう。スッポンの度外れた執念に改めて畏れ入る。

「確証があったわけではないが」

言葉を切り、大きくうなずく。

「大石頼羅の名で雅子だと確信した」

念の入った仕上げが、若手刑事自腹の銀座クラブということか。

広瀬雅子、とくればあの男の存在も浮上する。高木は問う。

「二卵性双生児の弟、広瀬隆彦はどこに？」

こいつだろ、と右隣の矢島がスマホを差し出す。正面を向いた、証明写真のような顔写真。清潔な短髪の正統派二枚目。広瀬隆彦だ。なぜ矢島が？　洲本が引き取る。

「おまえが銀座に向かってすぐ、矢島と三瓶に送信した。『水原病院』からの押収物にあった写真だ」

花園神社近くの路地に建つ『水原病院』。築半世紀になろうかというクラシカルな三階建てビルだ。あの病院で刑事二人は苛酷な過去を持つ姉弟に会い、コカイン中毒の桜井も加わり、惨劇に向かって驀進した。

「捜査の役に立つんじゃないか、と思ってな」

おかげさんで、と三瓶が追従笑いを浮かべる。

「広瀬隆彦が使う偽名も判明しましたしね」

洲本が気にしていたもう一人の名。頼羅と対を成す偽名がもう？

「大石カミロ、神様の路と書いて神路だ」

三瓶が歌舞伎町のネタ元数名を集め、写真を提示すると、中の一人が新宿駅近く、伊勢丹百貨店裏の居酒屋『潮太郎』で働くカミロでは？ イケメンで有名なバイト、と言い出し、早速駆け付け、広瀬隆彦の顔写真を確認してもらうと、当たり。店長は「大石神路で間違いない」と明言。ただし、一週間前から無断欠勤が続いているという。

一方、矢島にも収穫があった。聞き込み先のひとつ、ラブホテル街にあるバーのオーナーが、事件発生の夜、写真の男を見た、と証言。アジア系の外国人風とカウンター隅でぼそぼそ話し込んでいたイケメンにちがいない、と。

写真一枚でドミノ倒しのごとく判明した新事実。傍から見れば、スッポンに発破をかけられ、雪辱に燃えるベテラン刑事二人が呼び込んだ奇跡のような僥倖に思えるが、捜査の現場では珍しいことではない。足を棒にして何日も犯人を探し回り、夕刻の雑踏の中、ダメか、と諦めかけたとき目の前をそいつが歩いていたとか、その手の話は山ほどある。

故に刑事は、持続する意志と行動のみがもたらす、理屈では説明できない神がかった僥倖を信じ、愚直にひたすら動き続ける。

「もう判っただろ」

洲本が試すように言う。

「大石頼羅と神路。この偽名の意図するところだ」

誠之助の名も加え、おれとおまえへのメッセージ、と明言したスッポン。いや、まだなにも見えない。濃い霧の中だ。

「自慢のチャート図とやらも宝の持ち腐れかい」

矢島がせせら笑う。そうだな、と三瓶も同調。

「この局面じゃあ、役立たずの紙っきれだ」

既に洲本からタネ明かしをされたのだろう。二人とも余裕綽々(しゃくしゃく)だ。表情には侮蔑さえある。屈辱と疎外感が高木の身を絞る。洲本が言う。

「頼羅はライラ・カリドからとっている」

ぽかんとしていると、呆れた、とばかりにかぶりを振り、説明。

「ライラは過激なテロ行為で知られたパレスチナ解放人民戦線（ＰＦＬＰ）の活動家でな。一九六九年、二十五歳のとき航空機ハイジャック事件を起こし、イスラエルの捕虜となっていた兵士七十名余りを奪還。年若き美人テロリストして世界的に名前と顔を知られ、ファンレターやプロポーズの手紙が殺到した左巻きのスーパーヒロインだ」

翌年、イスラエル、西ドイツ（当時）等に拘束中の同志の解放を要求した二度目のハイジャック事件で銃撃戦の末、逮捕され、以後、穏健な難民支援活動家に転向した。しかし、ハイジャックの女王、ライラ・カリドの名は反体制のアイコンとして不滅なのだという。

「神路はキューバ革命の英雄、カミロ・シエンフェゴスからだ」

は？　キューバ革命の英雄カミロ？　フィデル・カストロとチェ・ゲバラじゃないのか？　顔色で察したのだろう、洲本は教え諭すように語る。

「ゲバラは医者でカストロは弁護士。共に富裕層出身だが、カミロは庶民階級の出で、革命後は農地改革に心血を注いだ、もっとも革命家らしい革命家だ。キューバ革命成就から十カ月余り後、二十七歳のとき、謀略も囁かれるセスナ機事故で亡くなったが、カミロ・シエンフェゴスの高潔な人柄と底知れぬ勇気を敬愛するゲバラは自分の息子にカミロの名を付けたほどだ」

へえ、としか言いようがない。

「姓の大石は大石誠之助からだな」

大石誠之助？　一瞬、頭が空白になる。

「おまえと同じ、誠之助だ」

なんと反応していいのか判らない。

「大石誠之助は大逆事件で死刑に処せられた社会主義者だ」

明治天皇暗殺計画に関与したとして幸徳秋水はじめ十二名が処刑された大逆事件。いきなり歴史の教科書を突きつけられたようで、返すべき言葉が見当たらない。高木は困惑のなか、ただ、得意げに語る洲本を見つめることしかできなかった。

「大石はアメリカやインドに留学経験もあるエリート医師でな。ボンベイ（現ムンバイ）で苛烈なカースト制度を目の当たりにして社会主義に目覚め、帰国後は故郷で医院を開業する傍ら、西洋料理の食堂を開いて自ら料理を作り、庶民に振る舞った、実に器の大きな人物だ」

違和感が膨らむ。あの冷徹な刑事が、社会主義者の来歴を嬉々として披露するとは。

「貧乏人からは医療費もメシ代も取らなかったという、博愛精神にあふれた善人だ。幸徳秋水、堺利彦らと交流はあったが、さすがに大逆事件は濡れ衣だな。享年四十三。まさに冤罪、非業の死だ」

冤罪？　憐憫が過ぎやしないか？　大石なる人物についてやけに詳しいし。洲本は後輩刑事の疑念を察したのか、してやったりの笑みを浮かべ、

「大石は紀伊新宮仲之町の生まれ。いまの和歌山県新宮市だ」

新宮市。ならば――。

「おれと同じだ」

そうだ。洲本も新宮市出身。

「ガキの時分から偉大なドクトル大石の心優しい逸話の数々は山ほど聞かされてきた。

世間ではいざ知らず、我が故郷では貧しき者、虐げられた者の大ヒーローだ。作家の佐藤春夫、中上健次らと同じく名誉市民でもあるしな」

ふっ、と鼻で笑い、

「雅子はおれが新宮出身だから、敢えて大石の名を使った。おまえの誠之助にもひっかけて、な」

これが結論、とばかりに言う。

「つまり大石頼羅と大石神路、二つの偽名がおれたちへのメッセージだ。あの女、逃亡先から東京へ舞い戻り、刑事ども捕まえてみろ、と挑発している。歌舞伎町の闇社会に潜むシーラカンス、清家文次郎を表に引きずり出し、結果的に死に追いやったおれたちに恨み骨髄なんだろう。しかし——」

宙の一点を睨む。

「逃亡者の分際で、とことん舐めくさっているな」

顔が憎悪にゆがむ。高木よ、と囁く声。矢島だ。にやつきながら問う。

「おまえの親もアカなのか?」

どういうことだ? ぽかんとしていると、

「誠之助なんてカビ臭え名前、普通、息子に付けないだろ」

ばかな。おれの父親は中学校の国語教師で、母親は専業主婦。ごく普通の家庭、のはず。冷や汗が垂れる。そりゃあ大変だ、と三瓶が嵩にかかって言う。

「親が隠れアカなら大問題だな。少なくとも、警察内での出世はアウトだ」

おいおい、と矢島が嗤う。

「顔がピーマンみてえに真っ青だぞ。やっぱり心当たりがあるのか？」

両手で顔を覆う。そんなことあるか。そんな——。おまえらっ、と洲本の厳しい声が飛ぶ。

「くだらん与太話はそこまでだ」

どうも、と矢島が居住まいを正す。三瓶も空咳を吐き、座り直す。洲本は冷静に命令を下す。

「広瀬雅子は殺人容疑で全国指名手配の身だ。公安の連中も必死に追いかけている。やつらに先を越されるんじゃねえぞ」

血走った目で部下三人を順に睨めつける。

「遠慮なくとっ捕まえろ。隆彦も状況からみて監視カメラに映った不審人物二名の片割れと思われる。吉原将平の殺しに手を染めたか否かはともかく、重要参考人として身柄を確保しろ。もちろん、アジア系の外国人らしき男もだ」

隆彦は洲本の妻明子と長男栄作を拉致監禁した当事者である。しかし、明子の意向で不問に付すこととなった。独断で二人を解放した隆彦は心優しい青年だという。

「雅子は革命家、清家文次郎の一番弟子。頭脳明晰で冷酷極まりない女テロリストだ。偽造運転免許証を入手し、他人になりすますなど朝飯前だ」

言葉が激してくる。

「雅子はなにか企(たくら)んでいる。とんでもないことを仕掛けてくるぞ」

一転、声を潜める。

「言わずもがなだが、五〇五号だけで奴らを追う。帳場に判ると、なにかと面倒なんでな」

矢島と三瓶が、マジか、とばかりに顔を見合わせる。気持ちは判る。刑事警察と水と油の公安はともかく、帳場まで除外して、果たして雅子らの身柄を拘束できるのか？大仰でなく、命懸けのミッションになる。が、スッポンに妥協の二文字はない。

「すべての責任はおれが取る。おまえらは後顧の憂いなく仕事に邁進しろ」

ひと呼吸おき、己を鼓舞するように重い口調で言う。

「現場では生命(たま)の取り合いになる。防弾ベストと拳銃の携行も忘れるな。ヤバイ、と思ったら弾け。撃ち殺してもかまわん」

軽く指を振る。

「行け」

三人、立ち上がり、五〇五号取調室を後にする。

「カー、落ち着いて」

頼羅が命じる。

「きみはちょっと外してくれるかな。ヤクザさんたちが見張っていないか、外をチェックして欲しいんだ」

有無を言わさぬ口調だった。カーは渋々従い、出て行く。ドアが閉まる。

「隆彦、勝手な口出しするんじゃない」

頼羅こと雅子は叩きつけるように言う。

「おまえはおじちゃんを失望させた弱虫だ」

胸を抉る痛い言葉だった。

「刑事洲本の妻子を勝手に解放したおまえに、おじちゃんは心底、落胆した。失意のなかで死んでいった」

鼻の奥が熱くなる。泣きそうだ。

「おまえにはなにも期待していない。だから邪魔だけはするな」

すっと頭が冷えてくる。そうか。ならば遠慮は無用。

「ねえちゃんは――」

正面から見据え、

「カーに酷いことをやらせようとしている」

雅子はくっと息を呑む。図星だ。隆彦はさらに言う。

「関根が大喜びする犯罪行為だ。ねえちゃんはカーと寝て、のぼせあがったベトナムギャングに酷いことを命令するんだ。愛してもいないヤクザと散々セックスして、今度はカーかよ」

それがどうした、と開き直った雅子は返す。

「わたしは必要なら犬とでも寝るよ」

濡れた瞳を向けてくる。口元に冷笑。すっと右手を伸ばし、冷たい指先で隆彦のあごを撫でる。背筋がぞくっとした。隆彦、と舌先で唇を舐める。

「もちろん、おまえとだって」

隆彦は目を伏せる。頭の芯が軋む。雅子が手首を握ってくる。

「いまから寝ようか」

どうせ、と甘い息がかかる。

「クソ親父に同じようなことをさせられたんだから」

ギギッ、と嫌な音をたてて重い記憶の蓋が開く。素っ裸で絡み合う幼い姉と弟。一升瓶をラッパ飲みしながら、あれこれと指図する赤ら顔の下衆野郎。コカインをスニッフィング（鼻から吸引すること）してハイになると、目をギラつかせ、でっぷりした醜い裸体を揺らして実の子供二人にのしかかり——。

「どうってことないよ」

手首を引き寄せる。やめろ、と払い、隆彦は一歩退がる。

「関根になにを期待しているんだ。革命の夢か？」

雅子の表情が険しくなる。隆彦はかまわず厳しい言葉を叩きつける。

「ヤクザはダメだ。神尾のおにいちゃんを思い出せ」

清家文次郎の期待を一身に背負い、国立千葉大学卒業後、折々の助言と援助も受け、『港連合』の若頭にまでのし上がった神尾明。清家が提供する闇情報を元に不動産取引や株売買で巨万の富を築いた経済ヤクザ。

「おにいちゃんでさえ、革命は無理だ、とおじちゃんに泣きを入れたんだぞ」

息子同然の神尾を、裏切り者、と罵り、狩猟ナイフで頸動脈をかっ切った清家文次郎。転がる死体と濃い鮮血の臭い。血塗れの狩猟ナイフを手に、清家が轟かせる愉快気な高笑い。胸がむかつく。吐き気を堪え、弟は姉を説得する。

「無理に決まっている。地獄を見るぞ。諦めろ」

「わたしはおじちゃんとは違う」

雅子は毅然と言う。

「東大法学部で学び、学生運動で敗北。海外に逃亡した国際指名手配犯の身ながら、おせっかいにも外国の革命運動に手を突っ込み、極秘帰国後は他人の名前を騙り、昔の恋人、晴代先生と共に革命に恋々とし——」

唇の端をねじり、冷然と微笑む。

「結局は殺されちゃったじゃないの。信じていた晴代先生に」

声に侮蔑と怒り。一瞬、別人が喋っているような錯覚に襲われる。清家を神のごとく敬う雅子の言葉とは思えない。

弟の困惑をよそに、姉は朗々と語る。

「わたしはおじちゃんのようなロマンチストの知識人、甘い理想主義者じゃない。どこまでもシビアなリアリストよ」

初めて聞く、清家文次郎への批判。雅子の声が高く、太くなる。

「愛弟子のおにいちゃんを己の怒りと絶望だけで首を裂いて殺し、笑うような狂人じゃない」

隆彦は悟った。雅子は清家文次郎の頸木（くびき）から外れ、自前の翼で羽ばたき始めた、清家が水原晴代に殺され、洗脳は解けた、と。いや、ちがう。萌芽は神尾明が清家に殺されたときだ。雅子は大久保の廃ビルに捨て置かれた惨殺体を不憫に思い、密かに交番に電話を入れ、見つけてあげて、と告げている。あれはまぎれもなき清家への裏切りだ。

雅子本人が自覚したか否かはともかく、清家への疑問、反感みたいなものは、あの大久保の悲劇の夜、真っ白な和紙に墨汁を一滴落としたがごとく、生じたのだろう。

「わたしは社会の最底辺で泥水を啜ってタフに生きてきた、ドブネズミよ」

氷の笑みを浮かべる。

「いまさら地獄がなんだ。これまでも地獄を散々見てきたじゃないか。きょうだい二人、いっそ死んだ方がましって地獄を」

隆彦は睨むことしかできなかった。コト、と玄関ドアの向こうで音がする。

カー、おいで、と雅子が甘い声で呼ぶ。ひとが入れ替わったような笑顔。一歩、二歩

と玄関に歩み寄り、

「全部終わったから、おいでよ」

ドアが開き、カーが現れる。隆彦は入れ替わるように狭い玄関口で靴を履く。カミロ、とカーが囁く。一瞬、だれのことか判らなかった。無視されたと思ったのだろう、カーがすがるような顔で言う。

「神路、おれは頼羅を愛しているんだ。判ってくれ」

隆彦は軽くベトナム人の肩を叩き、部屋を出た。洞窟のようなコンクリートの階段を歩き、外へ。

路地から『メゾン・ド・吉田』を見上げる。四階。部屋の灯りが消えるのを待って踵を回し、重い足を踏み出した。


翌日、午後八時。赤坂、一ツ木通り沿いのイタリアンレストランから出てきた『新宿連合』会長の権田剛は突然、黒スーツの男に襲われ、ナイフで首を裂かれ、心臓を突かれて絶命。リンチも裏切りも人殺しも眉ひとつ動かさず実行し、歌舞伎町のプーチンと恐れられた大悪党が即死だったという。

すぐに屈強なボディガード連中が襲いかかったが、男は飛び出しナイフ一本で果敢に応戦。凄まじい乱闘の末、殴り倒され、アスファルトに頭を何度も叩きつけられ、頭蓋がぱっくり割れ、脳みそを崩れた豆腐のように撒き散らして絶命。

ヒットマンの名はホアン・ミン・カー、二十七歳。ベトナム出身で、元技能実習生。三年近く前、茨城の豚舎でオーナーと金銭問題をめぐってトラブルになり、オーナーとその知人を暴行して出奔。強盗傷害の容疑で手配中の身だった。

ベトナム、北部紅河デルタ地方のタイビン省で細々と農業を営む実家では、長男カーの無残な死を知るや、子供たちを女手ひとつで育ててきた母親は泣き喚き、天を仰ぎながら失神したという。

第四話　逃亡遊戯

しんちょうに——心のなかで呟き、広瀬隆彦はキッチンテーブルで細かな作業を進める。

七月中旬のよく晴れた日。午後四時。飯田橋のマンション『メゾン・ド・吉田』。四階の四〇一号室、クーラーをがんがんに効かせた暗い部屋。窓には遮光カーテン。隣の六畳間では広瀬雅子がソファに寝そべり、スマホを一心に操作している。ブツのオーダーを受け、返信。注文はひきもきらない。

混ぜ物なしの極上ユキネタ、ワンパケ（0・5グラム）五万円也。飛ぶように売れていく。売れるほど、隆彦の気持ちは暗くなっていく。

集中だ。スタンドライトの下、熟練の時計職人のように息を殺し、手を動かす。キャンバス地の巾着袋にステンレスの調剤スプーンを差し込み、真っ白な覚醒剤をすくう。0・01グラム単位で計量可能なデジタルスケールを使い計量。0・5グラム分をビニール袋に入れ、慎重にチャックを閉める。ふっ、と詰めていた息を吐く。

たかひこっ、と雅子が呼ぶ。

「上野一件、池袋二件、新宿二件の計五件ね」

注文内容と受け渡し場所、時間、目印を隆彦のスマホに送信してくる。覚醒剤の密売に関するＳＮＳ上のやり取りは、客、身内を問わずテレグラムなど、交信記録を自動消去できる無料秘匿アプリのチャットで行う。

絵文字と隠語を駆使したシャブ広告は誰もがアクセスできるツイッター上がメイン。俗に〈冷たいの〉〈アイス〉の隠語を持つ覚醒剤にはアイスクリームの絵文字を当て、商品とカネの直取引は隠語〈手押し〉で記す。

たとえば、〈🍨都内指定場所手押しＯＫ〉と。

同時にテレグラムのＩＤも掲載し、〈手押しはこちら　クイックレスポンス自信ありクオリティ　セキュリティ抜群　リピーター爆上げ中　残り僅少　早い者勝ち〉と、巧妙な煽り文句でユーザーを誘導する。一般人にはなんのことやらまったく判らないが、シャブ中には一発で判る、極めて特殊な広告である。

ユーザーはテレグラムのアプリをダウンロードし、密売人のＩＤを入れるだけ。即、シャブ密売のホットラインに繋がる。捜査機関を含む第三者には関与も閲覧も不可能な、この閉ざされたホットライン上のシークレットチャットで具体的な交渉に入り、覚醒剤の量や受け渡し場所を決めていく。

雅子によれば、この秘匿アプリの登場で、世界のシャブビジネスに地殻変動が起きているのだという。早い話、覚醒剤さえ手許にあれば、一般ピープルはもちろん、高校生、大学生もプッシャー（売人）として大金をつかめるわけだ。

もっとも、覚醒剤の現物を手に入れることが至難の業（わざ）で、特に日本ではヤクザの手を介さなければ、まず上質の覚醒剤は手に入らない。仮に入手できたとしても、ヤクザに足元を見られて暴利を貪（むさぼ）られ、利益はほとんど残らない。ゆえに、トーシロのプッシャーは、ヤクザの下働きのチンピラからシャブを手に入れ、秘匿アプリで売り捌く。しかし、正規ルートを外れたシャブにはブドウ糖などでかさ増しした粗悪品も多く、頭痛や嘔吐、効きの悪さに怒り、クレームをつけるユーザーと深刻なトラブルに発展することも珍しくない。運が悪ければキレた重度のシャブ中が我を失い、ナイフや金属バットを振り回し、警察が介入する流血沙汰を招くこともあり得る。

だが、この部屋には元手がほとんどタダの、極上のユキネタが大量にある。

そもそも秘匿アプリの最大の利点は、シャブビジネスを支配する強面（こわもて）ヤクザが一般ユーザーと接触しないことである。トーシロプッシャーとユーザー限定の（ヤクザがタッチしない）ホットラインを使い、若者言葉を多用した今風のチャットだけで覚醒剤の売買が成立してしまう。友達感覚ってやつだ。

学生風の隆彦がプッシャーとして現れると、シャブ中はほぼ全員驚く。時代は変わったなあ、と目を細めてのたまうおっさんも、あなたイケメンねえ、と涎（よだれ）を垂らしそうな面で見つめる派手なマダムもいた。

秘匿アプリの出現で覚醒剤使用のハードルは劇的に下がり、市場も急拡大した。いま

や ヘビーユーザーにもごく普通の学生、勤め人が珍しくないご時世である。

身体に注射痕が残るポンプがいやなら炙り（あぶ）がある。覚醒剤をアルミホイルで炙り、煙をストローで口から吸う方法が一般的だが、若い女性の間では香水の小瓶がブームだ。覚醒剤を入れ、下からライターで炙り、煙を吸い込むのである。たしかにポンプよりは手軽でオシャレかもしれない。

雅子が手に入れたシャブ一キロのうち、すでに三百グラム余りを売り払い、経費や生活費をさっぴいた真水で約三千万円ゲット。カネは雅子が管理しており、そのほとんどは闇社会が重用する海外のプライベートバンクに隠してある。隆彦にも報酬の分け前はあるが、微々たるもの。優先すべきは本来の計画、姉弟の大義、革命だ。

隆彦は商売用の服を着こむ。チェックの半袖シャツに、細身のコットンパンツ。涼やかなストローハットをかぶり、黒縁の伊達メガネをかける。最後、シャブパケを黒のボディバッグに入れ、斜めに背負い、準備完了。この真面目な学生風の格好で街を歩く。

「隆彦、どうした？　暗い顔をして」

雅子が詰問口調で問う。

「シャブの密売、嫌なの？」

そんなことはない、と否定しながらも、顔が強張ってしまう。

「相変わらず甘いね」

雅子は呆れたように言う。

「たかがシャブごときでオタオタするんじゃないの。これは悪党の通貨なんだから、使わなきゃ損なのよ」

いや、でも、覚醒剤の常用は――。雅子は揺るぎない言葉で反論。

「多くのバカがシャブ中になり、人生を棒に振ろうが、首吊って死のうが知ったことか。シャブの需要がある限り、だれかが売る。ならば、わたしたちが売ってどこが悪い？　しかも、混ぜ物のない最高級のユキネタなのよ。頭痛も吐き気も無縁。だれにも後ろ指をさされない、まっとう過ぎる商品じゃないの。感謝されこそすれ、非難される筋合いはまったくないわ。シャブの需要は人類が続く限り、増えはしても減ることはない。それは政府もとっくに判っている」

雅子の瞳がキラキラ輝く。国家的シークレットだけど、と断って語る。

「東京都も日本政府も、国民が使用するシャブのスケールは承知しているの。水を使ってね」

水を？　雅子はとんでもないことを明かす。

「各家庭が出す生活雑排水を処理場での浄化前に一定量採取し、シャブの濃度を徹底して調べるわけよ。毛髪内の微量の覚醒剤成分も抽出できる、高性能のガスクロマトグラフでね。すると、東京都で摘発押収されるシャブの、優に十倍以上の量が使用されていることが判明したの。しかもそれは年々増えていて、国が空港や港の入国検査をどんなに厳しくしても、流れ込むシャブにはいっこうにブレーキがかからない。アクセルべた踏みのお手上げ状態なのよ」

だから隆彦、と慰めるように肩を軽く叩いてくる。

「おまえの心配なんて、単なる自己満足にすぎないの。世界はもっとダイナミックに、シビアに動いているんだから、小さなことを気にしちゃダメよ」

じゃあねえちゃん、と隆彦は肩の手を払う。

「カーの生命も大したことじゃないのか」

雅子の表情が一瞬にして凍る。隆彦は容赦なく言い募る。

「ねえちゃんが権田剛を殺させたんだろ」

半月余り前、赤坂で刺殺された『新宿連合』会長。カーが接近し、首を裂き、心臓に深々とナイフを突き込むまで、三秒も要しない電光石火の早業だったという。激昂し、つかみかかるボディガード二人の腕を斬り、腿を刺して大ケガを負わせ、三人目の金的を蹴り上げ、逃亡しようとしたが、四人目に殴り倒され、それでもナイフを振り回して果敢に抵抗。が、五人六人と殺到し、タックルを見舞われ、万事休す。怒り狂った極道どもによってたかって頭を叩き潰され、絶命した。

「この部屋でカーと寝て、甘い言葉を囁いて、その気にさせた」

「だとしたらどうする」

開き直った雅子はあごをくいと上げ、

「結論はひとつだけよ」

万能の神のごとく断定する。

「カーは自分の意思でヒットマンになり、歌舞伎町のプーチン、と恐れられた権田をたった一人で殺してみせた」

口角を上げ、薄く笑う。が、氷の瞳は冷えたままだ。

「関根は喜色満面の万々歳。当然だよね。厄介な一次団体の頭が消え、逆に吸収合併を仕掛けることもできるんだから」

『北斗組』の関根は、シャブ極道の新井をパクられ、若頭の吉原を喪い、親の組織『新宿連合』から吸収されるのでは、と戦々恐々の日々を送っていた。そこへ、天の配剤のごとき権田の暗殺である。しかもカーは技能実習生崩れのベトナムギャングで、『北斗組』とはなんの関係もない。権田暗殺で最も得をした関根は幸運を妬(ねた)まれこそすれ、疑われることはない。だが、隆彦は知っている。暗殺の前夜、雅子が渡した五キロの覚醒剤を手に、この部屋を出ていく関根に対し――。

「ねえちゃんはこう言ったよな」

雅子は唇を引き結び、それで、とばかりにあごをくいと上げる。

「親分がもっと大喜びすること、やってやるから、約束するから、とさ」

そのとおりになったね、と雅子は屈託なく応じる。

「五キロのシャブをゲットしてウハウハのとこへ、超弩級の吉報だもの。親分、とっても感謝しているみたいよ。ああいう厄介な性格だから口には出さないけれど」

そうか。もうこれ以上話すこともない。隆彦は玄関へ向かう。雅子が言う。

「隆彦、越えなさい」

越える？　なにを？

「おまえはひとを殺したことがない。だからダメなのよ」

ジョークか？　ちがう。雅子は一点の陰りもない真剣な表情で語る。

「わたしもカーも、必要とあらば人殺しを辞さない。実際殺してもきた。その経験があるから命を捨てて闘えるの」

無償の愛を注いでくれた医師、水原晴代に銃弾を撃ち込み、刑事の桜井文雄を撃ち殺した姉、雅子。刑事の高木が立ち塞がらなければ間違いなく晴代も殺していた。隆彦は首を振る。

「ぼくは人殺しはイヤだ」

雅子は冷えた瞳でじっと見つめ、処置なし、とばかりに鼻で笑う。

「じゃあ、一生、プッシャーで食っていけばいい。汚い裏街を彷徨い、人生の敗残者どもと付き合っていきなさい」

それだけ言うと六畳間のソファに戻り、寝転がり、何事もなかったかのようにスマホを操作する。隆彦は部屋を出た。

最初は上野。アメ横から一歩路地を入ったパチンコホールの前で、キャバクラ嬢風の、濃い化粧にマイクロミニの女性と会い、パケ二個を渡す。二つ折りにした十万円を受け取り、さよなら。何度か取引しているお得意さんだ。五秒もかからない。

池袋に移動。西口公園の隅でサラリーマン風の中年男と接触。笑顔の隆彦を前に、ほっと安堵の息を吐く。街頭の売買は初めてらしく、緊張は隠せない。ほおが赤らみ、額に脂汗が浮き、目がテンパっている。

どうもお、と陽気に声をかけ、ワンパケを渡す。男は震える手で受け取り、五万でいいんだよね、と念押しして茶封筒を差し出す。ピン札五枚確認。祝儀かよ、こみ上げる笑いを噛み殺し、引き続きよろしくお願いしまーす、と明るく言うと、こちらこそ、と律儀に腰を折る。

東口へ。家電量販店のビルの裏、児童公園沿いに停車中のタクシー。速足で歩み寄り、運転席の窓を叩く。シートを倒してスマホゲームに夢中の運転手はむっくりと起き上がり、ウィンドウを下ろす。はれぼったい目に弛んだほお、汚らしい無精ひげの、腹が突き出た、自堕落を絵に描いたような中年男だ。

隆彦はさりげなく周囲を警戒、二パケを渡す。男は黄色い乱杭歯を剥いてヘラヘラ笑う。

「やっぱ、慢性疲労にはこれだな。ユンケルなんか目じゃねえ。タクシーの運ちゃん、重労働でよ」

濁った目を細める。

「女とぶっ飛ぶの、サイコーだよな。何時間でもはめっぱなしのやりっぱなしでよお。

シャブがありゃあ人生、バラ色だぜ。にいちゃんも食ってっか?」

隆彦はよれた札の束を受け取って数え、十万円確認、ハバナイスデイ、チャオ、アディオス、コングラチュレーションと手を振り、踵を返す。なんだい、ガイジンかよ、と背後で舌打ち。

新宿へ。西新宿の賑やかな地下街で清楚な女子大生風と落ち合う。三パケと引き換えに十五万。プッシャーはストローハットに黒縁メガネの学生風優男。だれもシャブの取引現場とは思わないだろう。

人々が足早に行き交う通りの向こう、柱の陰でやさぐれた、目付きの鋭い三十男がさりげなく監視している。雰囲気で判る。シャブ中だ。いやでもこの女の未来が見えてしまう。ハードなセックスでシャブ漬けにされ、風俗へ。性悪のヒモに骨までシャブられるジャンキー風俗嬢が一丁上がり。心が痛む。が、それだけだ。人生はすべて自己責任。プッシャーはシャブを売り、対価を受け取るだけ。それ以上は考えない、関知しない。

バイバイ、と手を振り、その場を離れる。ここまで四件、四十万円ゲット。飯田橋のマンションを出て二時間もかかっていない。つくづくボロい商売だと思う。

午後七時。最後のビジネスは歌舞伎町だ。毒々しいネオンが連なる区役所通りから一歩入った、歓楽街の裏通り。ゲーセンの横に立つ女。おっ、と声が出そうになった。若い。スリムな身体にクリーム色の長袖ブラウスとデニムパンツ。黒のおかっぱ頭に、目鼻立ちの整った幼い面。濃いメイクでカムフラージュしているが、たぶん十五、六歳だと思う。

マジかよお、と胸の内で罵りながらも、商売優先。ども、と片手を挙げて挨拶。ビジネス用の笑顔も忘れない。指をVの字にして、こんだけだよね、と朗らかに確認。二パケ、十万円也。はい、と少女は神妙な面でうなずく。澄んだ瞳に吸い込まれそうだ。この真面目そうなコがシャブを使うのか？　が、普通の家庭のおばちゃんが昼間、自宅できめてぶっ飛ぶ時代だ。おそらく、ビギナーだろう。秘匿アプリの罪深さを思い知ると同時に、少女の、いまにも潰れそうな胸の内に少しばかり憐憫を覚えてしまう。

案の定、左右にきょろきょろと目をやり、細い眉をひそめる。困惑と怯え。どうしたの、と優しく訊いてやる。少女はこっちでいいですか、と蚊の鳴くような声で囁く。隆彦は目配せ先を追う。雑居ビルの間の隘路。いいよ、と即応答。ひとの目が気になるのだろう。一刻も早く済ませて、膨らむ不安から解放させてやりたい。

少女の後を歩く。ひと一人がやっとの暗い通路。ヤバイな、と思ったときはもうやられていた。ドン、と背中を蹴られ、つんのめり、ビルの間の、コンクリートに囲まれた小さな広場に転がり出る。少女は？　端っこで明後日の方向を眺めて素知らぬ顔。淡い街灯の下、二人のごつい男が歩み寄ってくる。ドレッドヘアとモヒカンパンチの、目付きの悪い半グレ風。

「ガキにシャブ売っていいのかよお」

背後から野太い声が飛ぶ。背中を蹴り飛ばした野郎だ。坊主頭に雷光型のラインを入れた巨漢が肩を怒らせ、ビル間の隘路から出てくる。暴力の匂いを濃厚に漂わせる半グレ三人に囲まれる。退路なし。万事休す。

隆彦は突っ立ったままうつむき、深く息を吸い、頭の熱を冷ます。窮地に陥ったときほど冷静に。焦り、パニックは厳禁。筋肉のこわばりと反射神経の鈍麻(どんま)を招いてしまう。おじちゃん、こと清家文次郎の教えだ。

「こいつ、悪人じゃん。警察、呼んじゃおうか」

ドレッドヘアがへらへら笑う。

「ワッパがいやならシャブと有り金、よこせ」

モヒカンがヤニで汚れた歯を剝いて凄む。

「おれら、短気なんだ。これでやっちゃおうか」

携帯用のバールをくるくる回す。

「頭、割っちまおうかな」

隆彦はすべてを理解した。プッシャー狩りだ。秘匿アプリの普及で一般人がプッシャーになるケースが格段に増え、それを狙うワルも増加の一途といわれる。つまり、この虫も殺さないような美少女はサクラ。シャブのオーダーで呼び出し、凶暴な半グレ、ヤンキーが無力な一般人を囲んでフクロ。有り金とシャブを奪う。貯め込んだカネをATMで引き出させるケースもあるとか。警察に訴えるわけにもいかず、やられ放題の泣き寝入りしかない。

見た目、軟派な学生風の隆彦は恰好の獲物だろう。おらあっ、と坊主頭の大男が蹴り上げてくる。腹を一撃。隆彦は片膝をつき、蹲る。ストローハットが落ちる。

「なんか言えよっ、ぼけっ」

嵩にかかって二発目の蹴り。顔を狙ったサッカーボールキック。隆彦は首を振ってすかすや、軸足を両手で払う。バランスを崩した巨体が宙に浮き、背中からコンクリートに落ちる。ずん、と地響き。全身を海老反りにしてうめく。

隆彦は素早く立ち上がり、悶絶する坊主頭のこめかみを蹴飛ばす。白目を剝き失神。てめえっ、とモヒカンが吠え、脳天めがけバールを振り下ろしてくる。隆彦はバールの軌道を見極める。最小限のステップワークで回避。ぶん、と夜気がうなる。標的を失ったバールはコンクリートを叩き、ぱっと青い火花が散る。両手の激痛に顔をゆがめ、棒立ちになったモヒカン。ノーガードのあごに右肘を叩き込む。のけぞり、半失神。素早くバールを奪い取り、後頭部を押さえ、股間に膝蹴りを見舞う。モヒカンは足元に崩れ落ち、泡を吹いてピクリとも動かない。

孤高の革命家、清家文次郎直伝の格闘術。ジャングルのゲリラ戦で完全武装の兵士を幾人も殺し、生還した清家の教え。敵に隙を見せ、相手の油断に乗じて最低限の打撃で殺せ。そう、倒せ、ではなく殺せ、だ。殺せ、殺せ、ひたすら殺せ。が、自分にはできない。

「まだやるか」

残りの一人。ドレッドヘアにバールを突きつける。

「できの悪い頭、ぼくがスイカみたいに割ってやろうか」

両手を合わせ、情けない泣き顔で震え声を絞り出す。たすけて、しにたくない。

「次、見かけたら殺すぞ」

芸のない脅し文句。隆彦は自己嫌悪を振り払うようにバールを投げつける。回転して腰に激突。ドレッドヘアは悲鳴を上げ、隘路をドブネスミのように逃げて行く。

落ちたストローハットをつかみ、かぶり直す。転がる半グレ二人。少女は？　いた。口を半開きにして見つめている。茫然自失というやつだ。

「大丈夫か？」

目をぱちくりやって、あんた、と胸を両手で押さえ、息を整えて言う。

「めちゃくちゃ強いんだね」

舌打ちが出てしまう。

「おまえ、感心している場合かよ」

少女は逃げるように目を伏せる。

「ぼくを嵌めたんだぞ。自分がやったこと、判ってるのか」

ゴメンなさい、と小声が漏れる。

「おカネになるから」

はあ？　こいつらに、と少女は転がる半グレ二人に目をやる。

「ぼろ儲けしている一般ピープルプッシャーを懲らしめよう、シャブ屋だから警察にも駆け込めない、ついでにカネも奪っちまおう、と誘われて」

なるほど。誘い文句としては完璧かも。

「何人やった？」

小首をかしげ、五人くらいかな、と自信なげに言う。

「いくら稼いだ？」

「三十万はもらったかも。けっこうな稼ぎになった」

「シャブ、やってるのか」

首を振る。隆彦は歩み寄るや、左手首をつかみ、強引に袖をまくって注射痕のチェック。はっと息を呑む。なんだこれ。注射痕の代わりに、青い内出血。腕全体に斑模様を描いている。ひどい。

「こいつらにヤキ入れられたのか」

ちがうよ、と少女は手を払い、袖を下ろす。秘密を見られた少女は耳まで赤くして恥辱に耐える。きゃしゃな肩が震える。一気に身体が縮んだように見えた。ちくしょう、とうめき、

「クソ親父にやられた」

血を吐くような言葉だった。隆彦は舌に浮いた鉛の味を噛み締める。

「カネ、持ってこなきゃシバかれるんだよ」

瞳が潤み、涙がこぼれる。

「笑いながら、あたしのことメチャクチャやるんだよ」

隆彦は問う。

「血の繋がった、実の父親なのか？」

少女が見上げる。涙に濡れた瞳が、隆彦の胸を深々と抉る。あんた、と唇が動く。

「実の父親ならそんな残酷なことやらない、義理の父親だろう、と思ってるのか。そう思いたいのか」

少女の顔に皮肉っぽい笑みが浮かぶ。おめでたい野郎だ、と嗤っている。隆彦は返す。

「ぼくもメチャクチャやられた。実の父親に」

少女は息を呑む。

「人間の心を持たないケダモノだった」

フラッシュバックするおぞましい過去。悲鳴を上げ、泣き喚く姉弟。愉悦の笑みを浮かべ、襲いかかる父親。全身の血が音をたてて逆流する。目を見開いた少女の顔がゆがみ、溶けていく。キーン、と嫌な耳鳴りがする。別人が喋っているようだった。

「双子のねえちゃんと一緒に、裸に剝かれて、叩かれ、蹴られ、チンポを突っ込まれて――」

言葉が続かない。こい、と少女の腕を引き、隘路に入る。従順な羊のようについてくる。隆彦は質問を投げる。簡潔に、矢継ぎ早に。名前は？　母親はどうした。学校は？

クソ親父はなにをやって食っている――。

少女の名前は高橋メイ。十五歳。今年春、中学を卒業したが、高校へは進まず、パパ活とかギャラ飲みで稼いでいる。プッシャー狩りは不定期のバイト。スナック勤めの母親はノミ屋やパチプロで小銭を稼ぐしか能の無い酒乱のクソ親父を見限り、四年前、出て行った。いまクソ親父は重度のアル中になり、正々堂々とナマポで食っている。ナマポ？ 生活保護のこと。

暗い隘路を抜ける。歓楽街のネオンとノイズが二人を包む。隆彦に迷いはなかった。肩を並べ、恋人同士のように歩く。

「メイ、おまえの家に連れていけ」

「どうして」

「ぼくがクソ親父にちゃんと話してやるから」

「なんて？」

「自分の子供を大事にしろ、学校へも行かせろ、無理なら福祉に頼れ、子供は親のオモチャじゃない、あんたは間違っている、反省しろ、娘に謝れ」

それらしき言葉がカラ回りして極彩色の歓楽街に消えていく。メイはクスクス笑っている。

「おかしいか？」

「シャブ屋のプッシャーが言うことかよ」

目尻の涙を拭い、

「あんたこそシャブやってんじゃないの？　頭、いかれてるもん」

シャブはやっていない。が、似たような興奮と高揚が全身に満ちている。

「安心しろ、ぼくはシャブ無しでも無敵だ」

メイは肩をすくめ、無言で歩く。

歌舞伎町から明治通りを渡り、新宿六丁目を抜け、富久町に入る。左右に民家やアパート、マンションが連なる路地を進み、都営アパートの裏、夏草が腰の高さまで生い茂る空き地の奥、古い、いまにも崩れそうな二階建てモルタルアパートがあった。暗闇に佇む、エアポケットのような一画だ。

明かりが灯る部屋は二つのみ。一階の右端と二階の左端。メイの自宅は一階の部屋だという。

玄関ドア横の錆びた郵便受けで名前を確認。汚いマジック文字で高橋春蔵、と書いてある。コブシの利いたド演歌が聞こえる。メイはペンキの剝げたドアを開け、お客さんだよ、とひと言。どっと大音量のド演歌が押し寄せ、アルコールとゴミをこねたような悪臭が鼻腔を刺す。

「なんだ、おめえ」

ジャージの黒ズボンに、すりきれた水色のポロシャツ。痩せた中年男が睨んでいる。

ボロのエアコンが咳き込むような音をたてる六畳間。飴色の古畳にカラのボトルと一升瓶が転がり、実話雑誌や競馬新聞が乱雑に重ねられている。部屋の中央に丸い座卓。バーボンボトルと鯖缶。春蔵はほお骨の張った貧相な面をゆがめ、メイッ、と怒鳴る。

「まだ八時だぞ。しっかり稼いでこんかっ」

コップのウィスキーをきゅっと飲み、

「男とやるならホテルでやれ。ちゃんとカネ、とれよ。うちにおまえを遊ばせとく余裕はねえからな」

メイは下を向き、唇を嚙む。ゴミ捨て場から拾ってきたような古いCDラジカセから、《あなただけよとすがって泣いた　うぶなわたしがいけないの》とダミ声のド演歌がうなりを上げる。耳がジンジンする。頭の芯が痺れていく。

春蔵は、返事はどうした、ぼけっ、と怒鳴るなり、カラの一升瓶をつかみ、投げつけてくる。隆彦は咄嗟にメイの頭を抱え、屈みこむ。一升瓶は背後のドアに激突、砕け散った。

ダメだな。肩のガラス破片を払い、隆彦は土足のまま部屋に上がる。

おめえ、と春蔵は怯えながらも虚勢を張る。

「不法侵入だぞ、警察に訴えるぞ」

すいません、と屈みこみ、目線を同じにして穏やかに語りかける。

「お父さん、娘さんをもっと大事にしてあげてくださいよ」

ド演歌がやかましい。イラつく。

「娘さんはまだ十五だ。親が守ってあげなきゃ」

言えば言うだけ無力感が募る。目の前のろくでなしは赤黒い目に淫靡な色を浮かべ、

「おめえ、なにやって食ってる」

腐ったドブのような息がかかる。

「洒落た格好しとるが、詐欺師かなんかか？」

指で円マークをつくり、

「銭、いっぺえもっとるな。そういう匂いがする」

鼻、利くんだね、と隆彦はボディバッグのジッパーを開け、万札を適当につかみ出す。

差し出す。

「これ、お近づきの印に」

舐め、数える。春蔵は、おおっ、と目を剝き、筋張った両手でひっつかみ、べろっと指を舐め、数える。じゅうよんまん。目尻を下げ、メイを存分に可愛がってくれや、と涎を垂らしそうな面で言う。

「なんなら尻にぶち込んでもええぞ。いい締まりをしとるからな」

なあメイ、と溶けた黄色い歯を剝いて笑いかける。玄関に立ち尽くしたメイは下を向き、肩を震わせ、ただ耐える。

「ヒーヒー泣かしてもらえ。おまえの泣き声、よがり声はチンポをびんびん刺激するからのお」

ドン、と後頭部で爆発音がした。目が眩み、春蔵の顔がゆがみ、気がつけば水色のポロシャツをつかみ、締め上げていた。

「おっさん、それでも父親か？」

春蔵の醜い面が己の父親と重なる。幼い姉弟を弄（もてあそ）んだ鬼畜野郎。

「生きている意味、ないよね」

あぶない、とメイが叫ぶと同時に、ガシャン、脳天に衝撃があった。叩きつけた飲みかけのバーボンボトルが砕け、バーボンを浴びる。激痛にアルコールの刺激が加わり、視界が薄れる。うらあっ、と春蔵が吠え、座卓を蹴飛ばし、割れたバーボンボトルを突き込んできた。迫るボトルの断面。この男、殺す気だ。

咄嗟に上体をひねってボトルをすかし、左拳を飛ばす。カウンターのストレートパンチが無精ひげの浮いたほおをとらえ、打ち抜く。肩まで衝撃があった。春蔵は万歳の格好で背後へひっくり返り、CDラジカセを倒す。

隆彦は馬乗りになり、割れたボトルを取り上げ、投げ捨て、右肘を首に当てて押す。ふぎい、と悲鳴を上げ、春蔵は手足をばたつかせる。ひっくり返ったCDラジカセから、《きっとつかむわ幸せを　二度とあかりを消さないで》と野太いダミ声が喚く。春蔵が暴れる。瘦身のどこにこんな力が、と訝りたくなるほど、身体を弓なりにそらし、狂ったように手足を振り回す。隆彦はさらに肘に力を入れる。喉がぐしゃっと潰れ、眼球がひっくり返る。が、手足は別の生き物のように暴れ、畳を叩き、ひっかき、狂乱のダンスを踊る。貧相な面が土気色に変わる。

やばい、肘の力を抜こうとした瞬間、隆彦にぶつかってきたものがある。メイだ。父親を助けるべく突き飛ばそうと？　ちがった。両手を春蔵の首に当て、殺して、殺して、と悪鬼の形相で吠える。目を、口角を吊り上げ、白い歯を剝き、全体重をかけて父親の喉を絞める。凶暴な熱が伝播する。殺して、殺して、の悲痛な声に合わせ、隆彦も両手で首を絞め、親指を深く突き立てる。中腰になって体重をかけ、渾身の力を込める。親指が根元までめりこむ。頭が真っ白になる。断末魔のダンスが激しくなる。脱糞と失禁。くぐもった悲鳴。グキ、と嫌な音がして手足がぱたん、とスイッチを切ったように落ちる。全身の強張りが蒸発する。

死んじゃったあ、とメイのため息に似た声。二人、脱力したように座り込む。口をぱかっと開け、薄く目を開いた春蔵の死体を前にどのくらい放心していたのだろう。

CDラジカセの演歌が、女の声に代わっていた。

《くらくら燃える火をくぐり　あなたと越えたい天城越え》

ぷつん、と消える。メイがコンセントを抜いていた。エアコンの咳き込むような音だけが聞こえる。死体からひり出された糞尿の臭いがひどい。

「クソ親父、死んじまったな」

メイはそれに答えず、冷静な表情で、ところでさ、と隆彦の顔をのぞき込み、小声で訊いてくる。

「こんなことになっちゃって、あたしはまだあんたの名前も知らない。大学生?」

そうか。糞尿とゴミをこねたような臭気を吸い、答える。広瀬隆彦、若く見えるが、もう二十八のおっさん、と。メイは一転、必死の面持ちで迫る。

「隆彦は逃げて。あたしが殺ったって警察に言うから」

瞳に、言葉に覚悟の色。

「あたしは十五の未成年だし、罪も軽い。これまで散々オモチャにされてきたんだ。殺して当然だよ。売りもやらされていたし、警察も判ってくれるよ」

全身が炙られたように火照る。感動? 違う。驚きだ。この女は――メイは切々と語る。

「このボロアパート、半分は空き家だし、借主もほとんど夜商売のお水関係なんだ」

二階の端っこの明かりが灯る部屋は、耳が遠い半身不随の老人だという。

「目撃者もいない。あたしは大丈夫だから」

己に言い聞かすような言葉だった。細い眉を寄せ、必死の形相で言う。

「あんたには感謝している。だから逃げてっ、おねがいっ」

最後は悲鳴のような声だった。おちつけ、と隆彦は両手を掲げ、

「警察がそんなに甘いもんか」

メイの顔からすっと血の気が失せていく。唇が、ほおが震える。

「大の男が首の骨を折られて殺されたんだぞ。十五の小娘にできるわけないだろ」

懐からスマホを取り出し、番号を呼び出し、タップ。ツーコールで出た。

「相談してみる」

だれに、と不安げに問うメイを無視して番号を呼び出し、タップ。ツーコールで出た。

終わった？　と雅子の声。

「ビジネスはとっくに終わったけど」

異変を察知したのだろう。スマホの向こうで息を詰める気配があった。隆彦は覚悟をきめて告げる。

「ひとを殺した」

二呼吸分の沈黙の後、それで、とひと言。隆彦は簡潔に説明。最後のビジネスで半グレと揉めたこと。十五歳の少女の悲惨な境遇を知り、自宅アパートへ同行したところ、いかれたアル中親父とトラブルになり、絞殺したこと――。

「親分と相談する。三分待って」

『北斗組』組長の関根俊之。カーがヒットマンとなって『新宿連合』の権田剛を殺して以来、ことのほか機嫌がよく、毎日のように雅子と会っているようだ。

「場所を教えて」

隆彦は住所と部屋の位置を告げる。

「判った。女も一緒にそこで待っていなさい」

返事も待たずに切れる。二分も要しなかった。

「夢みたい」

糞尿とゴミの臭気でむせ返りそうな部屋の隅、膝を抱えて座り込んだメイ。うっとりした表情で言う。

「いつか、ナイトが現れる、と信じていた」

春蔵の骸に目をやる。

「クソ親父をぶちのめしてくれる、イケメンのナイトが」

「殺しちゃったけどな」

メイは、いま気づいた、とばかりに隆彦を見る。瞳に期待と怯え。ほおを紅潮させ、震え声を絞り出す。

「あんたのクソ親父、どうなった?」

「殴り殺されたよ。どこかのだれかに」

えっ、と眉をひそめて問う。

「どんな気持ちだった?」

「嬉しかったよ。いまのメイと同じくらい」

メイの瞳が、そこだけ光を当てたように輝く。白い歯がきらめく。隆彦も微笑む。

姉弟で逃げ込み、保護された『光の家』で父親の撲殺を知ったとき、雅子と抱き合い、泣いて喜んだ。まだ十一歳だった。聡明な雅子は、きっとおじちゃんがやってくれたんだ、と囁いた。隆彦もそうかもと思ったが、口には出さなかった。いずれにせよ、自分たち双子にとって清家文次郎は地獄から助け出してくれた恩人だ。

　雅彦は確信する。清家に出逢わなければ、心が壊れて廃人になるか、自殺していた。『光の家』を運営し、悲惨な状況で生きる多くの子供たちを保護した清家は神様みたいな存在だ。息子のような神尾明の喉を裂いて殺した悪魔でもあるけれど。だから、神様と悪魔は親戚だと思うことにしている。もっと言えば、神様は次の瞬間、悪魔に変わることもある。所詮、生身の人間の限界だ。イエス・キリストや釈迦牟尼（しゃかむに）がどれだけ偉かったのか知らないが、たかが人間を、完全無欠の存在、と神聖視するやつらの気が知れない。それは、革命の英雄、チェ・ゲバラもホー・チ・ミンも同じだ。清家への強烈な洗脳が解け、その揺り戻しのように厳しく批判し始めた雅子には決して言えないが。

　春蔵の目に薄いミルク色の膜がかかるころ、クルマのブレーキ音がした。複数の靴音が迫る。メイの顔が強張る。

　とん、とドアが申しわけ程度に叩かれる。隆彦はそっと歩み寄り、誰何。沈黙。息を詰め、耳を澄ます。ドアの向こうから、関根さんの依頼で、と押し殺した声が届く。

　ロックを解き、ドアを開ける。大きな人影が立っていた。灰色の作業着に、キャップを目深にかぶった屈強な大男。百九十センチはあるだろう。どうも、と身を屈め、玄関に入る。右手にぶら提げた工具箱。

　一見すると水道かガスの作業員だが、目が違う。荒（すさ）んだ、ハイエナのような目だ。唇が微かに動く。

「クリーニングにまいりました」

ふざけてるのか？　ちがう。キャップの下、表情は怖いくらい真剣だ。失礼、と編上げ靴のまま部屋へ。後から二人の男が続く。小太りと中背。いずれも作業着。軍手をはめ、三人で死体を検分。一分ほど見て、大男が振り返る。蛍光灯の下、のっぺりした爬虫類のような面が問う。

「風呂、あります？」

あっち、とメイが指さす。トイレだ。大男はドアを引き開ける。便器とユニットバス。ぐるりと見回し、狭いな、とひと言。

しょうがないでしょう、と背後から穏やかな声がした。隆彦は振り返り、のけぞった。小太りが死体を横抱きにしている。だらんと垂れた四肢と折れた首。開いた口から伸びる舌。

「ちゃっちゃとやっちゃいましょうや。死後硬直でホトケが突っ張らないうちに」

その背後で、筒状に巻いたダークグリーンのシートを抱える中背。そうですね、と言いたげに軽くうなずく。

「じゃあ、済ましちゃうか」

大男が引っ越し作業の責任者のように言う。その言葉を合図に、小太りが死体をユニットバスに運び込み、狭い湯船内に置く。ハサミでポロシャツとジャージを切断していく。鮮やかな手さばきだ。すぐに萎びた性器が現れ、肋の浮いた貧相な胸が見える。

「あとはお任せを」

大男が、茫然と見つめる二人の視線を塞ぐように前に立つ。

「あなたたちは――」

隆彦を、そしてメイを見る。眼球が動かない。値踏みするように、十五歳の少女を凝視する。感情も熱もない石ころの目。この世の虚無を凝縮したような冷えた眼差しがメイにロックオンする。己の快楽を最優先するサイコパスとも違う、闇社会に生きるプロの目だ。男はじっとメイを見つめ、なにを納得したのかあごを小さく上下させ、

「この場から立ち去ってください」

事務的に告げる。

「一刻も早く」

それだけ言うと広い背を向ける。シャワーの音にまじり、肉を裂く、ずっずっという鈍い音が聞こえる。まず首を切断、と低く指示する声も。もわっとした生臭い臭気が漂う。

隆彦はメイをうながして外に出る。部屋のドアを閉める。蒸し暑い、ねっとりした夜気が肌を舐める。速足で路地を歩く。後ろを振り返る余裕も勇気もなかった。

男たちのクルマらしき黒の大型ワゴンの横をすり抜け、いくつか角をまがり、明るい飲み屋街に出る。

「メイ、今夜はビジネスホテルに泊ってくれ。歌舞伎町から離れた、セキュリティ万全

のとこな」

万札十枚を渡す。隆彦は？　と不安げな顔のメイに、こわばった筋肉を励まして笑みをつくり、

「ぼくは大事な後始末だ」

軽く肩を叩いてやる。

「今夜のことは忘れろ。もちろん他言無用。おまえのなかから消し去れ。いいな」

こくん、とうなずく。

「これは二人だけの秘密だ」

メイの瞳に微かな希望の色が宿る。隆彦は罪悪感を抱えたままその場を後にした。

靖国通りに出てスマホを使う。ワンコール目の頭で出た雅子は、「クリーニング屋、きた？」と問う。

闇のクリーニング屋。あらゆる証拠物件から死体まで、なんでもこの世から消してしまう、凄腕のプロの集団。

「もう仕事、はじめてる」

「さすがにはやいね。たいしたもんだ」

心底、感心した口ぶりだ。

「で、女は？」

心なしか声が硬い。不安が大きくなる。平静を装って答える。

「ショックと疲労でぐったりだから、今夜はビジネスホテルに向かわせた。まだ十五だし」

「わたしたちは十一だったね」

バカ親父が殴り殺された夜。歓喜と感涙と希望に満ちた夜。

「とりあえず、こっちに来て」

もちろん、と即答。雅子は南麻布にいるという。タクシーを停めて乗車。シートにもたれる。骨と肉がバラバラになりそうな疲労と安堵、そして刻一刻と増す不安。両拳を握り締め、湧き上がる胴震いに耐える。

指定の場所は有栖川宮記念公園近くのテナントビル地下。隠れ家のようなバーだ。奥のＶＩＰルームに雅子と関根。アイボリーのソファに黒曜石のテーブル。関根はドイツ製のかちっとしたスーツ、雅子は黒羽色のパンツスーツに、ダイヤモンドのペンダント。ヤクザと情婦、というよりは傲岸不遜な大会社重役と、有能な秘書、といった雰囲気だ。

お疲れ、と雅子がシャンパングラスを掲げる。関根もカットグラスを軽く持ち上げる。

親分、と隆彦は直立不動の姿勢から深く腰を折り、頭を下げる。

「この度は助けていただき、ありがとうございます」

「ラクにしろ。今夜は祝いの席だ」

はあ？　関根は鷹揚にあごをしゃくる。座れ、ということだ。カッシーナのソファに浅く腰を下ろす。カットグラスを渡され、飲め、と『山崎』のボトルが注がれる。

「クズのろくでなしとはいえ、ひと一人を殺したんだ」

グラスを合わせる。雅子も。チン、と三人で奏でる軽やかな音。

「雅子もやっと――」

意味深な目を向けてくる。

「同じ人殺しになったと喜んでるぞ」

同じ――むせそうになった。

「隆彦、驚くことないわよ」

さらりと言う。

「親分にはとっくに明かしてるんだから」

関根は薄く笑い、

「まさか、せいぶん事件の広瀬雅子、とはな。刑事を撃ち殺したんだろ」

雅子は答えず、シャンパングラスをかたむける。

「おれたちの世界じゃあ、警官殺しは最大の勲章だ。しかもこの女」

言葉を切り、睨みをくれる。が、雅子は蛙の面に小便。黙殺してシャンパンを飲み、ああ、今夜のお酒は格別おいしい、と微笑む。関根は、処置なし、とばかりに肩をすくめ、

「ベトナムギャングを操ってうちの吉原を殺し、『新宿連合』の権田までぶっ殺しやがった」

「立派なヒットマンだったわ」

雅子が感に堪えぬように言う。関根はうなずく。

「その場で殺されたんだからな。これ以上は望めねえ、見事な仕事だ。しかも『新宿連合』の幹部連中、ヒットマン撲殺の犯人も警察に差し出さなきゃならねえ。状況から一人じゃ済まねえだろ。カリスマの権田を喪った上にこれじゃあ、泣きっ面に蜂だわな」

畏れ入ったよ、とタバコを唇に差し込む。すかさず雅子がライターをひねる。

「親分、懐も潤うでしょうが」

関根は紫煙をふっと吐き、

「シャブ五キロ、末端価格五億だ。感謝してるさ」

ちがうわよ、と雅子は口に手を当て、目を糸のように細めてコロコロ笑う。

「『新宿連合』はもうすぐ親分のものでしょ」

関根の顔が一瞬にして凍る。雅子は鼓舞するように言葉を添える。

「そうなれば歌舞伎町が親分のものになったも当然。アジア一の歓楽街が手に入るのよ」

そりゃまあ、と言葉を濁し、関根は神妙な面でタバコをふかす。武闘派で名を馳せた極道の親分があっぷあっぷだ。雅子に完全に呑まれている。懇願されるまま、二つ返事で闇のクリーニングを手配したのも当然か。

「隆彦、誤解しちゃダメよ」

雅子が一転、弟の胸中を見透かしたように厳しい顔でたしなめる。

「クリーニング代、一千万、わたしがちゃんと払ってるんだから。シャブでやっとこさ作ったカネ、回しているのよ」

一千万も——。当然だな、と関根が割って入る。

「極道に頼みごとをするんだ。しかも殺しの後始末だ。カネが動くに決まってんだろ。それはそれ、これはこれよ。やつら、ものの小一時間で血の一滴、肉の一片まできれいに始末するからな」

ダイヤモンドを埋め込んだゴールドのロレックスに目をやる。

「いまごろはひと仕事終えて酒でも飲んでるころだ」

「一千万くらい安いもの」

姉は冷えた目を隆彦に向ける。

「弱虫の弟が最後の一線を越えたんだから」

関根はグラスを干し、極道のおれもまったく知らなかったが、と断り、隆彦に濁った目を据える。

「おまえ、雅子がスッポンの女房息子を拉致したのに、勝手に解放したんだってな」

スッポン、新宿署組対刑事の洲本栄。

「そりゃあ気の強い姉ちゃんが怒るのも無理はねえな」

雅子がボトルを注ぐ。関根はひと口飲み、ふう、と荒い息を吐いて言う。

「しかしテロリスト、いや革命家ってのは怖いもんだ。ヤクザも刑事の家族まではなかなか、な」

「大事な妻と息子を殺してやればよかったのよ」

さらりと雅子は言う。

「日本警察のどてっ腹に風穴を開けられたのに」

ごくり、と関根の喉仏が上下する。雅子はシャンパンに酔ったのか、面白がるように言葉を重ねる。

「ついでに妻子の死体の前で泣き喚く洲本をぶっ殺せば警察組織は浮足立ち、国民も呆れる醜態をさらしたかもよ。パニックに陥ってやたらめったら職質をかけまくり、憎き左翼勢力を市民運動家から左巻きの大学教授、共産党員まで根こそぎ拘束するとか」

「清家文次郎って男はとことん怖い野郎だったんだな」

もちろん、と雅子は言葉を引き取る。

「山岳ベースを拠点にした軍事訓練の最中、意見の齟齬が生じた同志にリンチを加え、殺しているんだから。それで海外へ逃亡したんだけどね」

「べつに裏切ったわけじゃねえんだろ」

関根がかすれ声で問う。ええ、と雅子はうなずく。

「路線の違いよ。清家は国家権力への徹底抗戦を主張し、同志は暴力革命一辺倒では市民の支持を得られない、と説得したの」

首をすくめ、

「清家はまったく応じず、逆に、臆病風に吹かれた反革命分子、と厳しく断じ、身柄を拘束、立木に縛り付けてリンチを加え、自己批判を迫り、血の涙を流しながら抗う同志を、生きていても無駄、とナイフを首に突き立てて殺したのよ」

関根はタバコをせわしく喫い、ものほんのアカは容赦ねえな、と独りごとのように呟く。雅子が引き取る。

「海外で渡り歩いた革命戦線を含めれば、おそらく百人は自らの手で殺したはず」

「そんな恐ろしい男が新宿に潜伏していたとはな」

「でも、所詮、負け犬よ」

口調が冷ややかになる。

「歌舞伎町のシーラカンスで終わった男だもの」

シーラカンス、と関根は呟き、険しい目で宙を見つめる。

「おれら極道が束になっても敵わねえ、闇情報を持ってたんだろ」

ええ、と雅子はそっけなく応じる。

「昔の恋人である水原医師と結託して、まともな病院では診てもらえない内外の悪党どものケガに治療を施し、その見返りとしてアンダーグラウンドの生情報をごっそり収集していたんだもの。貴重な一次情報が集まって当然よ。親分とこの――」

関根に冷たい目をやり、

「組員も世話になったかもね」

どうだろうな、と猪首をかしげ、

「おれは知らんな」

「そりゃあそうよ」

雅子は勝ち誇った顔で返す。

「『北斗組』は鉄の規律を誇る武闘派極道だもの。親分に判ったら、ひどいリンチを食らって殺されちゃうでしょ。口が裂けても情報を売ったなんて言うわけないわ」

看護師として晴代の闇手術の補助をしてきた雅子は、患者の氏素性もふくめて、すべてを承知しているはず。

関根は複雑な表情でタバコをふかし、だが、と紫煙を吐く。

「おれにとっちゃあ、規格外の男だな。東大出の革命家にして凄腕の殺し屋だ。シーラカンスの異名も含めて、スケールが桁違いだ。カリスマってやつだ。歌舞伎町の極道が言うのもなんだけどよ」

「親分は本質が見えていないのよ」

雅子はピシャリと返す。

「清家が目指したのは革命よ、この腐った日本の丸洗いよ」

顔に朱を注ぎ、怒りも露に言い募る。

「ところが結果は無残。革命に乗り出せないまま、昔の恋人に殺されたんだから」

「厳しいねえ」

関根はタバコをクリスタルの灰皿にねじ込み、

「『光の家』とやらも手弁当で運営してたんだろ。貧しいガキどもを助けるために、元恋人の女医者と共に」

濁った皮肉っぽい目を雅子に向け、

「おまえが誇らしげにほざいていた世界一のカップルだ」

「天涯孤独の無知で貧しい子供のわたしたちには、世界一のカップルだったわ」

雅子は唄うように語る。

「清家と水原医師が存在しなきゃ、わたしたちは闇社会のケダモノどもに弄ばれ、とっくに廃人か死体よ。ねえ、隆彦」

漆黒の瞳が据えられる。隆彦は、うん、まあ、と曖昧に答え、目をそらす。地獄の底無し沼から救い出し、満腔の愛情を注いで育ててくれた二人には感謝しかない。その気持ちが変わることは未来永劫ないだろう。

「でもね、親分。清家は革命家として生き、死にたかったのよ」

雅子は有能なアジテーターのように語る。

「革命家と慈善家は共存しないわ。『光の家』は所詮、おまけみたいなもの。清家が殺され、ままならぬ人生にピリオドが打たれたいま、『光の家』はハンパな生き方の象徴

まいった、とばかりに極道は両手を軽く挙げ、
よ」

「おまえは清家文次郎より恐ろしい人間かもな」

雅子は肯定も否定もせず、満足げに微笑む。

豪胆な極道が、極寒のヒマラヤでビバークするアルピニストのようにウィスキーをすすり、身を震わせて語る。

「大石頼羅に神路か」

かぶりを振る。

「己の無教養を思い知らされたよ」

面白いでしょ、と雅子は屈託なく返す。

「スッポンと、その子分の高木誠之助をおびき出し、殺さないとね」

瞳が濃い殺気を帯びる。関根があえぐように言う。

「雅子、おまえ、三人の刑事をぶっ殺すことになるんだぜ」

それがどうした、とばかりに雅子はせせら笑う。

「必要ならこの先、五人でも十人でも殺すわよ」

関根は異星人に逢ったかのように、口を半開きにして見つめる。雅子の口調が激しくなる。

「あいつら、殺されて当然よ。わたしたちの計画をぶっ壊したんだから」

本気で、と関根がひび割れた声を絞る。

「革命ってやつを目論んでいたんだな」

「親分、過去形じゃなくて現在進行形よ」

雅子は傲然と言い放つ。

「わたしは暴走する資本主義が招いた、この酷い格差社会をぶっ壊し、従順なヒツジどもを覚醒させるために生きているんだから」

なるほど、と関根は目を細め、あごをしごき、

「おまえもやんごとなきお方と同じ名前だろ。畏れ多くも皇后さんとよ。この罰当たり女が」

「わたし、存在そのものが罰当たりだから」

ちがいねえ、と極道は笑う。雅子も笑う。二人の乾いた笑い声がＶＩＰルームに反響し、隆彦の頭蓋を軋ませる。両手を固く組み合わせて耐える。

隆彦、と静かな声が呼ぶ。いつのまにか笑いは止(や)んでいた。海の底のような静寂の中、雅子は穏やかに命じる。

「女を始末しなさい」

言葉の意味を理解するまで二秒、かかった。全身に冷たい脂汗が浮く。そうだな、と関根が同調する。

「女を残しておくと厄介だ。シャブ漬けにして風俗に沈める手もあるが、生きている以

上、なにが起きるか判らねえ。ここはきっちり始末しなきゃな」

隆彦はうつむく。臆病な弟の逡巡、と誤解した関根は、大丈夫だ、と励ます。

「ホトケはクリーニング屋がしっかり消してくれる」

隆彦の脳裡に浮かぶ、作業着の大男、メイを凝視するクリーニング屋。あの冷ややかな視線は内臓の大きさ、骨の太さ、肉の量を推し量る、プロの目だった。最後に見せた微かなうなずきは、簡単に消せる肉体、と踏んだからだ。冷酷な極道が恩着せがましく言う。

「しかも大サービスで一千万に込みだ」

「親分、さすが太っ腹」

雅子が朗らかに言う。隆彦は奥歯を嚙み、こみ上げる吐き気を必死にこらえた。雅子は一転、厳しい表情で命じる。

「うちのマンションで殺しなさい。いいね」

うなずくしかなかった。よっしゃあ、と関根が陽気な声を張り上げる。

「一線を越えりゃあ、あとはラクなもんよ。殺しのハードルはがくっと下がる。簡単なもんだ。さあ飲め飲め。景気づけだ」

グラスにウィスキーを注ぐ。隆彦は一礼し、グラスの縁まで満ちたウィスキーを喉に放り込む。火の塊が喉をくだり、胃袋でグワンと爆発。湿った熱が全身を焦がす。涙が滲む。視界がゆがむ。殺す、殺す、と呪文のような言葉が耳の奥で響く。殺す、メイ、おれは、おまえを。

二日後、午後一時。新宿署　五〇五号取調室。目の前には仏頂面の洲本。高木は軽い興奮と共に捜査の報告を行う。

半月余り前、『新宿連合』会長の権田剛が赤坂でベトナムギャングのホアン・ミン・カーに刺殺され、大騒ぎとなった。飛び出しナイフで首と心臓を一瞬にして抉った鮮やかな手口が『北斗組』若頭、吉原将平の殺しと酷似していたため、同じ犯人では、との見立ては当然である。しかし、カーがその場で撲殺されては捜査の進展は望むべくもなく、背後関係も判らないまま、赤坂署に設置された帳場は袋小路に入っていた。

五〇五号室は吉原殺害の現場近くの監視カメラがとらえた不審人物二名のうち、一名を広瀬隆彦と見当を付けていたが（吉原殺害当夜、ラブホテル街のバーに隆彦とアジア系の外国人が訪れた、との証言があるため）、今回ヒットマンとして散ったホアン・ミン・カーこそは隆彦と行動を共にしたアジア系外国人と断定。洲本の指揮の下、総力を挙げて隆彦の行方を追っている。が、未だ尻尾もつかめない。

故にスッポンの機嫌もすこぶる悪い。しかし、この捜査報告を最後まで聞けば、愁眉(しゅうび)を開くはず、多分。

「証言者は名倉誠(なぐらまこと)　二十二歳　無職」

洲本の表情に変化なし。

「歌舞伎町や六本木で遊んでいる、いわゆる半グレです」

高木は捜査の最中、興味深い事案をキャッチした。曰く、覚醒剤の売人とトラブルになり、叩きのめされた連中がいる、と。早速当事者を探し出して話を聞いた。ドレッドヘアの名倉誠。昨夜のことだ。

「一昨日、午後七時ごろ、知り合いの少女に覚醒剤を売りつけようとする売人と遭遇。仲間と一緒に、そんなことしていいのか、相手は未成年だぞ、と注意したところ、逆ギレして暴れた、との証言を得ております」

洲本は唇をゆがめ、

「そんなピュアな正義の味方が、街のゴミの半グレにいるわけがない」

そりゃまあ、と高木はページをめくる。

「名倉自身も強盗傷害で前科二犯の札付きのワルです。おそらく、女を使ってプッシャー狩りにでも勤しんでいたんでしょう。SNSの浸透でトーシロの売人も増える一方ですから」

それで、と洲本は不機嫌な面のまま先をうながす。高木は続ける。

「仲間二人が不意をつかれて殴り倒され、名倉自身は追跡したものの、街中で撒かれて見失った、と」

けっ、と顔をしかめ、

「つまらんフィクションはともかく、名倉なる半グレ、断言したんだろうな」

怖い目で念押しする。高木はうなずく。

「だからこうやって主任に報告しているわけでして」

洲本のこめかみが痙攣。イラついている。高木は少しばかり溜飲を下げ、肝心の証言の模様を明かす。

「広瀬隆彦の写真を見せたところ、嚙みつくように顔を寄せ、黒ぶちのメガネをしていたが間違いない、こいつだ、と明言しております」

スッポンは片ほおをゆがめて冷笑。

「モノホンの国際テロリスト、せいぶんの薫陶を受けて育ったんだ。半グレ三人くらい、朝飯前だろ」

「証言者の名倉は滅法威勢のいい野郎で、写真を指さし、どこのどいつだ、とえらい剣幕で吠えましてね」

ほう、と興味津々の表情を向けてくる。高木は笑い半分で付言する。

「殺されなくてよかったな、と無事を祝福してやりました」

絶句し、震え上がった名倉。おそらく、仲間二名を一瞬のうちに倒した悪夢のようなストリートファイトが甦り、遅ればせながら己の幸運を神に感謝したのだろう。

「広瀬隆彦がシャブのプッシャーなら――」

洲本は宙を睨む。

「『北斗組』若頭、吉原将平から奪ったシャブを売り捌いているってことか」

「おそらく」

ふむ、とあごに手を当て、沈思。十秒後、口を開く。

「半グレの知り合いの少女、どうなった」

高木は手帳のページをめくる。

「所在はまだつかめておりませんが、名倉の証言では――」

証言を渋る名倉に業を煮やし、マルボウ刑事の地金をさらして、おまえらプッシャー狩りの常習犯だろ、仲間ともども引っ張ろうか、と脅し上げ、吐かせたサクラ役の少女の素性。

高橋メイ、十五歳。小学六年のときスナック従業員の母親が男をつくって出奔、以来、歌舞伎町のワルい仲間とつるむようになった。アルコール依存症の父親、高橋春蔵と二人暮らし。春蔵は生活保護受給者。メイは中学にはほとんど通わず、少女の行く末を心配した教師や児童相談所の職員が自宅アパートを訪ねても、春蔵は酒をあおりながらわめき散らすばかりで、メイを施設に入れたらおまえらをぶっ殺す、と包丁を手に大騒ぎし、警察沙汰になったことも。

中学卒業後はギャラ飲み、パパ活で収入を得、SNSを使った売春でも荒稼ぎをしていたとか。父親の金銭への執着は凄まじく、カネを家に入れないと殴る蹴るの暴力も日常茶飯。目の周りやほおに殴打の跡があることも珍しくなかったという。

「その虐待親父、どうしている」

「富久町のアパートを訪ねましたが」

かぶりを振り、

「不在、でした」

スッポンが睨みをくれる。

「アル中の無職が留守となると、飲み屋か酒屋だろう」

高木は渋面をつくり、

「昨夜九時と今朝七時の二度、自宅を訪ねましたが留守です。言わずもがなですが、メイも不在。周囲の飲み屋酒屋も空振りでした」

ただし、と情報を整理して告げる。

「一階の南角部屋の高橋宅の上、二階角部屋の住人が物音を聞いておりまして」

中山幹夫、三十八歳。とんでもない証言をした男。叶うならスルーしたいところだ。が、異変を察知したスッポンはすぐさま食いついてくる。両手を机につき、腰を浮かして凄む。

「高木、この期におよんでもったいぶるなよ」

もちろん、と殊勝に返し、手帳に目を落とす。

「中山は公共料金が払えず、電気もガスも止められた真っ暗な部屋で、風邪をひいて寝込んでいたところ、一昨日夜八時ごろ、下で激しい物音がしたと」

「高橋メイと広瀬隆彦が歌舞伎町で出遭った夜だな」

です、と手帳の文字を追い、事務的に報告。

アパートの部屋は一階二階合わせて十四室あり、うち七室が空き家。住人のほとんどは単身の水商売故、夜は不在が多く、証言者の中山も以前は歌舞伎町の居酒屋で朝まで働いていたが、半月前に失職。部屋に終日籠るようになったらしい。瘦せた、顔色の悪い、ざんばら髪の亡霊のような男だった。それでも、突然訪ねてきた刑事に、唾を飛ばし、速射砲のように喋ってくれた。

「演歌が大音量で流れるなか、部屋に娘が帰ってきた気配があり、若い男の声も聞こえたと証言しております」

「若い男の年齢のころは？」

「何分、演歌が邪魔をして判別できなかったようですが、春蔵の怒鳴り声が聞こえ、ガラスボトルのようなものが砕ける音が響き、ドッタンバッタン、激しく揉み合う音がした、と証言。が、すぐに収まり、演歌も消え、暫く男女がぼそぼそ語る声がしましたが、突然、複数人がドヤドヤと入ってきて」

複数人、と洲本の片眉が不快げに上がる。

「中山がカーテンの隙間から外を窺うと、少し離れた路地に黒の大型ワゴン車が停車しており、下の部屋に入った複数人と入れ替わるように二人が出てきた、と」

洲本は勢い込む。

「メイと若い男だな」

「春蔵の娘と男が肩を寄せ合い、まるで恋人同士のように」

「広瀬隆彦、と特定していいのか？」

「可能性は大ですが、それより中山は」

中山証言の肝。まったく、なんてことだ。こみ上げる吐き気を堪えて言う。

「春蔵の部屋からシャワーの音が聞こえ、時折上がる短い笑い声が不気味だったと語っております」

洲本の顔から血の気が失せていく。

「そのうち猛烈な生臭い臭気が下から湧き上がってきて、換気扇もクーラーもない部屋で息を詰め、必死に耐えるしかなかった、物音をたてたら殺される――」

洲本は宙の一点に目を据え、微動だにしない。

「小一時間後、三人の男が各々、大きな、アメフトのプロテクターが入りそうなスポーツバッグを両手にぶら提げ、ワゴンに運び込み、出発したそうです」

洲本は詰めていた息を吐く。

「高橋メイの顔写真はあるか」

ええ、とスマホを取り出して操作。画面を示す。

「卒業した中学に行き、事情を話して卒業アルバムを撮影してきました」

丸いカラーの顔写真。おかっぱ頭の、日本人形のような顔立ち。薄幸が匂い立つような無表情だ。背後に秘められた、おぞましい悲劇。刑事として隠し通すことはできない。

これも中山の証言ですが、と断り、告げる。

「親子でできていた、と」

洲本の顔がみるみる紅潮する。やり場のない怒りと絶望。高木は腹の底に力を入れて付言。

「春蔵は実の娘と日常的に関係を持っていたようです」

中山が聞いたメイの悲鳴と春蔵の怒声、激しい殴打の音、泣き声、あえぎ声、春蔵が吐き散らす卑猥な言葉の数々。高木はおぞましい中山の証言を聞きながら確信した。この世はやっぱり狂っている。

「広瀬姉弟と似た境遇ってわけか」

洲本はぼそりと指摘。

「どちらも悲惨な親ガチャの極致だな」

「隆彦がシンパシーを抱いた可能性は大です。非情な雅子と違い、心根の優しい男ですから」

妻子を拉致、解放された屈辱の過去を持つ刑事は目頭を揉み、かすれ声を絞り出す。

「高橋メイを探し出す手立てはあるか？」

「ありません。手持ちのカードはいま、ここですべて出しました」

洲本の顔に露骨な落胆の色。高木は沈みそうな声を励ます。

「困ったときは基本に忠実に、のセオリー通りにやってみます」

「労作のチャート図も今回は役立たずか」

「残念ながら」

「やってみろ」

低く言う。

「雅子がからんでいる。下手すると高橋メイも消されるぞ」

いや、もう消されたかも。高木はパイプ椅子を蹴飛ばすようにして立ち上がり、五〇五号室を出た。


午後一時半。飯田橋駅近く。エレベータもない古びたマンション『メゾン・ド・吉田』四階の四〇一号室で、広瀬隆彦と高橋メイはカレーを食べる。キッチンテーブルで向き合い、仲睦まじいカップルのように。

隆彦自慢のポークカレー。隠し味に醤油とカツオ出汁、ヨーグルト、赤ワイン、インスタントコーヒーを加えた、『水原病院』水原晴代院長直伝の逸品である。

カレーを食べながら、隆彦は日本各地の街の話をした。函館山から見る夜景はまさに光の海、仙台の牛タンはほっぺたが蕩ける美味さ、大阪天保山の世界最大級大観覧車から望む大阪湾の絶景、本場広島のお好み焼きはバラエティに富んで毎日食べても飽きない——。

目を輝かせて聞き入り、ホント？　すごい、見てみたい、食べてみたい、と声を弾ませるメイの快活な反応がまた嬉しくて、時を忘れて喋ってしまった。結局、隆彦は三皿、メイは二皿を平らげ、紅茶の葉を牛乳で煮た濃いミルクティーを飲み、ささやかなランチ会は終わった。

メイは少し悲しげに言う。

「あたしもいろんなとこ、行ってみたいな」

隆彦は励ましてやる。

「行けるさ。もう自由なんだから」

メイはかぶりを振り、

「新宿とその周辺しか知らないから無理。東京の外は外国と同じだもの」

隆彦は努めて明るい口調で告げる。

「今日、ぼくの部屋へ来てもらったのはさ」

なに、とメイは期待に瞳を輝かせる。隆彦は黙って見つめ返す。部屋に静寂が漂う。

十秒後、口を開く。

「ぼくのカレーをご馳走することと、これなんだ」

懐から分厚い封筒を抜き出し、テーブルに置く。

「五十万ある」

シャブの密売で得た報酬。これですっからかん。

「なんだよ」

メイは一転、険しい目を飛ばしてくる。隆彦はかまわず語りかける。

「東京を離れてくれ。お願いだ」

深く頭を下げる。沈黙。三呼吸後、メイが口を開く。

「クソ親父を二人でぶっ殺したから？」

隆彦は顔を上げる。メイは一転、切迫した表情で訊いてくる。

「あたし一人で逃げろって言うの？」

ぼくは——言葉を選んで返す。

「ぼくはメイに生きて欲しい。それだけだ」

メイは封筒を見つめる。脳裡に浮かぶは闇のクリーニング屋の連中か。それともユニットバスで解体される父親か。メイは意を決したように顔を上げる。すがるような瞳が痛い。

「隆彦は一緒に来れないの？」

「ぼくは、やることをやったら」

「お姉さんはどうする？」

言葉に詰まる。

「ここで同居してるんでしょ」

「ぼくと姉は別人格だから」

己に言い聞かすように語る。

「ぼくは生きたいように生きる。自由になったメイと同じように」

約束だよ、とメイは封筒をつかむ。

「待ってるからね」

立ち上がり、玄関でサンダルを履き、出て行く。一度も振り返ることなく消えた。隆彦はすっかり冷えたミルクティーを飲み、スマホを操作する。


『メゾン・ド・吉田』を出た高橋メイは新宿に向かう。東京を離れる前に、クソ親父と共に暮らした地獄を見てみたい。クソ親父が消えたことを確認したい。でないと、この先もずっと悪夢にうなされるから。

午後二時。富久町のボロアパートの前、ビルの陰からそっとのぞく。アパートは変わらず、辛気臭い姿を晒している。

おい、と肩を叩かれた。男の声。だれ、隆彦？　もう来てくれたの？　首をねじ切るようにして振り返る。

見知らぬスーツ姿の男。地味な顔。背の高さも普通。だれだっけ。パパ活？　ギャラ飲み？　それとも売りの客？

「高橋メイさん、だよね」

メイは一歩、退がる。男は一歩踏み出し、いやいや、と頭をかく。

「基本はやっぱ偉大だわ」

なんだ、こいつ。

「犯人は現場に舞い戻る、という基本中の基本を押さえただけなんだけどね」

犯人――背を向け、ダッシュ。が、動かない。右手首をつかまれていた。引き寄せ、目の前に手帳を突きつけてくる。

「新宿署の組対課。暴力団担当だよ」

メイは茫然と見上げる。

「父親の春蔵さん、殺したよね」

心臓がドクン、と鳴る。刑事は笑みを消す。

「広瀬隆彦と一緒に」

ちがう、とメイは首を振る。

「あたし一人でやったの」

「やっぱり広瀬が一緒か」

してやったりの笑顔。刑事のカマかけ。顔が炙られたように熱くなる。メイは己の迂闊さを呪うように、激しく首を振る。

「隆彦は関係ないから」

「だれも信じないよ」

刑事はそっけなく言う。

「隆彦は地獄からきみを助け上げたんだ」

心臓の鼓動が高く、速くなる。メイはひりついた喉を引き剝がして問う。

「どうして刑事さんに判る？」

「彼はそういう男だからさ」

刑事は確信を持って言う。

「おれはきみに隆彦のことを知って欲しい」

この刑事、なに言ってる？

「今度はきみが隆彦を助ける番だから」

いつの間にか手首を離していた。

「歩きながら話そうか」

メイは刑事が切々と語る言葉に耳をかたむけた。凄惨なエピソードの数々に震え、最後、涙した。


午後三時十分。新宿署五階　五〇五号取調室。洲本と高木は椅子に座り、じりじりしながら待っていた。矢島と三瓶を。

十五分ほど前、打ち合わせを済ませ、いったん解散。各々防弾ベストを着用し、拳銃を携行して再集合。が、取り決めた時間を既に五分オーバー。イラついた洲本がスマホを手にしたとき、ドアが開き、矢島と三瓶が現れた。共に緊張の面持ち。不穏な空気を漂わせている。

「主任、やはり無理があります」

矢島が決死の覚悟を滲ませて言う。

「相手は全国指名手配の殺人犯にして凄腕の女テロリスト。我々四人だけで身柄拘束に向かうのは自殺行為かと」

高木が高橋メイから聞き出した、広瀬姉弟の潜伏先。飯田橋のマンション『メゾン・ド・吉田』四〇一号室。メイは隆彦の哀しい境遇と、冷酷な女テロリスト、広瀬雅子との関係を知ると、助けてあげて、と泣いた。メイはいま、生活安全課少年係の人間が保護している。

「ここはやはり、上と共同で態勢を整え、向かったほうがよろしいかと」

上、とは七階の講堂に設けられた、殺し（『北斗組』若頭　吉原将平刺殺事件）の帳場である。洲本は悲壮な面がまえの矢島を五秒ほど眺めると、視線を移し、

「三瓶、おまえは？」

はい、と三瓶は四角い顔を火照らせ、

「矢島に同感です」

沈黙。

「それだけか」

はい、と三瓶は逃げるように下を向く。

「主任、おれたちも生活があります」

矢島が諭すように言う。

「三瓶は小六と小二の、おれは小四のガキを持つ、一家の大黒柱だ。主任の暴走に付き合って、サツカン人生を棒に振るほど愚かじゃない」

口調がぞんざいになる。

「お気楽な独身野郎と一緒にしないで貰いたい」

なんだと。高木は立ち上がる。矢島は嵩にかかって言う。

「申し訳ないが、おれたちはコカイン中毒の桜井さんに、敬意もシンパシーも持っていない。あれは別世界の人間だ、一種の狂人だ。だから家庭をぶち壊したあげく、ああいう悲惨な死に方をしてしまう。おれたちは地方公務員として家族を養い、つつがなく、安定した生活を送りたいんだ。あんたたちと違って」

そうかい、と洲本も腰を上げる。

「おまえらチキンはこっちから願い下げだ。お偉いさんにゴマすって、ぬるま湯に首まで浸かって、欠伸まじりの人生を送りやがれ」

ぬっと矢島に顔を寄せる。

「おれと高木だけでやる」

「主任、やけになってませんか」

睨み合う。ん？　天井から熱が降ってくる。七階の帳場がざわついている。なにがあった？

「そこまでだ」

ドアを開け、現れた男。ぱりっとした濃紺のスーツに、銀縁メガネと七三分けの短髪。

洲本は舌打ちをくれ、矢島と三瓶に食い殺しそうな目を飛ばす。五〇五号室の秘匿情報を売り、上司を売った裏切り者ども。

組対課長の東聡史はゆっくりと足を進め、洲本の前に回る。

「帳場に飯田橋の潜伏場所を伝えた。みな、大喜びだ」

帳場から降ってきた熱。洲本は毒を含んだように顔をゆがめ、切々と訴える。

「課長。大人数で行ってはダメです。やつら、野生のオオカミ並の警戒心を持っている。だから自在に日本全国を逃げ回り、潜伏することができる。並の犯罪者じゃありません」

東は、それがどうした、とばかりに薄ら笑いを浮かべて言う。

「たかが日本の女テロリストだろ。マスコミに少しばかり名が売れていい気になっているる、調子こいた左巻きだ。チャカを呑んだ警官隊で取り囲み、一気にとっ捕まえてやるさ。刑事殺しの代償をしっかり払わせてやる」

洲本は顔をしかめ、頭をかき、

「もう決まったんですね」

「我々は粛々と上の命令に従うのみだ。異議、反論の類は一切許されん」

上。つまりこれは本庁マター。

「おれたちも帳場へ加えてもらえますよね」

洲本は殊勝に申し出る。

「ずっと追いかけてきた広瀬姉弟が、おれの見ていないところでワッパをかけられるのはさすがに辛い。課長、お願いします」

声が震える。

「桜井さんの件でもおれは蚊帳の外だった。このままじゃ死んでも死にきれません」

課長、このとおりだ、と腰を折り、頭を下げる。

東は満足げに見下ろし、たっぷり間をとった後、恩着せがましく言う。

「いいだろう。おれの権限で入れてやる」

じゃあ、さっそく、と洲本は足を踏み出す。が、散々煮え湯を飲まされてきた組対課長に油断はない。素早く、前を塞ぐように先頭に立つ。洲本と高木の背後に矢島、三瓶。三人にがっちり挟まれ、護送される犯罪者のように五〇五号室を出る。粛々と廊下を移動する。東は胸を張り、大股で歩く。

「洲本よ、やっと警察組織での身の処し方が判ったようだな」

「遅きに失しましたが」

いやいや、と組対課長は鷹揚に手を振る。

「おれが厳しく鍛え直してやるから安心しろ。だいたい、警察組織というのはだな——」

気持ち良さげに語る東。エレベータホールが迫る。洲本がさりげなく目配せする。高木も目配せで応じる。了解。

課長、と洲本が明るく呼びかける。なにごとか、と三人、立ち止まる。

「おれたち、心機一転、気合を入れ直すために階段を使います」

三人、顔を見合わせ、浮足立つ。視線が揺れる。

「ゆっくりとエレベータをお使いください。では」

行くぞ、と小柄な身体を丸めてダッシュ。高木も続く。非常階段のドアを引き開け、中へ。背後から、待て、逃がすな、と東の引きつった声が飛ぶ。靴音の乱打が迫る。矢島と三瓶だ。

和歌山の韋駄天こと洲本栄は短い脚を軽快に回し、すっ飛ぶようにして階段を駆け降りる。あっという間に五階から四階へ。

「やったぜ、高木」

洲本が笑う。

「矢島と三瓶に何ができる。いざとなりゃあこっちは」

軽く左脇の膨らみを叩く。小型のリボルバー。

「これがある」

不敵な笑みを浮かべ、踊り場を滑るように回る。三階から二階へ。

「ジャマする野郎はどいつもこいつもぶっ殺すぞっ」

階段に大声が木霊する。背後の靴音がいつの間にか消えていた。二人、荒い息を吐いて走る。冷たい靴音が響く。

「死体はどこっ」

黒羽色のパンツスーツに純金のネックレス、血を吸ったようなルビーのピアス。雅子は部屋に入るなり、高級品で固めたしとやかな外面を剝ぎ取り、荒れ狂った。トイレとバスをチェック、奥の部屋の押し入れを開け放ち、怒鳴る。

「女の死体はどこいったっ」

ねえちゃん、と隆彦は砂を嚙む思いで語りかける。

「メイはいない。あいつは自由だ」

またかっ、と雅子は目を吊り上げる。

「またおまえは裏切ったのか」

血走った眼球と、朱を注いだ顔。悪鬼の形相で迫る。

「洲本の妻子を勝手に解放したように」

隆彦はなにも言えず、その場に立ち尽くす。ガツン、と左ほおに衝撃があった。拳をかまえ、息を荒らげる雅子。

「隆彦、一線を越えたんだよね」

ひと呼吸後、返事はっ、と今度は右ほおに衝撃。頭がくらっとした。

「革命に犠牲はつきものなのよ」

両手で胸倉をつかみ、絞り上げてくる。

「そんなことでおまえは――」

電子音がする。スマホだ。雅子はスーツの懐から抜き出し、発信者を確認。表情が強張る。耳に当て、

「親分、どうも」

関根だ。ええ、ごめんなさい、まだです、いま飯田橋です、と殊勝に答え、隆彦に目をやる。

「ここにいます」

了解、とスマホを操作し、キッチンテーブルに置く。

「やっぱり殺せなかったか」

スピーカー機能に変えたスマホから、関根の野太い声が響く。

「おまえの弟は甘いな」

親分、すみません、と雅子はスマホに頭を下げる。

「親分、悪いのはぼくです」

隆彦は割って入る。

「とても殺せません。ぼくはそういう人間じゃありません」

「ぼくは博愛主義の平和主義者ってか」

関根は含み笑いを漏らし、

「だが、その甘さは致命的だ。大変な事態を招いたぞ」

えっ、と雅子が絶句。顔から血の気が失せていく。

「高橋メイが警察に駆け込んだ」

一瞬、頭が真空になる。

「飯田橋のマンションのことも喋っている」

ちくしょう、雅子が吠える。

「だから殺さなきゃダメなのよ」

雅子、落ち着け、と関根が諭す。

「じきにその部屋を警察が襲う」

「親分、ありがとう」

雅子は顔を、首筋を、怒りと悔しさで真っ赤にしながらも、礼を述べる。

「勘違いするな」

関根はあっさり突き放す。

「おれの名前は出すなよ」

もちろん、と雅子は心なしか気弱な声で答える。

「雅子、おまえら姉弟への置き土産をやろう」

関根の決別宣言。蜜月の終わり。

「襲撃の第一陣は新宿署が手を焼く暴走コンビらしい」

暴走コンビ？

「洲本と高木だ」

　雅子が息を呑む。ほおが隆起し、眉間が狭まる。唇が動く。

「親分、たしかな情報なんですか」

　雅子よ、と関根は余裕たっぷりに答える。

「情報はおまえらの専売特許じゃない。極道にも強力な武器になるんだ。特に逆風ばかりの世の中ではな」

　関根は新宿署内にSを飼っているのだろう。

「雅子、愉しかったよ」

　陽気な声。

「でも、おれは広瀬雅子より、銀座ではっちゃけていた大石頼羅が好きだね。こんなときに悪いけど」

　通話が切れる。雅子はテーブルのスマホを眺める。虚無の表情が胸に痛い。

「ねえちゃん、逃げよう」

　待て、慌てるな、と雅子は冷静に制す。

「わたしにはまだやることがある」

　言うなり、身をひるがえしてトイレに入り、便器に足をかけ、天板を外す。両手を突っ込み、中から取り出した二つの包み。油紙で覆った塊。キッチンテーブルにおき、手早く開く。自動拳銃が現れる。

「革命は銃口から生まれる」

一挺を持ち、グリップを握る。

「毛沢東の言葉よ」

シャキン、とスライドを引き、弾丸をチェンバーへ。

「毛は為政者としては最低の下衆野郎だけど、中国建国前の、生きるか死ぬかの革命家の時代は史上屈指の傑物だった。おじちゃんも尊敬してやまなかったもの」

ぺろっと唇を舐める。

「邪魔なやつはさっさと始末しなきゃ」

右腕を伸ばし、躊躇なく黒い銃口を向けてくる。口角を上げ、不敵な笑みを浮かべる。

「革命の成就は望めない」

かつて同志をリンチの末に殺し、手塩にかけて育て上げた神尾明をも裏切り者と断じ、葬った清家文次郎。その非情なカリスマを否定し、血が滴る修羅の道を歩む姉。隆彦はただ銃口を見つめることしかできなかった。

午後四時。空に梅雨期の鉛色の雲が広がり、街は灰色の湿った大気に沈んでいる。

静かに、と囁き、洲本は暗い階段を上る。右手に握る小型のリボルバー。四階、四〇一号室。ペンキが剝げたスチールのドアの前。高木は回転式拳銃を顔の横に立て、軽く左手を挙げる。先に行く、との意。洲本は、援護する、と目で語り、うなずく。

高木はインタホンを押す。返事なし。ドアノブを握り、回してみる。ロックなし。忍び寄る危機を察知し、すでにもぬけの殻か？　間に合わなかったか？

そっとドアを引き開ける。目を凝らす。暗い。カーテンを締め切った部屋。ん？　キッチンテーブルに座る人影。だれだ？　じっとこっちを見ている。青白い端整な顔。広瀬隆彦だ。高木は腰を落とし、銃口を据える。トリガーに指を添える。

「広瀬、投降しろ」

おまえだろ、と笑う女の声。ぶわっと全身が粟立つ。慌てて銃口を回そうとしたときはもう、こめかみに鋼の感触。自動拳銃の銃口が食い込んでいた。

ドア横に潜み、待ち受けた雅子。やられた。己の迂闊さを悔いる間もなく、拳銃をつかみ取られ、腹部に蹴りが飛ぶ。水月を抉られ、全身の力が蒸発。丸腰のままあっけなく崩れ落ちる。抵抗もクソもない、電光石火の早業だ。

まさこっ、と控えていた洲本が突っ込んでくる。その顔を見た瞬間、高木は違和感に襲われた。笑っている。歓喜の表情。まるで恋い焦がれた恋人に会ったような。

ドゴン、と雅子の自動拳銃がぶっ放され、小柄な身体が吹っ飛ぶ。濃い硝煙の臭い。ああっ、と椅子から立ち上がる隆彦。右手に自動拳銃。即死、と思ったのだろう。が、銃弾は防弾チョッキががっちり受け止めている。床に転がった洲本は瞬時に立ち上がり、拳銃をかまえ、トリガーを引く。ゴオンッ、と狭い部屋で反響。雅子の背後の壁に銃痕がぼこっと穿たれる。

「次は頭、吹っ飛ばすぞ」

警告が終わらないうちに雅子は二発目をぶっ放す。洲本は右膝に被弾。短軀が跳ね上がり、どっと倒れ込む。洲本の手を離れた回転式がアイスホッケーのパックのように床を滑り、鮮血が散る。

「スッポン、とことん甘いのよ」

左手に握った回転式。奪われた警察の制式拳銃。高木は痛恨の失態に、ただ呻くしかなかった。雅子は左腕を伸ばす。洲本を狙う。勝ち誇った冷笑を浮かべ、

「警告なんてしている場合か？」

右膝の激痛に耐え、脂汗に濡れた洲本が見上げる。銃口を睨む。その目は怯えも後悔もない。あっというまに丸腰になった刑事二人。が、まだ死んだわけじゃない。

高木の全身を熱いアドレナリンが駆け巡る。怒りと恥辱。深く息を吸い、蹴りを食らった腹部の痛みを散らし、そっと腰を浮かす。

「頭はこうやって吹っ飛ばすの」

トリガーにかけた指が動く。上司が撃たれる、奪われた自分の拳銃で。刑事としてこれに勝る痛恨事は無い。ふざけるな。

「雅子っ、おれが相手だ」

雅子が瞬時に半身を回す。高木は床を蹴った。雅子に躍りかかる。目を吊り上げた夜叉の形相が迫る。回転式の銃口が目の前にあった。とっさに払う。グワン、と耳をつん

ざく轟音が響き、こめかみを熱いものが疾る。鼓膜がキーンと鳴る。無我夢中で回転式を奪い取る。雅子は歯を噛み、右手に握った自動拳銃を向けてくる。銃口が据えられる寸前、その手首を左拳で弾く。ショートレンジの左フック。自動拳銃が落ちる。一瞬にして丸腰になった雅子は茫然と見つめる。

「高木、そこまでだ」

静かな声。隆彦だ。腰を落とし、両手に握った自動拳銃をかまえている。その距離三メートル。万事休す。高木は石像のように固まる。

「撃てッ」

雅子は屈辱に顔をゆがめ、髪を振り乱して叫ぶ。

「隆彦、撃て、刑事を殺せっ」

桜井文雄を撃ち殺した雅子。吠え、怒鳴り、心優しい弟を筋金入りのテロリストに変えようとしている。絶叫のような声が疾る。

「トリガーを引くのよっ」

隆彦はほおを膨らませ、荒い息を吐く。トリガーにかけた指が動く。殺すのか。高木は目をそらさない。刑事の意地だ。頭を吹っ飛ばされるその瞬間まで睨んでやる。一生、脳裡に残るように。

視界の端、動く人影。洲本だ。床に落ちた己の回転式に向かい、じりじりと這い寄っている。まだ諦めていない。

隆彦、と呼びかける。眉がぴくりと動く。

「メイは泣いていたぞ」

はっ、と息を呑む。動揺の色あり。

「きみの哀しい境遇を知り、いまの崖っぷちの惨めな生活を知り、助けてあげてと」

うそよっ、と雅子が叫ぶ。

「あの女は自分から警察に駆け込んだのよ。恩人の隆彦を売ったのよ」

「それは違う」

高木は穏やかな口調で反論を試みる。冷や汗が全身から噴き出す。

「富久町のアパート前でおれが声をかけた」

隆彦の目が揺れる。もうひと息。

「きみが都合したカネで東京を離れる前、いかれた父親と暮らしたアパートを確認し、自らの自由を確認した」

隆彦よこれが結論だ、と胸の内で告げ、

「高橋メイはきみに心から感謝している」

こうやって撃つのよっ、とブチ切れた雅子が膝を折り、床に落ちた自動拳銃をつかみ上げるや、トリガーを引く。高木は目を閉じる。南無三。ドゴン、と銃声が轟く。熱い風が舞う。瞼を開ける。右肘を押さえた雅子。指先にひっかかった自動拳銃が揺れ、落下する。鮮血が滴る。

洲本が伏射の姿勢で回転式を撃っていた。危機一髪。が、手負いの雅子は怒り狂う。洲本のあごを蹴り上げ、悲鳴のような甲高い声を張り上げる。

「隆彦、刑事二人、ぶち殺せっ」

瞬間、怒号が轟いた。玄関だ。ドアを吹っ飛ばすように開け、スーツの男たちが雪崩れ込む。全員、右手に回転式。刑事だ。先頭に矢島と三瓶。組対課長の東もいる。

「おとなしくしろ」「銃をよこせ」と勇ましく突進してくる。隆彦は躊躇なく自動拳銃をぶっぱなす。足元を狙い、正確に、三発、四発。途端に刑事連中は腰が砕け、総崩れ。一斉に背を向け、我先にと逃げて行く。

が、姉弟に逃げ道はない。ここは四階だ。隆彦は動いた。ボディバッグを斜めに掛け、自動拳銃を腰のベルトに差し、ねえちゃん、おぶされ、と腰を屈めて雅子を背負う。カーテンをはぐり、ガラス戸を開け、ベランダに出る。その後の展開は、まるでコマ送りのフィルムのようだった。

左腕一本でしがみつく雅子を背に、軽々とベランダの手すりを越え、消えた。

ああっ、と声が出た。やけになって飛び降り自殺か？　負傷した姉と一緒に。

高木はダッシュし、ベランダから下を見た。信じられなかった。手すりにかけた金属製のフックと、びーんと伸びるザイル。隆彦は雅子を背負ったまま大きく身体を振り、三階のベランダに着地。逃亡に備え、ベランダにフック付きザイルを用意していたのだろう。あらゆる窮地からの脱出を想定した、その用意周到さに舌を巻く。

三階からガラスを砕く派手な音がした。悲鳴が上がる。女を背負った男の乱入に、家人がパニックを起こしたのだろう。

高木は振り返り、絶望した。部屋にひとが溢れている。新宿署の連中だ。七階の帳場に組み入れられた本庁の連中もいる。矢島と三瓶は負傷した洲本を介抱するも、他は動物園の熊のように右往左往。想定外の出来事に統制を失った烏合の衆。たかぎいっ、と組対課長の東が駆け寄ってくる。

「広瀬姉弟はどこだっ」

ずれた銀縁メガネを直し、唾を飛ばして迫る。高木は返す。

「ベランダから消えました」

ええっ、と目を剝く。

「ここは四階だぞ」

「いまごろは一階でしょう」

告げるなり高木は、邪魔、どいて、と東を押しのけ、玄関に走る。怒り狂う東の罵声を背に、刑事たちの間を縫い、部屋を出て階段を駆け降りる。二階、一階。

姉弟は集合玄関を出ようとしていた。隆彦は自動拳銃片手に路地を走り、雅子は右肘を押さえ、懸命に後を追う。

外で警戒に当たる刑事たちが異変を察知し、駆けてくる。三人。隆彦は迎え撃つ。銃口を上げた威嚇射撃。梅雨期の曇り空の下、タン、ターン、とビルの間に乾いた銃声が反響する。三人、腰が引ける。が、そこまで。カチン、カチン、と空撃ちの音が響く。銃弾を撃ち尽くした自動拳銃。隆彦は投げ捨て、それでも走る。

刑事三人、ホルスターから小型の回転式、チーフスペシャルを抜く。覚悟を決めた無表情。警告、威嚇無しの、殺しの射撃が始まろうとしている。が、姉弟は遮るものの無い大平原を進むがごとく、ビルに囲まれた飯田橋の路地を往く。

刑事三人がチーフスペシャルを手に迫る。高木は呼吸することも忘れて見守る。隆彦の右腕が動いた。ボディバッグに素早く手を入れ、抜き出す。白の巾着袋。手首をひねって振る。片栗粉のような粉がぱっと舞う。みるみる辺りを白に染めていく。隆彦はハイになった子供のように巾着袋を大きく振り回す。

風に吹かれて白い粉が舞う。白煙となって姉弟を朧にする。もしかすると。高木は唇についた粉を舐める。苦い。やはり。

シャブだぞ、と叫ぶ。刑事三人が片手で顔を覆い、慌てて退散する。姉弟はその隙に悠々と駆け、四つ角をまがって消えた。

盛大に撒かれた極上のユキネタ。末端価格で四千万？　五千万？　いずれにせよ、世界一高価な煙幕だろう。

冷たい。太い雨滴がほおを叩く。鉛色の空が崩れ、あっというまに土砂降りになった。ザアーッ、と雨音が鼓膜を震わす。アスファルトを覆う白い粉が溶けて流れ、渦を巻いて排水溝に吸い込まれていく。

パトカーのサイレンが幾つも迫るなか、高木はずぶ濡れになりながら、アスファルトを流れていく白い小川を眺めた。

一週間後。中野の東京警察病院。洲本明子は入院中の夫を見舞う。四人部屋の窓際。右膝を拳銃で撃たれ、運び込まれた夫。全身麻酔の手術の後、石膏で固め、包帯で巻いた患部をベルトで吊り、ベッドの背もたれを立て、リハビリと入浴以外は日がな一日、新聞、週刊誌を開き、文庫本を読んでいる。

夫の未来は限りなく暗い。全国指名手配のテロリスト、広瀬雅子とその弟隆彦を逮捕寸前で逃し、しかもそれが独断の捜査だったことから、上で大きな問題になっているらしい。三人いた直属の部下も、すでに組対課内の別のセクションに移ったとか。夫はいま、一人だ。

「明子、おれはまったくめげていないから」

新聞を眺めながら己を鼓舞するように言う。

「退院したらバリバリやるからな」

でも、暫くはほどほどにね、と明るく応えながら思う。そのときはもう、新宿署に夫の席はないだろう。

器に盛ったカットフルーツをサイドテーブルに置き、ずっと気になっていたことを訊いてみる。顔を寄せ、小声で、他の患者さんに聞こえないよう。

「広瀬隆彦くん、どんなでした?」

甚だ曖昧な質問だが、夫はすべてを理解したはず。半年余り前、非情な女テロリストの広瀬雅子に拉致、監禁された妻子を独断で解放してくれた、妻が感謝する心優しき青年だから。

「おれは嫌いではない」

新聞を畳みながらぶっきらぼうに言う。偏屈で毒舌、超の付くへそまがりの夫だ。最高の褒め言葉だと思う。

「だが、いろいろと問題もある」

フォークにリンゴを刺して食べる。シャリ、と小気味いい音がする。

「覚醒剤取締法違反と」

宙を見つめる。

「殺しの容疑もかかってるしな」

新宿富久町のアパートから煙のように消えた男。警察に保護された娘は隆彦を懸命に庇っているという。が、すべて週刊誌レベルの話。真相はなにも判らない。夫も喋る気はないだろう。

「栄作はどうしている?」

我に返る。夫が心配げな顔を向けている。

「大騒ぎだったもんな」

三日前、見舞いに訪れ、ベッドに横たわる父親を見るなり、大泣きした息子。わああっ、と突進し、包帯で巻かれた患部にすがり、ぼろぼろ涙をこぼし、おとうちゃん、死なないで、ぼくをおいていかないで、ちゃんと勉強するから、と叫んだ、おっちょこちょいの栄作。夫は患部の痛みに顔をしかめ、それでも嬉しそうに栄作の背中を撫でていたっけ。

「刑事になるらしいですよ」

ええっ、と絶句する夫。

「おとうちゃんの仇をとるんだ、って」

そうか、と嘆息し、パイナップルを突き刺して食べる夫。なにがおかしいのか、肩を震わせ、笑いを堪えている。

明子はベッドの横、大きく切ったガラス窓の向こうに目をやる。ビル群の上に、初夏の青い空が広がっている。同じ空の下、広瀬隆彦はなにを思い、なにをしているのだろう。負傷した姉を助け、決死の逃亡を敢行したという弟。拉致された自分たち母子を、独断で解放してくれた隆彦。

できるなら、もう一度、会いたい。

主要参考文献

『テロリストと呼ばれた女たち』アイリーン・マクドナルド著　竹林卓訳　新潮社
『ヤクザ・チルドレン』石井光太著　大洋図書
『スマホで薬物を買う子どもたち』瀬戸晴海著　新潮新書

本作品は文春文庫のための書下ろしです。
本書はフィクションであり、実在の人物、団体とは一切関係ありません。

ＤＴＰ制作　言語社

文春文庫

逃亡遊戯(とうぼうゆうぎ)

歌舞伎町麻薬捜査(かぶきちょうまやくそうさ)

定価はカバーに表示してあります

2023年6月10日　第1刷

著　者　永瀬隼介(ながせしゅんすけ)

発行者　大沼貴之
発行所　株式会社文藝春秋

東京都千代田区紀尾井町3-23　〒102-8008
TEL　03・3265・1211㈹
文藝春秋ホームページ　http://www.bunshun.co.jp

落丁、乱丁本は、お手数ですが小社製作部宛お送り下さい。送料小社負担でお取替致します。

印刷製本・凸版印刷

Printed in Japan
ISBN978-4-16-792043-2